本书列入 2011—2020 年国家古籍整理出版规划

周一良批校

世说新语

[南朝宋] 刘义庆 撰

周一良 批校　周启锐 整理

（上）

天津出版传媒集团
天津人民出版社

图书在版编目(CIP)数据

周一良批校《世说新语》: 全 2 册 / (南朝宋) 刘义庆撰 ; 周一良批校 ; 周启锐整理 . -- 天津 : 天津人民出版社 , 2017.12

ISBN 978-7-201-12773-6

Ⅰ . ①周… Ⅱ . ①刘… ②周… ③周… Ⅲ . ①笔记小说—中国—南朝时代②世说新语—注释 Ⅳ . ① I242.1

中国版本图书馆 CIP 数据核字 (2017) 第 305151 号

周一良批校《世说新语》

ZHOUYILIANG PIJIAO *SHISHUXINYU*

出　　版　天津人民出版社
出 版 人　黄　沛
地　　址　天津市和平区西康路 35 号康岳大厦
邮政编码　300051
邮购电话　(022)23332469
网　　址　http://www.tjrmcbs.com
电子信箱　tjrmcbs@126.com

策划编辑　任　洁
责任编辑　金晓芸
装帧设计　Mark 明轩文化·王　烨

印　　刷　天津市豪迈印务有限公司
经　　销　新华书店
开　　本　787 毫米×1092 毫米　1/8
印　　张　79.5
插　　页　8
字　　数　600 千字
版次印次　2017 年 12 月第 1 版　2017 年 12 月第 1 次印刷
定　　价　698.00 元

〇一 德行 1a/1 言语 1a/13 政事 1b/1 文学 1b/7

〇一良藏书

朱笔为三十年代读时所写，黑笔为四十年代手迹，铅笔则七十年代重读时所记也。

七八年一月二日题

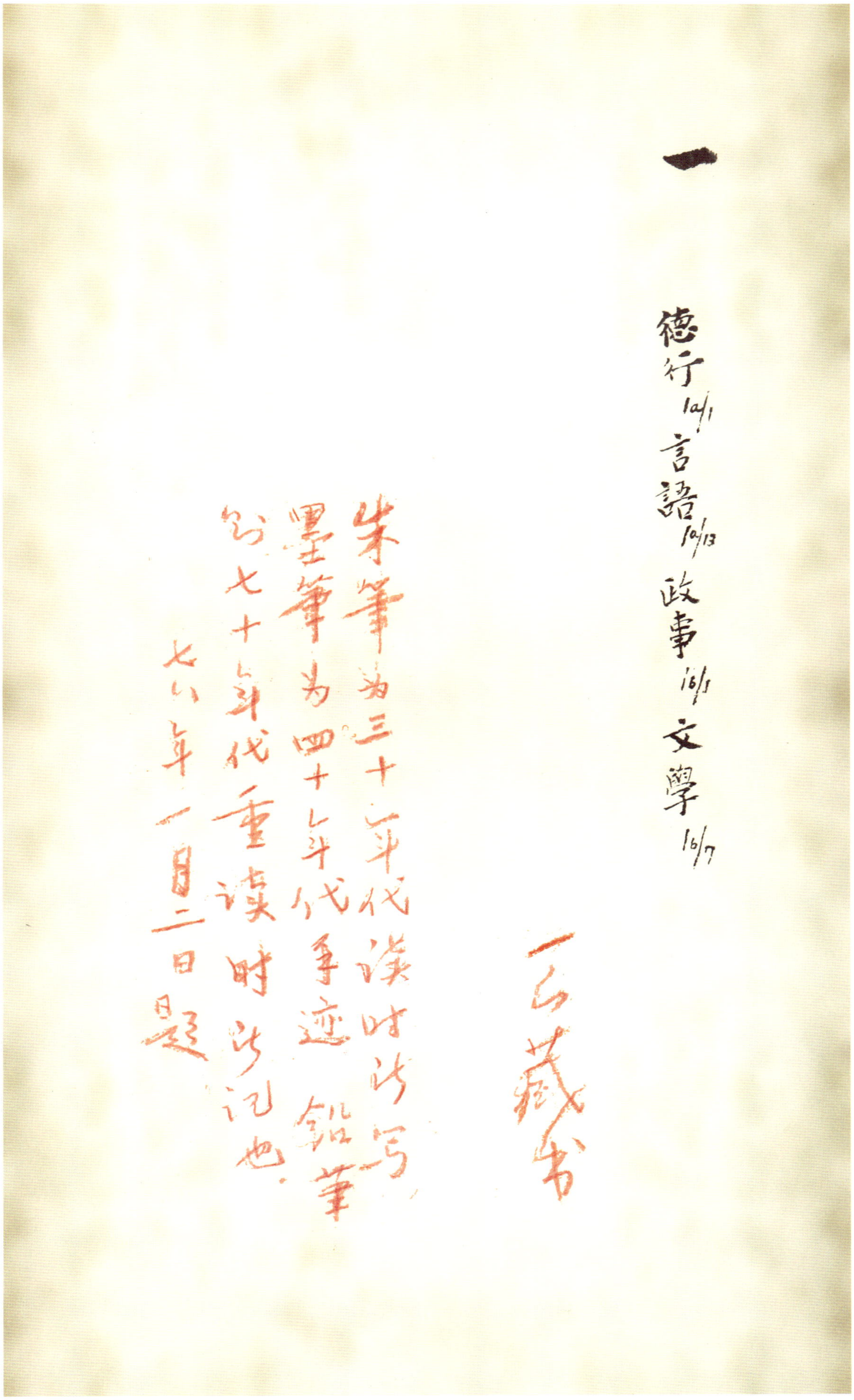

世說新語

六卷

光緒十有七年
思賢講舍開雕

世說新語序目

晉人樂曠多奇情故其言語文章別是一色世說可觀已說爲晉作及于漢魏者其餘耳雖典雅不如左氏國語馳騖不如諸國策而清微簡遠居然玄勝槩舉如衞虎渡江安后教兒機鋒似沈滑稽又冷類入人夢思有味有情嚥之愈多嚼之不見盡于時諸公剸以一言半句爲終身之目未若後來人士俛焉下筆始定名價臨川善述更自高簡有法反正之評戾實之載豈不或有亦當頌之使與諸書並行也晚後淺俗柰解人正不可得嗚呼人言江左清談遺事槃槃一老出其游戲餘力尚足辦此百萬之敵兹非談之宗歟抑吾取其文而非論其人也丙戌長夏病思無聊因于校家本精刻其長註間疏其滯義明年以

授梓迺五月既望梓成耘廬劉應登自書其端是爲序

嘗攷載記所述晉人話言簡約玄澹爾雅有韻世言江左善清談今閱新語信乎其言之也臨川撰爲此書採掇綜敘明暢不繁孝標所注能收錄諸家小史分釋其義詁訓之賞見於高似孫緯略余家藏宋本是放翁校刊本謝湖躬耕之暇手披心寄自謂可觀爰付梓人傳之同好因歎昔人論司馬氏之祚亡於清談斯言也無乃過甚矣乎竹林之儔希慕沂樂蘭亭之集咏歌堯風陶荊州之勤敏謝東山之恬鎮解莊易則輔嗣平叔擅其宗析梵言則道林法深領其乘或詞冷而趣遠或事瑣而意奧風旨各殊人有興託王茂弘祖士雅之流才通氣峻心翼王室又斑斑載諸冊簡是可非之者哉詩不云乎濟濟多士文王

以盦余以瑯琊王之渡江諸賢弘贊之力爲多非㗊說也夫諸晤言率遇藻裁遂爲終身品目故類以標格相高玄虛成旨一時雅尚有東京廚俊之流風焉然曠達折落濫觴莫拯取譏世教撫卷惜之此於諸賢不無遺憾焉耳矣刻成序之嘉靖乙未歲立秋日也吳郡袁褧撰

簡傲

下卷下

排調　輕詆

假譎　黜免

儉嗇　汰侈

忿狷　讒險

尤悔　紕漏

惑溺　仇隙

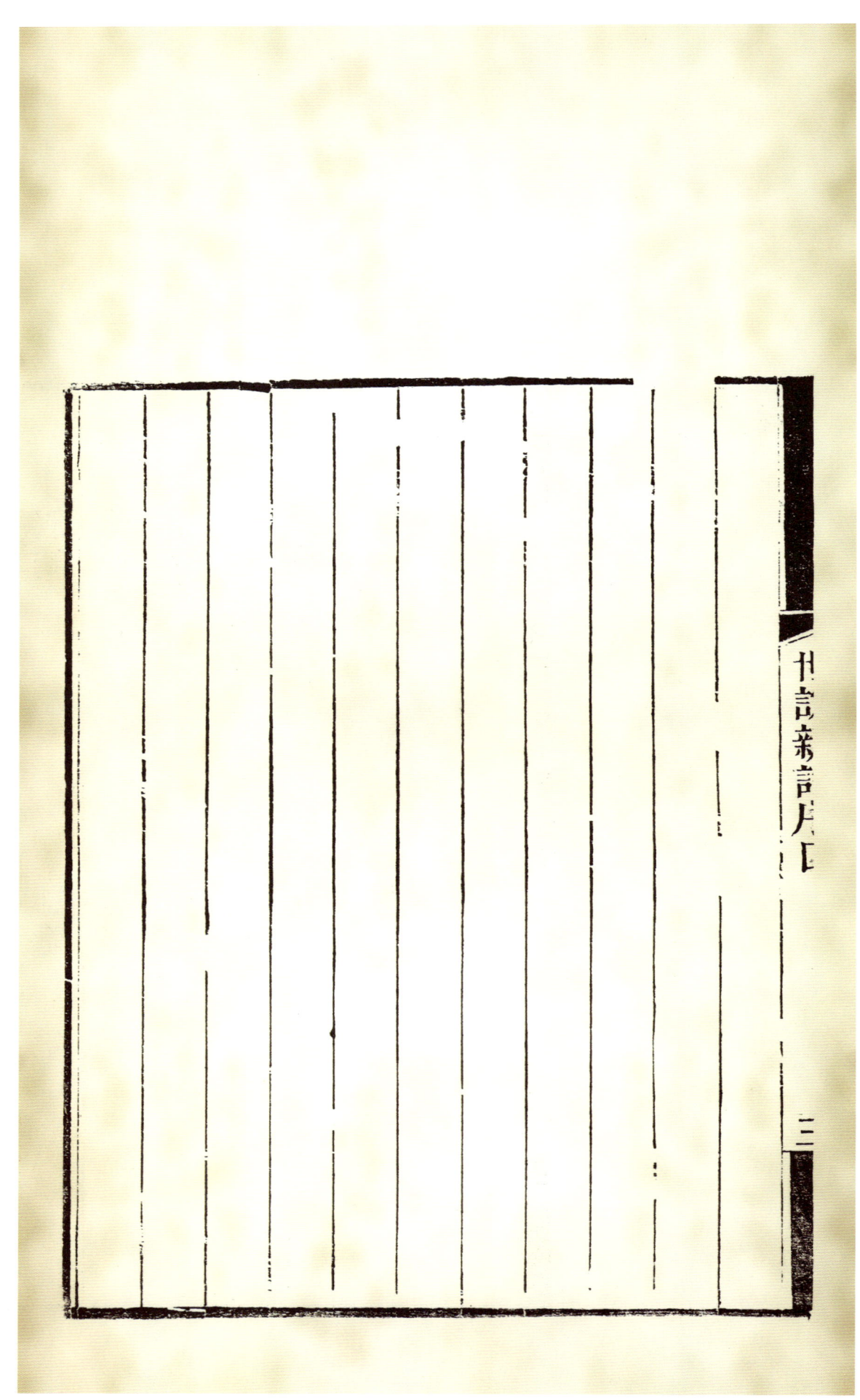

世說舊題一首舊跋二首

宋臨川王義慶采擷漢晉以來佳事佳話爲世說新語極爲精絕而猶未爲奇也梁劉孝標注此書引援詳確有不言之妙如引漢魏吳諸史及子傳地理之書皆不必言只如晉氏一朝史及晉諸公列傳譜錄文章凡一百六十六家皆出於正史之外記載特詳聞見未接寔爲注書之法右見高氏緯略

右世說三十六篇世所傳釐爲十卷或作四十五篇而末卷但重出前九卷中所載余家舊藏蓋得之王原叔家後得晏元獻公手自校本盡去重復其注亦小加翦截最爲善本晉人雅尚清談唐初史臣修書率意竄定多非舊語尚賴此書以傳後世然字有譌舛語有難解以宅書證之閒有可是正處而注亦比

晏本時爲增損至於所疑則不敢妄下雌黃姑亦傳疑以竢通
博紹興八年夏四月癸亥廣川董弅題

郡中舊有南史劉賓客集版皆廢于火世說亦不復存游到官
始重刻之以存故事世說最後成因併識于卷末淳熙戊申重
五日新定郡守笠澤陸游書

附釋名

郭泰字林宗　亦稱有道

荀淑字季和　亦稱朗陵

蔡邕字伯喈　亦稱中郎

楊彪字文先　亦稱太尉

曹操字孟德　亦稱曹公　亦稱魏武　亦稱魏公　亦稱魏

太祖

劉表字景升　亦稱荆州

劉備字玄德　亦稱豫州　亦稱先主

張昭字子布　亦稱輔吳

荀彧字文若　亦稱令君

陳羣字長文　亦稱司空

孫策字伯符　亦稱討逆

曹丕　亦稱魏文帝　亦稱五官將

曹植字子建　亦稱臨淄侯

司馬師字子元　亦稱司馬景王　亦稱晉景王

司馬昭字子上　亦稱司馬文王　亦稱晉文王

簡文帝昱字道萬　亦稱文帝　亦稱會稽王　亦稱相王

　亦稱撫軍

司馬晞　亦稱太宰　亦稱武陵王

司馬道子　亦稱太傅　亦稱會稽王

王祥字休徵　亦稱太保

王渾字玄沖　亦稱司徒　亦稱京陵

王昶字文舒　亦稱司空

裴徽字文季　亦稱冀州　亦稱使君

何晏字平叔　亦稱尚書

鄧颺字玄茂　亦稱尚書

張華字茂先　亦稱張公

裴頠字逸民　亦稱僕射　亦稱成公

陸機字士衡　亦稱平原

陸雲字士龍　亦稱清河

蔡洪字叔開　亦稱秀才

羊祜字叔子　亦稱太傅　亦稱羊公

王衍字夷甫　亦稱太尉

阮籍字嗣宗　亦稱步兵

嵇康字叔夜　亦稱中散　亦稱嵇公

王戎字濬沖　亦稱安豐

山濤字巨源　亦稱司徒　亦稱山公

裴楷字叔則　亦稱裴令　亦稱令公

王乂字叔元　亦稱平北

樂廣字彥輔　亦稱樂令

荀勖字公曾　亦稱濟北

謝鯤字幼輿　亦稱豫章

賀循字彥先　亦稱司空

劉寔字子眞　亦稱太常
王澄字平子　亦稱阿平
王敦字處仲　亦稱阿黑　亦稱大將軍
王導字茂弘　亦稱阿龍　亦稱丞相　亦稱王公　亦稱治
城公
庾亮字元規　亦稱庾公　亦稱文康
祖納字士言　亦稱光祿
顏含字弘都　亦稱光祿
王湛字處沖　亦稱汝南
諸葛恢字道明　亦稱諸葛令
謝裒字幼儒　亦稱尚書

庾敳字子嵩　亦稱中郎

庾琮字子躬　亦稱庾公

祖逖字士雅　亦稱車騎

衛玠字叔寶　亦稱虎　亦稱洗馬

周顗字伯仁　亦稱僕射　亦稱周侯

陶侃字士行　亦稱陶公

桓彝字茂倫　亦稱廷尉

殷羨字洪喬　亦稱豫章

褚裒字季野　亦稱褚公　亦稱太傅

殷融字洪遠　亦稱太常

劉惔字眞長　亦稱劉尹　亦稱丹陽

王承字安期　亦稱參軍　亦稱東海
韓伯字康伯　亦稱豫章　亦稱太常
許詢字玄度　亦稱阿訥　亦稱許掾
顧和字君孝　亦稱司空
郗鑒字道徽　亦稱太尉　亦稱太傅　亦稱司空
謝尚字仁祖　亦稱堅石　亦稱鎮西
謝奕字無奕　亦稱安西
謝奉字弘道　亦稱安南
謝安字安石　亦稱太傅　亦稱謝公　亦稱文靖　亦稱僕射　亦稱侍中
謝萬字萬石　亦稱阿萬　亦稱中郎

王述字懷祖　亦稱藍田　亦稱宛陵

王胡之字修齡　亦稱阿齡　亦稱司州

王濛字仲祖　亦稱阿奴　亦稱長史

江虨字思玄　亦稱僕射

王微字幼仁　亦稱荆産

孫綽字興公　亦稱長樂

郗愔字方回　亦稱司空　亦稱郗公

桓溫字元子　亦稱桓公　亦稱征西　亦稱大司馬　亦稱
宣武

孫盛字安國　亦稱孫監

王羲之字逸少　亦稱右軍　亦稱臨川

荀羨字令則　亦稱中郎
庾翼字穉恭　亦稱征西　亦稱小庾
何充字次道　亦稱驃騎　亦稱揚州
蔡謨字道明　亦稱蔡公　亦稱司徒
阮裕字思曠　亦稱光祿　亦稱阮公
庾冰字季堅　亦稱司空
袁宏字彥伯　亦稱虎
桓沖字玄叔　亦稱車騎
殷浩字淵源　亦稱阿源　亦稱揚州　亦稱中軍
陸玩字士瑤　亦稱太尉
郗曇字重熙　亦稱中郎

王脩字敬仁　亦稱茍子

王藴字叔仁　亦稱阿興　亦稱光祿

謝玄字幼度　亦稱遏　亦稱車騎

王恬字敬豫　亦稱王螭　亦稱阿螭

王洽字敬和　亦稱領軍　亦稱車騎

王薈字敬文　亦稱小奴　亦稱衛軍

謝琰字瑗度　亦稱末婢　亦稱望蔡

桓謙字敬祖　亦稱中軍

謝朗字長度　亦稱胡兒　亦稱東陽

袁山松　亦稱府君

桓伊字叔夏　亦稱子野　亦稱護軍

戴逵字安道　亦稱戴公

王凝之字叔平　亦稱江州

王徽之字子猷　亦稱黃門

郗恢字道胤　亦稱尚書

王坦之字文度　亦稱中郎　亦稱安北　亦稱北中郎

王獻之字子敬　亦稱阿敬　亦稱王令

張玄之字祖希　亦稱冠軍　亦稱吳興

王珣字元琳　亦稱法護　亦稱東亭

王珉字季琰　亦稱僧彌　亦稱小令

王忱字佛大　亦稱王大　亦稱阿大　亦稱建武

桓玄字敬道　亦稱靈寶　亦稱南郡

王廞字伯輿　亦稱長史
殷仲堪　亦稱荆州
王謐字稚遠　亦稱武岡　亦稱司徒
陶潛字淵明　亦稱靖節　亦稱徵士
謝混字叔源　亦稱益壽　亦稱望蔡
謝靈運　亦稱康樂
法汰　亦稱汰法師
竺法深　亦稱深公
支遁字道林　亦稱林公　亦稱支公　亦稱支法師　亦稱
林道人　亦稱林法師

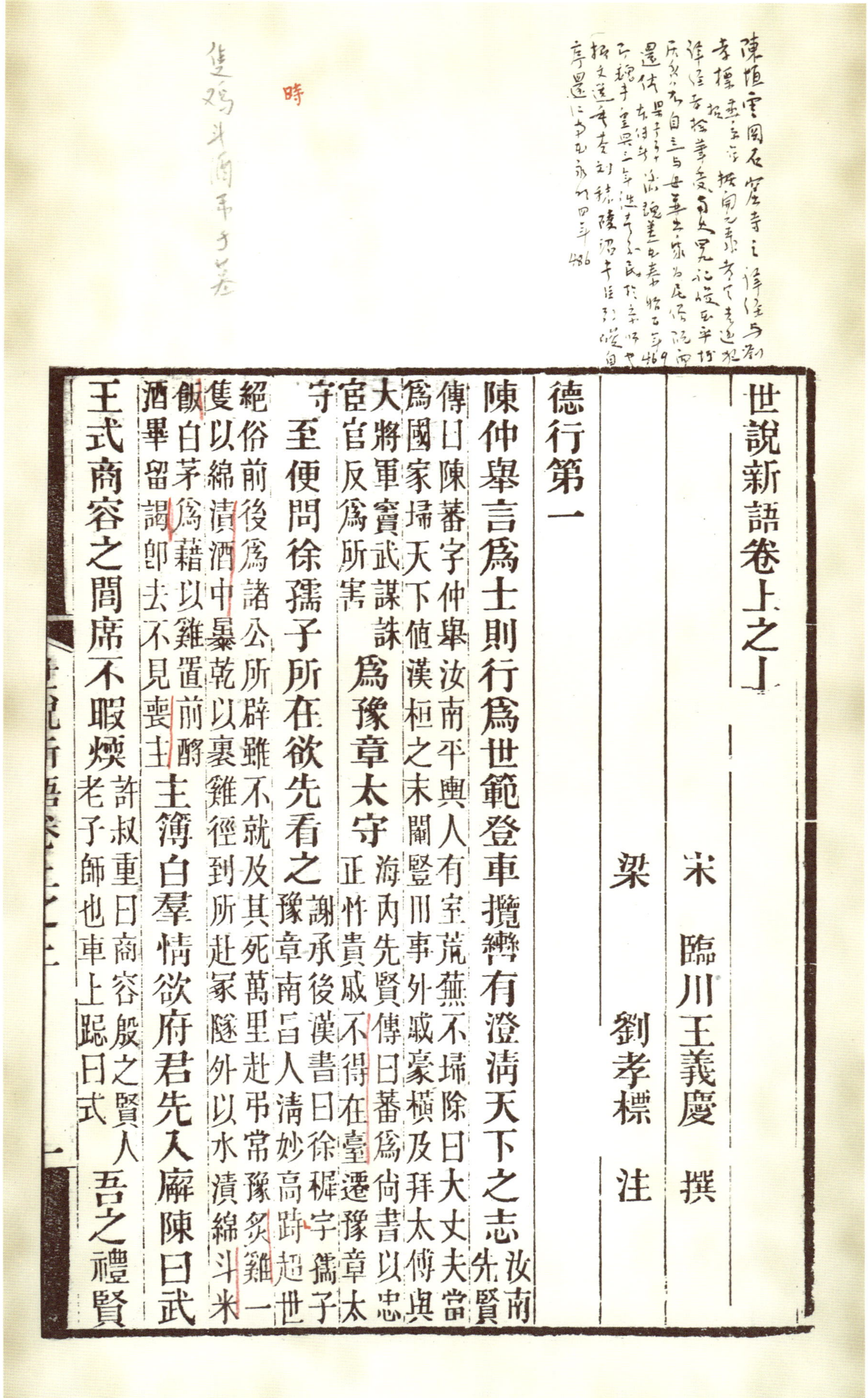

世說新語卷上之上

宋 臨川王義慶 撰

梁 劉孝標 注

德行第一

陳仲舉言爲士則行爲世範登車攬轡有澄淸天下之志汝南先賢傳曰陳蕃字仲舉汝南平輿人有室荒蕪不埽除曰大丈夫當爲國家埽天下値漢桓之末閹豎用事外戚豪橫及拜太傅與大將軍竇武謀誅宦官反爲所害 爲豫章太守海內先賢傳曰蕃爲尙書以忠正忤貴戚不得在臺遷豫章太守 至便問徐孺子所在欲先看之謝承後漢書曰徐穉字孺子豫章南昌人淸妙高跱超世絕俗前後爲諸公所辟雖不就及其死萬里赴弔常豫炙雞一隻以綿漬酒中暴乾以裹雞徑到所赴冢隧外以水漬綿斗米飯白茅爲藉以雞置前醊酒畢留謁卽去不見喪主 主簿白羣情欲府君先入廨陳曰武王式商容之閭席不暇煖許叔重曰商容殷之賢人老子師也車上跽曰式 吾之禮賢

○陈垣云冈石窟寺之译经与刘孝标（燕京学报）据开元录考定吉迦夜译经，孝检笔受。南史四九记峻在平城居贫不自立，与母并出家为尼僧，既而还俗。（梁书五十本传无）。流魏盖在泰始五年（469），即魏书皇兴三年徙青州民于京师也。据文选重答刘秣陵诏书注引峻自序，还江南在永明四年（486）。

○时。

○只鸡斗酒米于墓。

○闳。

有何不可袁宏漢紀曰蕃在豫章爲穉獨設一榻去則懸之見禮如此

周子居常云吾時月不見黃叔度則鄙吝之心已復生矣子居別見典略曰黃憲字叔度汝南愼陽人時論者咸云顏子復生而族出孤鄙父爲牛醫潁川荀季和執憲手曰足下吾師範也後見袁奉高曰卿國有顏子寍知之乎奉高曰卿見吾叔度邪戴良少所服下見憲則自降薄悵然若有所失母問汝何不樂乎復從牛醫兒所來邪良曰瞻之在前忽焉在後所謂良之師也

郭林宗至汝南造袁奉高續漢書曰郭泰字林宗太原介休人泰少孤年二十行學至成皋屈伯彥精廬乏食衣不蓋形而處約味道不改其樂李元禮一見稱之曰吾見士多矣無如林宗者也及卒蔡伯喈爲作碑曰吾爲人作銘未嘗不有慚容唯爲郭有道碑頌無愧耳初以有道君子徵泰曰吾觀乾象人事天之所廢不可支也遂辭以疾汝南先賢傳曰袁宏字奉高愼陽人友黃叔度於童齒薦陳仲舉於家巷辟太尉掾卒車不停軌鸞不輟軛詣黃叔度乃彌日信宿人問其故林宗曰叔度汪汪如萬頃之陂澄之不清擾之不濁其器深廣難測量也泰別傳曰薛恭祖問之泰曰奉高之器譬

諸汎濫雖清易挹也

李元禮風格秀整高自標持欲以天下名教是非爲己任薛瑩後漢書曰李膺字元禮潁川襄城人抗志清妙有文武儁才遷司隸校尉爲黨事自殺後進之士有升其堂者皆以爲登龍門三秦記曰龍門一名河津去長安九百里水懸絕龜魚之屬莫能上上則化爲龍矣

李元禮嘗歎荀淑鍾皓先賢行狀曰荀淑字季和潁川潁陰人也所拔韋褐芻牧之中執案刀筆之吏皆爲英彥舉方正補朗陵侯相所在流化鍾皓字季明潁川長社人父祖至德著名皓高風承世除林慮長不之官人位不足天爵有餘曰荀君清識難尙鍾君至德可師海內先賢傳曰潁川先輩爲海內所師者定陵陳穉叔潁陰荀淑長社鍾皓少府李膺宗此三君常言荀君清識難尙陳鍾至德可師

陳太丘詣荀朗陵貧儉無僕役陳寔字仲弓潁川許昌人爲聞喜令太丘長風化宣流乃使元方將車先賢行狀曰陳紀字元方寔長子也至德絕俗與寔高名並著而弟諶又配之每宰府辟召羔雁成羣世號三君百城皆圖畫季方持杖後從長文尙小載箸車中旣至荀使叔

世說新語卷上之上　二

耳

傳曰寔

宋本作從後

○耳。
○传曰寔。
○宋本作『从后』。

慈應門慈明行酒餘六龍下食張璠漢紀曰淑有八子儉緄靖燾汪爽肅敷淑居西豪里縣令苑康曰昔高陽氏有才子八人遂署其里爲高陽里時人號曰八龍文若亦小坐箸厀前于時太史奏眞人東行檀道鸞續晉陽秋曰陳仲弓從諸子姪造荀父子于時德星聚太史奏五百里賢人聚

客有問陳季方海內先賢傳曰陳諶字季方寔少子也才識博達司空掾公車徵不就足下家君太丘有何功德而荷天下重名季方曰吾家君譬如桂樹生泰山之阿上有萬仞之高下有不測之深上爲甘露所霑下爲淵泉所潤當斯之時桂樹焉知泰山之高淵泉之深不知有功德與無也

陳元方子長文有英才魏書曰陳羣字長文祖寔嘗謂宗人曰此兒必興吾宗及長有識度其所善皆父黨與季方子孝先陳氏譜曰諶子忠字孝先州辟不就各論其父功德爭之不能決咨於太丘太丘曰元方難爲兄季方難爲弟一作元方難爲弟季方難爲兄

〇刘盼遂引规箴篇注：『王珉声出兄珣右，时人语曰：「法护非不佳，阿弥难为兄。」』及陆龟蒙小名录一『僧珍（珉小字）难为兄，法护（珣小字）难为弟』为证，谓『一

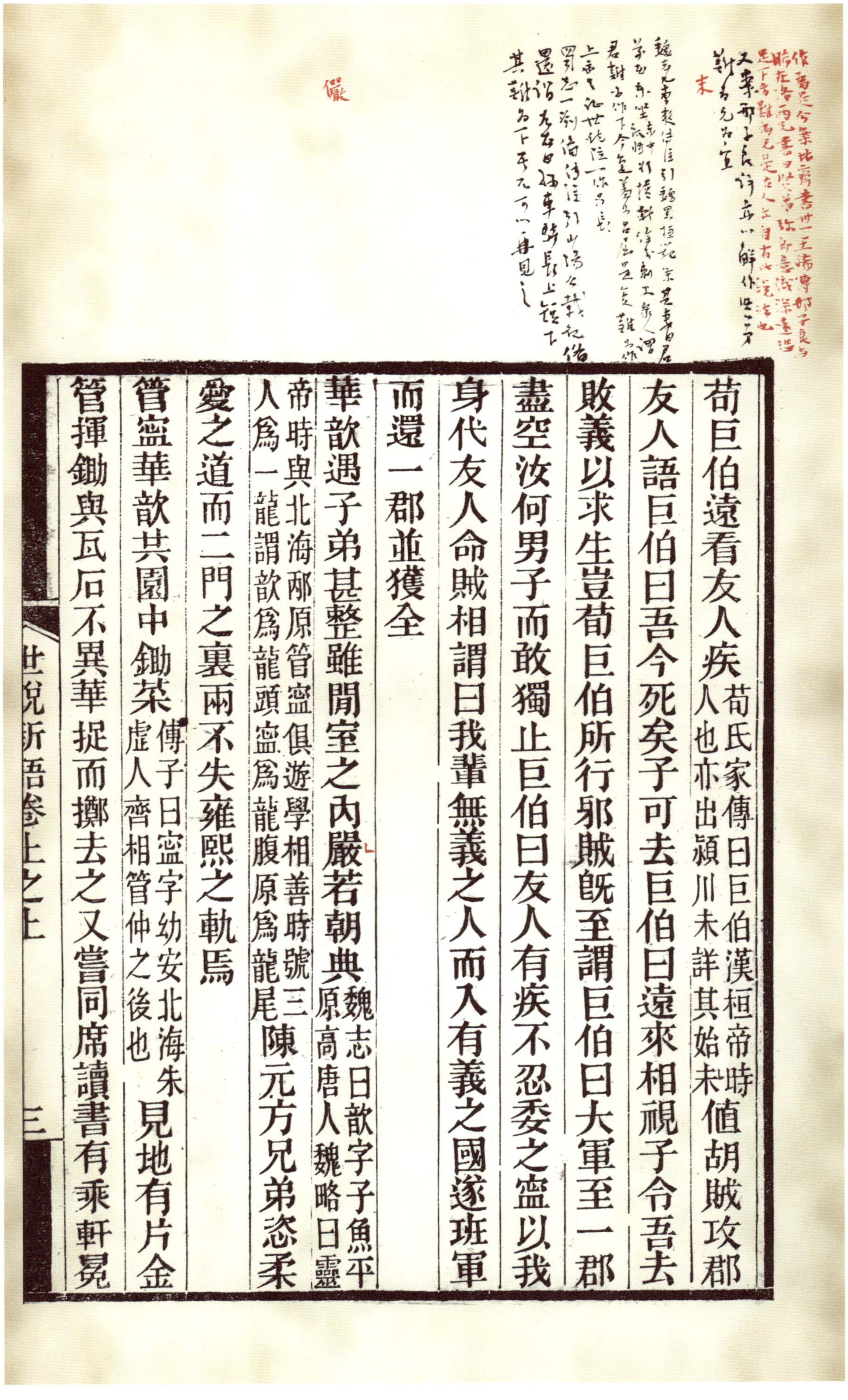
荀巨伯遠看友人疾荀氏家傳曰巨伯漢桓帝時人也亦出潁川未詳其始末值胡賊攻郡友人語巨伯曰吾今死矣子可去巨伯曰遠來相視子令吾去敗義以求生豈荀巨伯所行邪賊既至謂巨伯曰大軍至一郡盡空汝何男子而敢獨止巨伯曰友人有疾不忍委之寧以我身代友人命賊相謂曰我輩無義之人而入有義之國遂班軍而還一郡並獲全

華歆遇子弟甚整雖閒室之內嚴若朝典魏志曰歆字子魚平原高唐人魏略曰靈帝時與北海邴原管寧俱遊學相善時號三人爲一龍謂歆爲龍頭寧爲龍腹原爲龍尾陳元方兄弟恣柔愛之道而二門之裏兩不失雍熙之軌焉

管寧華歆共園中鋤菜傅子曰寧字幼安北海朱虛人齊相管仲之後也見地有片金管揮鋤與瓦石不異華捉而擲去之又嘗同席讀書有乘軒冕

世說新語卷上之上　三

作』为是。今案北齐书卅一王晞传，邢子良与晞在洛两兄书曰：『贤弟弥郎，意识深远……恐足下方难为兄。』是古人亦自有此说法也。

又案邢子良评，亦以解作『贤弟难为兄』为宜。

○末。

○魏志九曹爽传注引魏略桓范条：『其妻曰：「君前在东，坐（东中郎将）欲擅斩徐州刺史，众人谓君难为作下，今复羞为吕屈，是复难为作上。」』亦足证世说注『一作』为长。

○蜀志一刘备传注引山阳公载记：『备还谓左右曰：「孙车骑长上短下，其难为下，吾不可以再见之」。』

○俨。

○初。

初

過門者，寍讀如故，歆廢書出看。寍割席分坐曰：「子非吾友也。」魏略曰：寍少恬靜，常笑邴原、華子魚有仕宦意。及歆爲司徒，上書讓寍。寍聞之笑曰：「子魚本欲作老吏，故榮之耳。」

王朗每以識度推華歆。魏書曰：朗字景興，東海郯人，魏司徒。歆蜡日禮記曰：天子大蜡八，伊耆氏始爲蜡。蜡，索也。歲十二月，合聚萬物而索饗之。五經要義曰：三代名臘，夏曰嘉平，殷曰清祀，周曰大蜡，總謂之臘。晉博士張亮議曰：蜡者，合聚百物索饗之，歲終休老息民也。臘者，祭宗廟五祀。傳曰：臘，接也。祭則新故交接也。秦漢以來，臘之明日爲祝歲，古之遺語也。嘗集子姪燕飲，王亦學之。有人向張華說此事，張曰：「王之學華，皆是形骸之外，去之所以更遠。」王隱晉書曰：張華字茂先，范陽人也。累遷司空，而爲趙王倫所害。

華歆、王朗俱乘船避難，有一人欲依附，歆輒難之。朗曰：「幸尚寬，何爲不可？」後賊追至，王欲舍所攜人。歆曰：「本所以疑，正爲此耳。既已納其自託，寍可以急相棄邪？」遂攜拯如初。世以此定華、王

○冰。○飞入其幕。○趁。

冰 飞入其幕 趁

之優劣華嶠譜敘曰歆爲下邽令漢室方亂乃與同志士鄭太
等六七人避世自武關出道遇一丈夫獨行願得與俱
皆哀許之歆獨曰不可今在危險中禍福患害義猶一也今無
故受之不知其義若有進退可中棄乎衆不忍卒與俱行此丈
夫中道墮井皆欲棄之歆乃曰已與
俱矣棄之不義卒共還出之而後別
王祥事後母朱夫人甚謹晉諸公贊曰祥字休徵琅邪臨沂人
祥世家曰祥父融娶高平薛氏生祥
繼室以廬江朱氏生覽晉陽秋曰後母數譖祥屢以非理使祥
弟覽輒與祥俱又虐使祥婦覽妻亦趨而共之母患方盛寒水
凍母欲生魚祥解衣將剖冰求之會有處冰小解魚出蕭廣濟
孝子傳曰祥後母忽欲黃雀炙祥念難卒致須臾有數十黃雀
飛入其幕母之所須必自奔
走無不得焉其誠至如此 家有一李樹結子殊好母恆使守
之時風雨忽至祥抱樹而泣蕭廣濟孝子傳曰祥後母庭中有
李始結子使祥晝視鳥雀夜則趁
鼠一夜風雨大至祥抱 祥嘗在別牀眠母自往闇斫之值祥私
泣至曉母見之惻然
起空斫得被既還知母憾之不已因跪前請死母於是感悟愛
之如己子虞預晉書曰祥以後母故陵遲不仕年向六十刺史
呂虔檄爲別駕時人歌之曰海沂之康寔賴王祥邦

昔嘗　卿　徙當是從　奚

國不空別駕之功累遷太保

晉文王稱阮嗣宗至慎每與之言言皆玄遠未嘗臧否人物魏書曰文王諱昭字子上宣帝第二子也魏氏春秋曰阮籍字嗣宗陳留尉氏人阮瑀子也宏達不羈不拘禮俗兖州刺史王昶請與相見終日不得與言昶愧歎之自以不能測也口不論事自然高邁李康家誡曰昔嘗侍坐於先帝時有三長史俱見臨辭出上曰爲官長當清當慎當勤脩此三者何患不治乎並受詔上顧謂吾等曰必不得已而去於斯三者何先或對曰清固爲本復問吾吾對曰清慎之道相須而成必不得已慎乃爲大上曰卿言得之矣可舉近世能慎者誰乎吾乃舉故太尉荀景倩尚書董仲達僕射王公仲上曰此諸人者溫恭朝夕執事有恪亦各其慎也然天下之至慎者其唯阮嗣宗乎每與之言言及玄遠而未嘗評論時事臧否人物可謂至慎乎

王戎云與嵇康居二十年未嘗見其喜慍之色康集敘曰康字叔夜譙國銍人王隱晉書曰嵇本姓奚其先避怨徙上虞移譙國銍縣以出自會稽取國一支音同本奚焉虞預晉書曰銍有嵇山家於其側因氏焉康別傳曰康性含垢藏瑕愛惡不爭於懷喜怒不寄於顏所知王濬沖在襄城面數百未嘗見其疾聲朱顏此亦方中

○昔尝。
○卿。
○徙当是从。
○奚。

之美範人倫之勝業也文章敘錄曰康
以魏長樂亭主壻遷郎中拜中散大夫

王戎和嶠同時遭大喪俱以孝稱王雞骨支牀和哭泣備禮晉諸
公贊曰戎字濬沖瑯邪人太保祥宗族也文皇帝輔政鍾會薦
之曰裴楷清通王戎簡要即俱辟爲掾晉踐祚累遷荆州刺史
以平吳功封安豐侯晉陽秋曰戎爲豫州刺史遭母憂性至孝
不拘禮制飲酒食肉或觀碁奕而容貌毀悴杖而後起時汝南
和嶠亦名士也以禮法自持處大憂

武帝謂劉仲雄曰王隱晉書曰劉
量米而食然顦顇哀毀不逮戎也
毅字仲雄東萊掖人漢城陽景王後也亮直清方見有不善必
評論之王公大人望風憚之僑居陽平太守杜恕致爲功曹沙
汰郡吏三百餘人三魏僉曰但聞劉功
曹不聞杜府君累遷尚書司隸校尉

卿數省王和不聞和哀
苦過禮使人憂之仲雄曰和嶠雖備禮神氣不損王戎雖不備
禮而哀毀骨立臣以和嶠生孝王戎死孝陛下不應憂嶠而應
憂戎晉陽秋曰世祖及
時談以此貴戎也

梁王趙王朱鳳晉書曰宣帝張夫人生梁孝王肜字子徽
位至太宰桓夫人生趙王倫字子彝位至相國國之

宋本无曰字
宋本掖作不夜
宋本无礼字
和峤生孝王戎死孝
柏

○宋本无『曰』字。
○宋本『掖』作『不夜』。
○宋本无『礼』字。
○和峤生孝，王戎死孝。
○柏。

○以。
○将无。

以

将无

近屬貴重當時裴令公晉諸公贊曰裴楷字叔則河東聞喜人司空秀之從弟也父徽冀州刺史有俊識楷特精易義累遷河南尹中書令卒歲請二國租錢數百萬以恤中表之貧者或譏之曰何以乞物行惠裴曰損有餘補不足天之道也名士傳曰楷行己取與任心而動毀譽雖至處之晏然皆此類

王戎云太保居在正始中不在能言之流及與之言理中清遠將無以德掩其言晉陽秋曰祥少有美德行

王安豐遭艱至性過人裴令往弔之曰若使一慟果能傷人濬沖必不免滅性之譏曲禮曰居喪之禮毀瘠不形視聽不衰不勝喪乃比於不慈不孝孝經曰毀不滅性聖人之教也

王戎父渾有令名官至涼州刺史世語曰渾字長原有才望歷尚書涼州刺史渾薨所歷九郡義故懷其德惠相率致賻數百萬戎悉不受虞預晉書曰戎

宋本三作七案晉書三八宣五王傳言宣帝九男不云駿是第幾子依次數之駿當是第七子宋本作七爲是十字則衍文也

宋本皆作毋

由昇顯名

劉道眞嘗爲徒晉百官名曰劉寶字道眞高平人徒罪役作者扶風王駿虞預晉書曰駿字子臧宣帝第十三子好學至孝晉諸公贊曰駿八歲爲散騎常侍侍魏齊王講晉受禪封扶風王鎮關中爲政最美薨贈武王西士思之但見其碑贊者皆拜之而泣其遺愛如此以五百疋布贖之既而用爲從事中郎當時以爲美事

王平子胡毋彥國諸人皆以任放爲達或有裸體者晉諸公贊曰王澄字平子有達識荊州刺史永嘉流人名曰胡毋輔之字彥國泰山奉高人湘州刺史王隱晉書曰魏末阮籍嗜酒荒放露頭散髮裸袒箕踞其後貴游子弟阮瞻王澄謝鯤胡毋輔之之徒皆祖述於籍謂得大道之本故去巾幘脫衣服露醜惡同禽獸甚者名之爲通次者名之爲達也樂廣笑曰名教中自有樂地何爲乃爾也

郗公值永嘉喪亂在鄉里甚窮餒鄉人以公名德傳共飴之公常攜兄子邁及外生周翼二小兒往食鄉人曰各自饑困以君

〇宋本『三』作『七』案晉书三八宣五王传言宣帝九男，不云骏是第几子。依次叙数之，骏当是第七子。宋本作『七』为是，『十』字则衍文也。
〇宋本皆作『毋』。

○啖。

之賢欲共濟君耳恐不能兼有所存公於是獨往食輒含飯著兩頰邊還吐與二兒後並得存同過江郗鑒別傳曰鑒字道徽高平金鄉人漢御史大夫郗慮後也少有體正耽思經籍以儒雅著名永嘉末天下大亂饑饉相望冠帶以下皆割己之資供鑒元皇徵爲領軍遷司空太尉中興書曰鑒兄子邁字思遠有幹世才略累遷少府中護軍郗公亡翼爲剡縣解職歸席苫於公靈牀頭心喪終三年周氏譜曰翼字子卿陳郡人祖奕上谷太守父優車騎咨議歷剡令青州刺史少府卿六十四而卒

顧榮在洛陽嘗應人請覺行炙人有欲炙之色因輟己施焉同坐嗤之榮曰豈有終日執之而不知其味者乎後遭亂渡江每經危急常有一人左右已問其所以乃受炙人也文士傳曰榮字彥先吳郡人其先越王句踐之支庶封於顧邑子孫遂氏焉世爲吳著姓大父雍吳丞相父穆宜都太守榮少朗俊機警風穎標徹歷廷尉正曾在省與同僚共飲見行炙者有異於常僕乃割炙以噉之後趙王倫篡位其子爲中領軍逼用榮爲長史及倫誅榮亦

宋本皆作訥

奴价倍婢

井

青溪渚

被執凡受戮等輩十有餘人或有救榮者問其故曰某省中受炙臣也榮乃悟而歎曰一餐之惠恩今不忘古人豈虛言哉

祖光祿少孤貧性至孝常自爲母炊爨作食王隱晉書曰祖納字士言范陽遒人九世孝廉納諸母三兄最治行操能清言歷太子中庶子廷尉卿避地江南溫嶠薦爲光祿大夫王平北聞其佳名以兩婢餉之因取爲中郎王乂別傳曰乂字叔元琅邪臨沂人時蜀新平二將作亂文帝西之長安乃徵爲相國司馬遷大尙書出督幽州諸軍事平北將軍有人戲之者曰奴價倍婢祖云百里奚亦何必輕於五羖之皮邪楚國先賢傳曰百里奚字凡伯楚國人少仕於虞爲大夫晉欲假道於虞以伐虢諫而不聽奚乃去之說苑曰秦穆公使賈人載鹽於虞諸賈人買百里奚以五羊皮穆公觀鹽怪其牛肥問其故對曰飲食以時使之不暴是以肥也公令有司沐浴衣冠之公孫支讓其卿位號曰五羖大夫

周鎭罷臨川郡還都未及上住泊青溪渚永嘉流人名曰鎭字康時陳留尉氏人也祖父和故安令父震司空長史中興書曰鎭清約寡欲所在有異績王丞相往看之丞相別傳曰王導字茂弘琅邪人祖覽以德行稱父裁侍御史導少知名家世貧約恬暢樂道未嘗以風塵經懷也時夏月暴雨卒至

世說新語卷上之上　七

○宋本皆作『讷』。
○奴价倍婢。
○井。
○青溪渚。

〇俸。〇担。

攎　　俸

舫至狹小而又大漏殆無復坐處王曰胡威之清何以過此即啟用為吳興郡 晉陽秋曰胡威字伯虎淮南人父質以忠清顯質為荊州威自京師往省之及告歸質賜威絹一匹威跪曰大人清高於何得此質曰是吾奉祿之餘故以為汝糧耳威受而去每至客舍自放驢取樵爨炊食畢復隨旅進道質帳下都督陰齎糧要之因與為伴每事相助經營之又進少飯威疑之密誘問之乃知都督也謝而遣之後以白質質杖都督一百除其吏名父子清慎如此及威為徐州世祖賜見與論邊事及平生帝歎其父清因謂威曰卿清孰與父對曰臣清不如也帝曰何以為勝汝邪對曰臣父清畏人知臣清畏人不知是以不如遠矣

鄧攸始避難於道中棄己子全弟子 晉陽秋曰攸字伯道平陽襄陵人七歲喪父母及祖父母持重九年性清慎平簡鄧粲晉紀曰永嘉中攸為石勒所獲召見立幕下與語說之坐而飯焉攸車所止與胡人鄰轂胡人失火燒車營勒吏案問胡胡誣攸攸度不可與爭乃曰向為老姥作粥失火延逸罪應萬死勒知遺之所誣胡厚德攸遺其驢馬護送令得逸王隱晉書曰攸以路遠斫壞車以牛馬負妻子以叛賊又掠其牛馬攸語妻曰吾弟早亡唯有遺民今當步走儋兩兒盡死不如棄己兒抱遺民吾後猶當有兒婦從之中興書曰攸棄兒於草中兒啼呼追之至莫復及攸明日繫兒於

○年。
○颖。

樹而去遂渡江至尚書左僕射卒弟子綏服攸齊衰三平既過江取一妾甚寵愛歷年後訊
其所由妾具說是北人遭亂憶父母姓名乃攸之甥也攸素有
德業言行無玷聞之哀恨終身遂不復畜妾

王長豫爲人謹順事親盡色養之孝中興書曰王悅字長豫丞相導長子也仕至中書侍
郎丞相見長豫輒喜見敬豫輒嗔文字志曰王恬字敬豫導次子也少卓犖不羈疾學尚武
不爲導所重至中軍將軍多才藝善隸書與濟陽江彪以善奕聞長豫與丞相語恒以慎密爲
端丞相還臺及行未嘗不送至車後恒與曹夫人併當箱篋長
豫亡後丞相還臺登車後哭至臺門曹夫人作簏封而不忍開
王氏譜曰導娶彭城曹韶女名淑

桓常侍聞人道深公者輒曰此公既有宿名加先達知稱又與
先人至交不宜說之桓彝別傳曰彝字茂倫譙國龍亢人漢五更桓榮十世孫也父穎有高名彝少孤識

世說新語卷上之上 八

○滋。
○复。

復　滋

鑒明朗避亂渡江累遷散騎常侍僧法深不知其俗姓蓋衣冠
之胄也道徽高扇譽播山東爲中州劉公弟子值永嘉亂投迹
楊土居止京邑內持法綱外允具瞻弘道之法師也以業慈清
淨而不耐風塵考室剡縣東二百里岬山中同遊十餘人高棲
浩然支道林宗其風範與高麗道人書稱其德行年七十有九終於山中也

庾公乘馬有的盧晉陽秋曰庾亮字元規潁川鄢陵人明穆皇后長兄也淵雅有德量時人方之夏侯太初
陳長文之倫侍從父琛避地會稽端拱巖然郡人嚴憚之覲接
之者數人而已累遷征西大將軍荆州刺史伯樂相馬經曰馬
白領入口至齒者名曰楡雁一名的盧奴乘客死主乘棄市凶馬也或語令賣去語林曰殷浩勸公賣馬庾
云賣之必有買者卽當害其主寍可不安己而移於他人哉昔
孫叔敖殺兩頭蛇以爲後人古之美談賈誼新書曰孫叔敖爲兒時出道上見兩頭蛇
殺而埋之歸見其母泣問其故對曰夫見兩頭蛇者必死今出
見之故爾母曰蛇今安在對曰恐後人見殺而埋之矣母曰夫
有陰德必有陽報爾無憂也後遂興於楚朝及長爲楚令尹效之不亦達乎

阮光祿在剡曾有好車借者無不皆給有人葬母意欲借而不

○阿奴。
○晋书九三裒传、桓彝谓褚有『皮里春秋』。
○洽。

阿奴

晋书九三裒传桓彝谓褚有皮里春秋

洽

敢言阮後聞之嘆曰吾有車而使人不敢借何以車爲遂焚之阮光祿別傳曰裕字思曠陳留尉氏人祖略齊國內史父顗汝南太守裕淹通有理識累遷侍中以疾築室會稽剡山徵金紫光祿大夫不就年六十一卒

謝奕作剡令中興書曰謝奕字無奕陳郡陽夏人祖衡太子少傅父裒吏部尚書奕少有器鑒辟太尉掾剡令累遷豫州刺史有一老翁犯法謝以醇酒罰之乃至過醉而猶未已太傅時年七八歲著青布絝在兄都邊坐諫曰阿兄老翁可念何可作此奕於是改容曰阿奴欲放去邪遂遣之

謝太傅絕重褚公常稱褚季野雖不言而四時之氣亦備文字志曰謝安字安石奕弟也世有學行安弘粹通遠溫雅融暢桓彝見其四歲時稱之曰此兒風神秀徹當繼蹤王東海善行書累遷太保錄尚書事贈太傅晉陽秋曰褚裒字季野河南陽翟人祖䂮安東將軍父洽武昌太守裒少有簡貴之風沖默之稱累遷江兗二州刺史贈侍中太傅

劉尹在郡臨終綿惙聞閤下祠神鼓舞正色曰莫得淫祀劉尹別傳曰惔字眞長沛國蕭人也漢氏之後眞長有雅裁雖蓽門陋巷晏如也歷司徒左長史侍中丹陽尹爲政務鎮靜信誠風塵不能移也外請殺車中牛祭神眞長答曰丘之禱久矣勿復爲煩包氏論語曰禱請也孔安國曰孔子素行合於神明故曰丘之禱久矣

謝公夫人教兒問太傅那得初不見君教兒答曰我常自教兒謝氏譜曰安娶沛國劉眈女按太尉劉子眞清潔有志操行己以禮而二子不才並黷貨致罪子眞坐免官客曰子奚不訓導之子眞曰吾之行事是其耳目所聞見而不放效豈嚴訓所變邪安后之旨同子眞之意也

晉簡文爲撫軍時續晉陽秋曰帝諱昱字道萬中宗少子也仁聞有智度穆帝幼沖以撫軍輔政大司馬桓溫廢海西公而立帝在位三年而崩所坐牀上塵不聽拂見鼠行跡視以爲佳有參軍見鼠白日行以手板批殺之撫軍意色不說門下起彈教曰鼠被害尚不能忘懷今復以鼠損人無乃不可乎

明

韩外外储说右下，秦昭襄王病，杀里中牛。

○韩非外储说右下：秦昭襄王病笃，杀里中牛。

○明。

○禈。
○咸安（三七一—三七二）。
○宋书六一江夏王义恭传『五醆盘』。

范宣年八歲後園挑菜誤傷指大啼人問痛邪荅曰非爲痛身體髮膚不敢毁傷是以啼耳宣別傳曰宣字子宣陳留人漢萊蕪長范丹後也年十歲能誦詩書兒童時手傷改容家人以其年幼皆異之徵太學博士散騎常侍一無所就年五十四卒宣潔行廉約韓豫章遺絹百匹不受中興書曰宣家至貧罕交人事豫章太守殷羨見宣茅茨不完欲爲改室宣固辭羨愛之以宣貧加年饑疾疫厚餉給之宣又不受續晉陽秋曰韓伯字康伯潁川人好學善言理歷豫章太守領軍將軍減五十匹復不受如是減半遂至一匹既終不受韓後與范同載就車中裂二丈與范云人寍可使婦無褌邪范笑而受之

王子敬病篤道家上章應首過問子敬由來有何異同得失子敬云不覺有餘事唯憶與郗家離婚王氏譜曰獻之娶高平郗曇女名道茂後離婚獻之別傳曰祖父曠淮南太守父羲之右將軍咸寍中詔尙餘姚公主遷中書令卒

殷仲堪既爲荊州值水儉食常五盌盤外無餘肴飯粒脫落盤

席間輒拾以噉之雖欲率物亦緣其性眞素每語子弟云勿以我受任方州云我豁平昔時意今吾處之不易貧者士之常焉得登枝而捐其本爾曹其存之晉安帝紀曰仲堪陳郡人太常融孫也車騎將軍謝玄請爲長史孝武說之俄爲黃門侍郎自殺袁悅之後上深爲晏駕後計故先出王恭爲北蕃荊州刺史王忱死乃中詔用仲堪代焉

初桓南郡楊廣共說殷荊州宜奪殷覬南蠻以自樹桓玄別傳曰玄字敬道譙國龍亢人大司馬溫少子也幼童中溫甚愛之臨終命以爲嗣年七歲襲封南郡公拜太子洗馬義興太守不得志少時去職歸其國與荊州刺史殷仲堪素舊情好甚隆周祗隆安記曰廣字德度弘農人楊震後也晉安帝紀曰覬字伯道陳郡人由中書郎出爲南蠻校尉覬亦以率易才悟著稱與從弟仲堪俱知名中興書曰初仲堪欲起兵密邀覬覬不同楊廣與弟佺期勸殺覬仲堪不許覬亦卽曉其旨嘗因行散率爾去下舍便不復還內外無預知者意色蕭然遠同鬬生之無慍時論以此多之春秋傳曰楚令尹子文鬬氏也論語曰令尹子文三仕爲令尹無喜色三已之無慍色

○试守孝子。

试守孝子

王僕射在江州爲殷桓所逐奔竄豫章存亡未測徐廣晉紀曰王愉字茂和太原晉陽人安北將軍坦之次子也以輔國司馬出爲江州刺史愉始至鎮而桓玄楊佺期舉兵以應王恭乘流奄至愉無防惶遽奔臨川爲玄所得玄篡位遷尚書左僕射王綏在都既憂慽在貌居處飲食每事有降時人謂爲試守孝子中興書曰綏字彥猷愉子也少有令譽自王渾至坦之六世盛德綏又知名于時冠冕莫與爲比位至中書令荊州刺史桓玄敗後與父愉謀反伏誅

桓南郡玄也既破殷荊州收殷將佐十許人咨議羅企生亦在焉玄別傳曰玄克荊州殺殷道護及仲堪參軍羅企生鮑季禮皆仲堪所親仗也桓素待企生厚將有所戮先遣人語云若謝我當釋罪企生荅曰爲殷荊州吏今荊州奔亡存亡未判我何顏謝桓公中興書曰企生字宗伯豫章人殷仲堪初請爲府功曹桓玄來攻轉咨議參軍仲堪多疑少決企生深憂之謂其弟遵生曰殷侯仁而無斷事必無成成敗天也吾當死生以之及仲堪走文武並無送者唯企生從馬路經家門遵生紿之曰作如此分別何可不執手企生回馬授手遵生便牽下之謂曰家有老母將

○涕。

涕

欲何行企生揮泣曰今日之事我必死之汝等奉養不失子道
一門之內有忠與孝亦復何恨遵生抱之愈急仲堪於路待之
企生遙呼曰今日死生是同願少見待仲堪見其無脫理策馬
而去俄而玄至人士悉詣玄企生獨不往而營理仲堪家或謂
曰玄性猜急未能取卿誠節若遂不詣禍必至矣企生正色曰
我殷侯吏見遇以國士不能共殄醜逆致此奔敗何面目就桓
求生乎玄聞怒而收之謂曰相遇如此何以見負企生曰使君
口血未乾而生此奸計自傷力劣不能翦定凶逆我死恨晚爾
玄遂斬之時年三
十有七衆咸悼之
既出市桓又遣人問欲何言荅曰昔晉文王
殺嵇康而嵇紹爲晉忠臣王隱晉書曰紹字延祖譙國銍人父
康有奇才儁辯紹十歲而孤事母孝
謹累遷散騎常侍惠帝敗於蕩陰百官左右皆奔散唯紹
儼然端冕以身衛帝兵交御輦飛箭雨集遂以見害也
從公
乞一弟以養老母桓亦如言宥之桓先曾以一羔裘與企生母
胡胡時在豫章企生問至卽日焚裘
王薈從會稽還周祗隆安記曰薈字孝伯太原晉陽人祖父濛
司徒左長史風流標望父藴鎮軍將軍亦得世
譽薈別傳曰薈淸廉貴峻志存格正起家著作郎歷丹
陽尹中書令出爲五州都督前將軍靑兗二州刺史
王大看

○东来谓自东来。
○以。
○饿。

东来谓自东来

以

餓

之王忱小字佛大晉安帝紀曰忱字元達北平將軍坦之第四子也甚得名於當世與族子恭少相善齊聲見稱仕至荆州刺史見其坐六尺簟因語恭卿東來故應有此物可以一領及我恭無言大去後卽舉所坐者送之既無餘席便坐薦上後大聞之甚驚曰吾本謂卿多故求耳對曰丈人不悉恭恭作人無長物

吳郡陳遺未詳家至孝母好食鎗底焦飯遺作郡主簿恒裝一囊每煮食輒貯錄焦飯歸以遺母後值孫恩賊出吳郡晉安帝紀曰孫恩一名靈秀琅邪人叔父泰事五斗米道以謀反誅恩逃於海上聚衆十萬人攻沒郡縣後爲臨海太守辛昺斬首送之袁府君山松別見卽日便征遺已聚斂得數斗焦飯未展歸家遂帶以從軍戰於滬瀆敗軍人潰散逃走山澤皆多饑死遺獨以焦飯得活時人以爲純孝之報也

○类聚廿引宗躬孝子传，坦之每祭辄号痛断绝，至七祭吐血死。『不免哀制』指此。

○俸。

孔僕射爲孝武侍中豫蒙眷接烈宗山陵孔時爲太常形素羸瘦著重服竟日涕泗流漣見者以爲眞孝子續晉陽秋曰孔安國字安國會稽山陰人車騎愉第六子也少而孤貧能善樹節以儒素見稱歷侍中太常尚書遷左僕射特進卒

吳道助附子兄弟居在丹陽郡後遭母童夫人艱道助坦之小字附子隱之小字也吳氏譜曰坦之字處靖濮陽人仕至西中郎將功曹父堅取東苑童偉女名秦姬朝夕哭臨及思至賓客弔省號踊哀絕路人爲之落淚韓康伯時爲丹陽尹母殷在郡每聞二吳之哭輒爲悽惻語康伯曰汝若爲選官當好料理此人康伯亦甚相知韓後果爲吏部尚書大吳不免哀制小吳遂大貴達鄭緝孝子傳曰隱之字處默少有孝行遭母喪哀毀過禮時與太常韓康伯鄰居康伯母揚州刺史殷浩之妹聰明婦人也隱之每哭康伯母輒輟事流涕悲不自勝終其喪如此謂康伯曰汝後若居銓衡當用此輩人後康伯爲吏部尚書乃進用之晉安帝紀曰隱之既有至性加以廉潔奉祿頒九族冬月無被桓玄欲革嶺南之弊以爲廣州刺史去

水

书抄三八引晋中兴书，诗曰，古人云此水，一饮直千金。

宋本无此字

失次序

州二十里有貪泉世傳飲之者其心無厭隱之乃至水上酌而飲之因賦詩曰后門有貪泉一歃重千金試使夷齊飲終當不易心爲盧循所攻還京師歷尚書領軍將軍晉中興書曰舊云往廣州飲貪泉失廉潔之性吳隱之爲刺史自酌貪泉飲之題后門爲詩云云

言語第二十一

邊文禮見袁奉高閎也失次序文士傳曰邊讓字文禮陳留人才儁辯逸大將軍何進聞其名召署令史以禮見之讓占對閑雅聲氣如流坐客皆慕之讓出就曹時孔融王朗等並前爲掾共書刺從讓讓平衡與交接後爲九江太守爲魏武帝所殺奉高曰昔堯聘許由面無怍色皇甫謐曰由字武仲陽城槐里人也堯舜皆師而學事焉後隱於沛澤之中堯乃致天下而讓焉由爲人據義履方邪席不坐邪膳不食聞堯讓而去其友巢父聞由爲堯所讓以爲污己乃臨池洗耳池主怒曰何以污我水由於是遁耕於中嶽潁水之陽箕山之下終身無經天下色死葬箕山之巔在陽城之南十里堯因就其墓號曰箕山公神以配食五嶽世世奉祀至今不絕也先生何爲顚倒衣裳文禮荅曰明府初臨堯德未彰是以賤民顚倒衣裳耳按袁

世說新語卷上之上

○水。

○书抄三八引晋中兴书，诗曰：『古人云此水，一饮直千金。』

○宋本无此二字。

○失次序。

閎卒於太尉掾未嘗爲汝南斯說謬矣

徐孺子稺也年九歲嘗月下戲人語之曰若令月中無物當極明邪五經通議曰月中有兔蟾蜍何月陰也蟾蜍亦陰也而與兔並明陰繫於陽也徐曰不然譬如人眼中有瞳子無此必不明

孔文舉融也年十歲隨父到洛時李元禮有盛名爲司隸校尉詣門者皆儁才淸稱及中表親戚乃通文舉至門謂吏曰我是李府君親既通前坐元禮問曰君與僕有何親對曰昔先君仲尼與君先人伯陽有師資之尊是僕與君奕世爲通好也元禮及賓客莫不奇之太中大夫陳韙後至人以其語語之韙曰小時了了大未必佳文舉曰想君小時必當了了韙大踧踖續漢書曰孔融字文舉魯國人孔子二十四世孫也高祖父尚鉅鹿太守父宙泰山都尉融別傳曰融四歲與兄食梨輒引小者人問其故荅

宋书九四戴法兴传大将军彭城王义康於尚书中觅了了令史。

○宋书九四戴法兴传：『大将军彭城王义康于尚书中觅了了令史。』

○周亮工因树屋书影三记金陵童子有琢钉之戏。

○毁。

周亮工因树屋书影三记金陵童子有琢钉之戏

毁

曰小兒法當取小者年十歲隨父詣京師河南尹李膺有重名
融欲觀其爲人遂造之膺問高明父祖嘗與僕周旋乎融曰然
先君孔子與君先人李老君同德比義而相師友則融與君累
世通家也衆坐莫不歎息僉曰異童子也太中大夫陳韙後至
同坐以告韙曰人小時了了者長大未必能奇融應聲曰即如
所言君之幼時豈實慧乎膺大笑顧謂融曰長大必爲偉器

孔文舉有二子大者六歲小者五歲晝日父眠小者牀頭盜酒
飲之大兒謂曰何以不拜荅曰偷那得行禮

孔融被收中外惶怖時融兒大者九歲小者八歲二兒故琢釘
戲了無遽容融謂使者曰冀罪止於身二兒可得全不兒徐進
曰大人豈見覆巢之下復有完卵乎尋亦收至魏氏春秋曰融對孫權使有訕
謗之言坐棄市二子方八歲九歲融見收奕棊端坐不起左右
曰而父見執二子曰安有巢覆而卵不破者哉遂俱見殺世語
曰魏太祖以歲儉禁酒融謂酒以成禮不宜禁由是惑衆太祖
收寘法焉二子齠齔見收顧謂二子曰何以不辭二子曰父尚
如此復何所辭裴松之以爲世語云融兒不辭知必俱死猶差
可安孫盛之言誠所未譬八歲小兒能懸了禍患聰明特達卓

○而。

然既遠則其憂樂之情固亦有過成人矣安有見父被執而無變容奕棊不起若在暇豫者乎昔申生就命言不忘父不以己之將死而廢念父之情也父安尚猶若茲而況顛沛哉盛以此爲美談無乃賊夫人之子與蓋由好奇情多而不知言之傷理也

潁川太守髡陳仲弓按寔之在鄉里州郡有疑獄不能決者皆將詣寔或到而情首或中途改辭或託狂悸皆曰寧爲刑戮所苦不爲陳君所非豈有盛德感人若斯之甚而不自衛反招刑辟殆不然乎此所謂東野之言耳客有問元方府君何如元方曰高明之君也足下家君何如曰忠臣孝子也客曰易稱二人同心其利斷金同心之言其臭如蘭王廙注繫辭曰金至堅矣同心者其利無不入蘭芳物也無不樂者言其同心者物無不樂也何有高明之君而刑忠臣孝子者乎元方曰足下言何其謬也故不相答客曰足下但因傴爲恭不能答元方曰昔高宗放孝子孝己帝王世紀曰殷高宗武丁有賢子孝己其母蚤死高宗惑後妻之言放之而死天下哀之尹吉甫放孝子伯奇琴操曰尹

吉甫周卿也有子伯奇母死更娶後妻生子曰伯邦乃譖伯奇於吉甫吉甫於是放伯奇於野宣王出遊吉甫從伯奇乃作歌以言感之宣王聞之曰此孝子之辭也吉甫乃求伯奇於野而射殺後妻董仲舒放孝子符起未詳唯此三君高明之君唯此三子忠臣孝子客慚而退

荀慈明與汝南袁閬相見荀爽一名諝漢南紀曰諝文章典籍無不涉時人諺曰荀氏八龍慈明無雙潛處篤志徵聘無所就張璠漢紀曰董卓秉政復徵爽爽欲遁去吏持之急起布衣九十五日而至三公問潁川人士慈明先及諸兄閬笑曰士但可因親舊而已乎慈明曰足下相難依據者何經閬曰方問國士而及諸兄是以尤之耳慈明曰昔者祁奚內舉不失其子外舉不失其讎以為至公春秋傳曰祁奚為中軍尉請老晉侯問嗣焉稱解狐其讎也將立之而卒又問焉對曰午也可其子也君子謂祁奚可謂能舉善矣稱其讎不為諂立其子不為比公旦文王之詩不論堯舜之德而頌文武者親親之義也春秋之義內其國而外諸夏且不愛其親而愛他人者

不爲悖德乎

禰衡被魏武謫爲鼓吏正月半試鼓衡揚枹爲漁陽摻檛淵淵有金石聲四坐爲之改容典略曰衡字正平平原般人也文士傳曰衡不知先所出逸才飄舉少與孔融作爾汝之交時衡未滿二十融已五十敬衡才秀共結殷勤不能相違以建安初北游或勸其詣京師貴游者衡懷一刺遂至漫滅竟無所詣融數與武帝牋稱其才帝傾心欲見衡稱疾不肯往而數有言論帝甚忿之以其才名不殺圖欲辱之乃令錄爲鼓吏後至八月朝會大閱試鼓節作三重閣列坐賓客以帛絹製衣作一岑牟一單絞及小幝鼓吏度者皆當脫其故衣著此新衣次傳衡衡擊鼓爲漁陽摻檛蹋地來前躡馺腳足容態不常鼓聲甚悲音節殊妙坐客莫不忼慨知必衡也既度不肯易衣吏呵之曰鼓吏何獨不易服衡便止當武帝前先脫幝次脫餘衣裸身而立徐徐乃著岑牟次著單絞後乃著幝畢復擊鼓摻槌而去顏色無怍武帝笑謂四坐曰本欲辱衡衡反辱孤至今有漁陽摻檛自衡造也爲黃祖所殺孔融曰禰衡罪同胥靡不能發明王之夢皇甫謐帝王世紀曰武丁夢天賜己賢人使百工寫其象求諸天下見築者胥靡衣褐於傅巖之野是謂傅說張晏曰胥靡刑名胥相也靡從也謂相從坐輕刑也魏武慚而

赦之

南郡龐士元聞司馬德操在潁川故二千里候之至遇德操采桑士元從車中謂曰吾聞丈夫處世當帶金佩紫焉有屈洪流之量而執絲婦之事

蜀志曰龐統字士元襄陽人少時樸鈍未有識者潁川司馬徽有知人之鑒士元弱冠往見徽徽采桑樹上坐士元樹下共語自晝至夜徽異之曰生當為南州士人之冠冕由是漸顯襄陽記曰士元德公之從子也年少未有識者唯德公重之年十八使往見德操德操與語歎曰德公誠知人實盛德也後劉備訪世事於德操德操曰俗士豈識時務此間自有伏龍鳳雛謂諸葛孔明與士元也華陽國志曰劉備引士元為軍師中郎將從攻洛為流矢所中卒時年三十八

德操曰

司馬徽別傳曰徽字德操潁川陽翟人有人倫鑒識居荊州知劉表性暗必害善人乃括囊不談議時人有以人物問徽者初不辨其高下每輒言佳其婦諫曰人質所疑君宜辨論而一皆言佳豈人所以咨君之意乎徽曰如君所言亦復佳其婉約遜遁如此嘗有妄認徽豬者便推與之後得其豬叩頭來還徽又厚辭謝之劉表子琮往候徽遣問在不會徽自鋤園琮左右問司馬君在邪徽曰我是也琮左右見其醜陋罵曰死傭將軍諸郎欲求見司馬君汝何等田奴而自

稱是邪徽歸刈頭著幘出見琮左右見徽故是向老翁恐向琮道之琮起叩頭辭謝徽乃謂曰卿眞不可然吾甚羞之此自鋤園唯卿知之耳有人臨蠶求簇箔者徽自棄其蠶而與之或曰凡人損己以贍人者謂彼急我緩也今彼此正等何爲與人徽曰人未嘗求己求之不與將慚何有以財物令人慚者人謂劉表曰司馬德操奇士也但未遇耳表後見之曰世閒人爲妄語此直小書生耳其智而能愚皆此類荆州破爲曹操所得操欲大用會其病死

子且下車子適知邪徑之速不慮失道之迷昔伯成耦耕不慕諸侯之榮

莊子曰堯治天下伯成子高立爲諸侯禹爲天子伯成辭諸侯而耕於野禹往見之趨就下風而問焉子高曰昔堯治天下不賞而民勸不罰而民畏今子賞罰而民且不仁德自此衰刑自此立夫子盍行邪毋落吾事

原憲桑樞不易有官之宅

家語曰原憲字子思宋人孔子弟子居魯環堵之室茨以生草蓬戶不完桑樞而甕牖上漏下溼坐而弦歌子貢軒車不容巷往見之曰先生何病也憲曰憲聞無財謂之貧學而不能行謂之病今憲貧也非病也夫希世而行比周而友學以爲人教以爲己仁義之慝輿馬之飾憲不忍爲也

何有坐則華屋行則肥馬侍女數十然後爲奇此乃許父

許由巢父

所以忼慨夷齊所以長歎

孟子曰伯夷叔齊目不視惡色耳不

○構。

驄惡聲與鄉人居若在塗炭蒞聖人之清也**雖有竊秦之爵千駟之富**古史考曰呂不韋爲秦子楚行千金貨於華陽夫人請立子楚爲嗣及子楚立封不韋洛陽十萬戶號文信侯以詐獲爵故曰竊也論語曰齊景公有馬千駟民無德而稱焉孔安國曰千駟四千匹**不足貴也士元曰僕生出邊垂寡見大義若不一叩洪鍾伐雷鼓則不識其音響也**

劉公幹以失敬罹罪典略曰劉楨字公幹東平寧陽人建安十六年世子爲五官中郎將妙選文學使楨隨侍太子酒酣坐歡乃使夫人甄氏出拜坐上客多伏而楨獨平視他日公聞乃收楨減使輸作部文士傳曰楨性辯捷所問應聲而荅坐平視甄夫人配輸作部使磨石武帝至尚方觀作者見楨匡坐正色磨石武帝問曰石何如楨因得喻己自理跪而對曰石出荆山懸巖之巔外有五色之章內含卞氏之珍磨之不加瑩雕之不增文稟氣堅貞受之自然顧其理枉屈紆繞而不得申帝顧左右大笑即日赦之**文帝問曰卿何以不謹於文憲楨荅曰臣誠庸短亦由陛下綱目不疏**魏志曰帝諱丕字子桓受漢禪按諸書或云楨被刑魏武之世建安二十年病亡後七年文帝乃即位而謂楨得罪黃初之時謬矣

世說新語卷上之上　七

〇水经谷水注载，听讼观西北接华林隶簿，昔刘桢磨石处也。又引文士传言，太祖以为不敬，送徒隶簿。后太祖乘步牵车乘城，降阅簿作，诸徒咸咸敬（编者案：水经注作『诸徒咸敬』。），而桢拒坐，磨石不动。『簿』当即『部』字，『簿作』疑『作簿』之误。

〇世。

〇死。

鍾毓鍾會少有令譽魏書曰毓字穉叔潁川長社人相國繇長子也年十四爲散騎侍郎機捷談笑有父風仕至車騎將軍年十三魏文帝聞之語其父鍾繇魏志曰繇字元常家貧好學爲周易老子訓歷大理相國遷太傅曰可令二子來於是敕見毓面有汗帝曰卿面何以汗毓對曰戰戰惶惶汗出如漿復問會卿何以不汗對曰戰戰慄慄汗不敢出

鍾毓兄弟小時值父晝寢因共偷服藥酒其父時覺且託寐以觀之毓拜而後飲會飲而不拜魏志曰會字士季繇少子也敏惠夙成中護軍蔣濟著論謂觀其眸子足以知人會年五歲繇遣見濟濟甚異之曰非常人也及壯有才數精練名理累遷黄門侍郎諸葛誕反文王征之會謀居多時人謂之子房拜鎮西將軍伐蜀蜀平進位司徒自謂功名蓋世不可復爲人下謂所親曰我淮南已來畫無遺策四海共知持此欲安歸乎遂謀反見誅時年四十既而問毓何以拜毓曰酒以成禮不敢不拜又問會何以不拜會曰偷本非禮所以不拜

○将。

○宋本『事任』二字作『仕』。

宋本事任二字作仕

魏明帝爲外祖母築館於甄氏魏本傳曰帝諱叡字元仲文帝太子以其母廢未立爲嗣文帝與俱獵見子母鹿文帝射其母應弦而倒復令帝射其子帝置弓泣曰陛下已殺其母臣不忍復殺其子文帝曰好語動人心遂定爲嗣是爲明帝魏書曰文昭甄皇后明帝母也父逸上蔡令烈宗卽位追封上蔡君嫡孫象襲爵象薨子暢嗣起大第車駕親自臨之既成自行視謂左右曰館當以何爲名侍中繆襲曰文章敘錄曰襲字熙伯東海蘭陵人有才學累遷侍中光祿勳陛下聖思齊於哲王罔極過於曾閔此館之興情鍾舅氏宜以渭陽爲名秦詩曰渭陽康公念母也康公之母晉獻公之女文公遭驪姬之難未反而秦姬卒穆公納文公康公時爲太子贈送文公于渭之陽念母之不見也我見舅氏如母存焉按魏書帝於後園爲象母起觀名其里曰渭陽然則象母郎帝之舅母非外祖母也且渭陽爲館名亦乖舊史也

何平叔云服五石散非唯治病亦覺神明開朗魏略曰何晏字平叔南陽宛人漢大將軍進孫也或云何苗孫也尚主又好色故黃初時無所事任正始中曹爽用爲中書主選舉宿舊者多得濟拔爲司馬宣王所誅秦丞相寒食散論曰寒食散之方雖出漢代而用之者寡靡有傳焉魏尚書何晏首獲神效由是大行於世服者相

〇佯。
〇宋本无。

佯

宋本无

尋也

嵇中散語趙景真嵇紹趙至敘曰至字景眞代郡人漢末其祖流宕客緱氏令新之官至年十二與母共道傍看母曰汝先世非微賤家也汝後能如此不至曰可爾耳歸便求師誦書蚤聞父耕叱牛聲釋書而泣師問之荅曰自傷不能致榮華而使老父不免勤苦年十四入太學觀時先君在學寫石經古文事訖去遂隨車問先君姓名先君曰年少何以問我至曰觀君風器非常故問耳先君具告之至年十五陽病數數狂走五里三里爲家追得又炙身體十數處年十六遂亡命徑至洛陽求索先君不得至鄴沛國史仲和是魏領軍史渙孫也至便依之遂名翼字陽和先君到鄴至具道太學中事便逐先君歸山陽經年至長七尺三寸潔白黑髮赤脣明目鬒鬚不多聞詳安諦體若不勝衣先君嘗謂之曰卿頭小而銳瞳子白黑分明視瞻停諦有白起風至論議淸辯有從横才然亦不以自長也孟元基辟爲遼東從事在郡斷九獄見稱淸當自痛棄親遠游母亡不見吐血發病服未竟而亡**卿瞳子白黑分明有白起之風**嚴尤三將敘曰白起平原君勸趙孝成王受馮亭王曰受之秦兵必至武安君必將誰能當之者乎對曰澠池之會臣察武安君小頭而面銳瞳子白黑分明視瞻不轉小頭而面銳者敢斷決也瞳子白黑分明者見事明也視瞻不轉者執志強也可與持久難與爭鋒廉頗

○亦。
○毌。

爲人勇鷙而愛士知難而忍恥與之野戰則不如持守足以當之王從其計恨量小狹趙云尺表能審璣衡之度周髀曰夏至北方二萬六千里冬至南方十三萬五千里日中樹表則無影矣周髀長八尺夏至日晷尺六寸髀股也晷句也正南千里句尺五寸正北千里句尺七寸周髀之書也寸管能測往復之氣呂氏春秋曰黃帝使伶倫自大夏之西崑崙之陰取竹之嶰谷生其竅厚薄均者斷兩節間而吹之以爲黃鍾之管制十二箇以聽鳳凰之鳴雄鳴六雌鳴六以爲律呂續漢書律曆志曰十二律之變至於六十以律候氣候氣之法爲室三重戶閉塗釁必周密布緹幔以木爲案加律其上以葭莩灰抑其內爲氣所動者其灰散也以此候之何必在大但問識如何耳

司馬景王東征魏書曰司馬師字子元相國宣文侯長子也以道德清粹重於朝廷爲大將軍錄尙書事毌丘儉反師自征之甍謚景王取上黨李喜以爲從事中郎因問喜曰昔先公辟君不就今孤召君何以來喜對曰先公以禮見待故得以禮進退明公以法見繩喜畏法而至耳晉諸公贊曰喜字季和上黨銅鞮人也少有高行研精藝

學宣帝爲相國辟喜喜固辭疾景帝輔政爲從事中郎累遷光祿大夫特進贈太保

鄧艾口喫語稱艾艾魏志曰艾字士載棘陽人少爲農人養犢年十二隨母至潁川讀故太丘長碑文曰言爲世範行爲士則遂名範字士則後宗族有同者故改焉每見高山大澤輒規度指畫軍營處所時人多笑焉後見司馬宣王三辟爲掾累遷征西將軍伐蜀蜀平進位太尉爲衛瓘所害晉文王戲之曰卿云艾艾定是幾艾對曰鳳兮鳳兮故是一鳳朱鳳晉紀曰文王諱昭字子上宣帝次子也列仙傳曰陸通者楚狂接輿也好養性游諸名山嘗遇孔子而歌曰鳳兮鳳兮何德之衰往者不可諫來者猶可追後入蜀在峩嵋山中也

嵇中散既被誅向子期舉郡計入洛文王引進問曰聞君有箕山之志何以在此對曰巢許狷介之士不足多慕王大咨嗟向秀別傳曰秀字子期河內人少爲同郡山濤所知又與譙國嵇康東平呂安友善並有拔俗之韻其進止無不同而造事營生業亦不異常與嵇康偶鍛於洛邑與呂安灌園於山陽不慮家之有無外物不足怫其心弱冠著儒道論棄而不錄好事者或存之或云是其族人所作困於不行乃告秀欲假其名秀笑曰可復爾耳後康被誅秀遂失圖乃應歲舉到京師詣大將軍司馬

〇『农人』指为典农部民，非农夫之谓。三国志魏志邓艾传注引世语，邓艾少为襄城典农部民。晋书四八段灼传：『上疏追理艾云：「艾本屯田掌犊人，宣皇帝拔之于农吏之中。」』

〇宋本无。

〇宋本『不同』作『固必』。

〇人。

〇何。

〇艺文类聚五引武陵先贤传潘京为州辟，进谒，值社会，因得见，次及，探得不孝。刺史问：『辟士为不孝邪？』京举板答曰：『今为忠臣，不得复为孝子。』

〇之。

〇宋本作『琉璃扇屏风』。

文王文王問曰聞君有箕山之志何能自屈秀曰常謂彼人不達堯意本非所慕也一坐皆說隨次轉至黄門侍郎散騎常侍

晉武帝始登阼探策得一晉世譜曰世祖諱炎字安宇咸熙二年受魏禪王者世數繫此多少帝既不說羣臣失色莫能有言者侍中裴楷進曰臣聞天得一以清地得一以寧侯王得一以爲天下貞帝說羣臣歎服王弼老子注云一者數之始物之極也各是一物所以爲主也各以其一致此清寧貞

滿奮畏風在晉武帝坐北窗作琉璃屏實密似疏奮有難色帝笑之荀綽冀州記曰奮字武秋高平人魏太尉寵之孫也性清平有識自吏部郎出爲冀州刺史晉諸公贊曰奮體量清雅有曾祖寵之風遷尚書令爲荀顗所害奮荅曰臣猶吴牛見月而喘今之水牛唯生江淮間故謂之吴牛也南土多暑而此牛畏熱見月疑是日所以見月則喘

諸葛靚在吴於朝堂大會晉諸公贊曰靚字仲思琅邪人司空誕少子也雅正有才望誕以壽陽叛遣靚入質於吴以靚爲右將軍大司馬孫皓問卿字仲思爲何所思對曰在家思

孝事君思忠朋友思信如斯而已

蔡洪洪集錄曰洪字叔開吳郡人有才辯初仕吳朝太康中本州從事舉秀才王隱晉書曰洪仕至松滋令赴洛洛中人問曰幕府初開羣公辟命求英奇於仄陋采賢儁於巖穴君吳楚之士亡國之餘有何異才而應斯舉蔡荅曰夜光之珠不必出於孟津之河舊說云隋侯出行有蛇斬而中斷者侯連而續之蛇遂得生而去後銜明月珠以報其德光明照夜同書因曰隋珠左思蜀都賦所謂隋侯鄙其夜光也盈握之璧不必采於崑崙之山韓氏曰和氏之璧蕴出於井里之中大禹生於東夷文王生於西羌按孟子曰舜生於諸馮東夷人也文王生於岐周西戎人也則東夷是舜非禹也聖賢所出何必常處昔武王伐紂遷頑民於洛邑尚書曰成周既成遷殷頑民作多士孔安國注曰殷大夫心不則德義之經故徙於王都邇教誨也得無諸君是其苗裔乎按華令思舉秀才入洛與王武子相酬對皆與此言不異無容二人同有此辭疑世說穿鑿也

亡國之余

宋本皆作隨

洛陽伽藍記五洛陽城東北有上高里殷之頑民所居處也高祖名聞義里遷京之始朝士住其中迭相譏刺竟皆去之是此傳說自西晉歷六朝猶存也魏書七九成淹傳行到朝歌王肅問此是何城淹言昔武王滅紂都朝歌城肅言故應有殷之頑民也淹言昔武王滅紂悉居河洛中因劉石亂華仍隨司馬東渡肅知淹寓于青州乃笑而謂淹曰青州間何必無其餘種淹以肅本隸徐州言青州本非其地徐州間今日重來非所知也

〇亡国之余。

〇宋本皆作『随』。

〇洛阳伽蓝记五：『洛阳城东北有上高里，殷之顽民所居处也。高祖名闻义里，迁京之始，朝士住其中，迭相讥刺，竟皆去之。』是此传说自西晋历六朝犹存也。魏书七九成淹传：『行到朝歌，王肃问此是何城？淹言：「昔武王灭纣都朝歌城」（编者案：魏书无「昔武王灭」四字，当涉下文「昔武王灭纣」而衍。）。肃言：「故应有殷之顽民也」。淹言：「昔武王灭纣，悉居河洛，中因刘、石乱华，仍随司马东渡。」肃知淹寓于青州，乃笑而谓淹曰：「青州间何必无其余种」。淹以肃本隶徐州，言：「青州本非其地，徐州间今日重来，非所知也。」』

○中朝洛滨游晏之风，至北魏犹尔。魏书七五尔朱世隆传：『今旦为令王借车牛一乘，终日于洛滨游观。』

○著。

○魏志十四刘放传注引晋阳秋：『楚乡人王济，豪俊公子也，为本州大中正，访问关求楚品状。』此处『宏』（指弘）字疑衍。

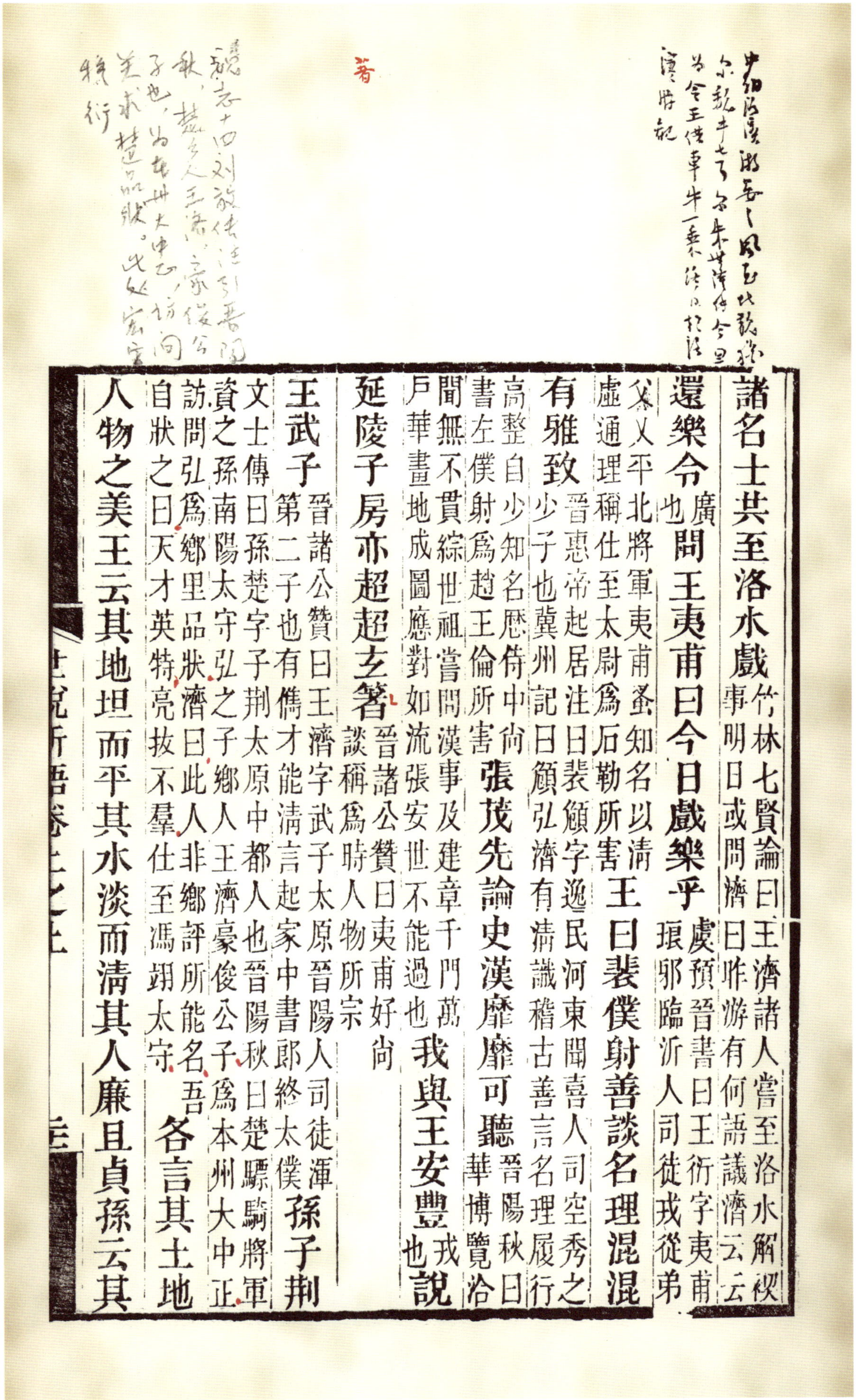

諸名士共至洛水戲竹林七賢論曰王濟諸人嘗至洛水解禊事明日或問濟曰昨游有何語議濟云云還樂令廣也問王夷甫曰今日戲樂乎虞預晉書曰王衍字夷甫琅邪臨沂人司徒戎從弟父乂平北將軍夷甫蚤知名以清虛通理稱仕至太尉爲石勒所害王曰裴僕射善談名理混混有雅致晉惠帝起居注曰裴頠字逸民河東聞喜人司空秀之少子也冀州記曰頠弘濟有清識稽古善言名理履行高整自少知名歷侍中尚書左僕射爲趙王倫所害張茂先論史漢靡靡可聽晉陽秋曰華博覽洽聞無不貫綜世祖嘗問漢事及建章千門萬戶華畫地成圖應對如流張安世不能過也我與王安豐說延陵子房亦超超玄箸晉諸公贊曰夷甫好尚談稱爲時人物所宗王武子晉諸公贊曰王濟字武子太原晉陽人司徒渾第二子也有儁才能清言起家中書郎終太僕孫子荊文士傳曰孫楚字子荊太原中都人也晉陽秋曰楚驃騎將軍資之孫南陽太守弘之子鄉人王濟豪俊公子爲本州大中正訪問弘爲鄉里品狀濟曰此人非鄉評所能名吾自狀之曰天才英特亮拔不羣仕至馮翊太守各言其土地人物之美王云其地坦而平其水淡而清其人廉且貞孫云其

世說新語卷上之上

山雞巍以嵯峨其水泙渫而揚波其人磊砢而英多 按三秦記語林載蜀人伊籍稱吳土地人物與此語同

樂令女適大將軍成都王穎 虞預晉書曰樂廣字彥輔南陽人清夷沖曠加有理識累遷侍中河南尹在朝廷用心虛淡時人重其貞貴代王戎爲尚書令八王故事曰司馬穎字叔度世祖第十九子封成都王大將軍 王兄長沙王執權於洛 晉百官名曰司馬乂字士度封長沙王八王故事曰世祖第十七子 遂構兵相圖長沙王親近小人遠外君子凡在朝者人懷危懼樂令既允朝望加有婚親羣小讒於長沙長沙嘗問樂令樂令神色自若徐荅曰豈以五男易一女 晉陽秋曰成都王之起兵長沙王猜廣廣曰寍以一女而易五男乂猶疑之遂以憂卒 由是釋然無復疑慮

陸機詣王武子 晉陽秋曰機字士衡吳郡人祖遜吳丞相父抗大司馬機與弟雲並有儁才司空張華見而說之曰平吳之利在獲二儁機別傳曰博學善屬文非禮不動入晉仕著作郎至平原內史 武子前置數斛羊

○处。

處

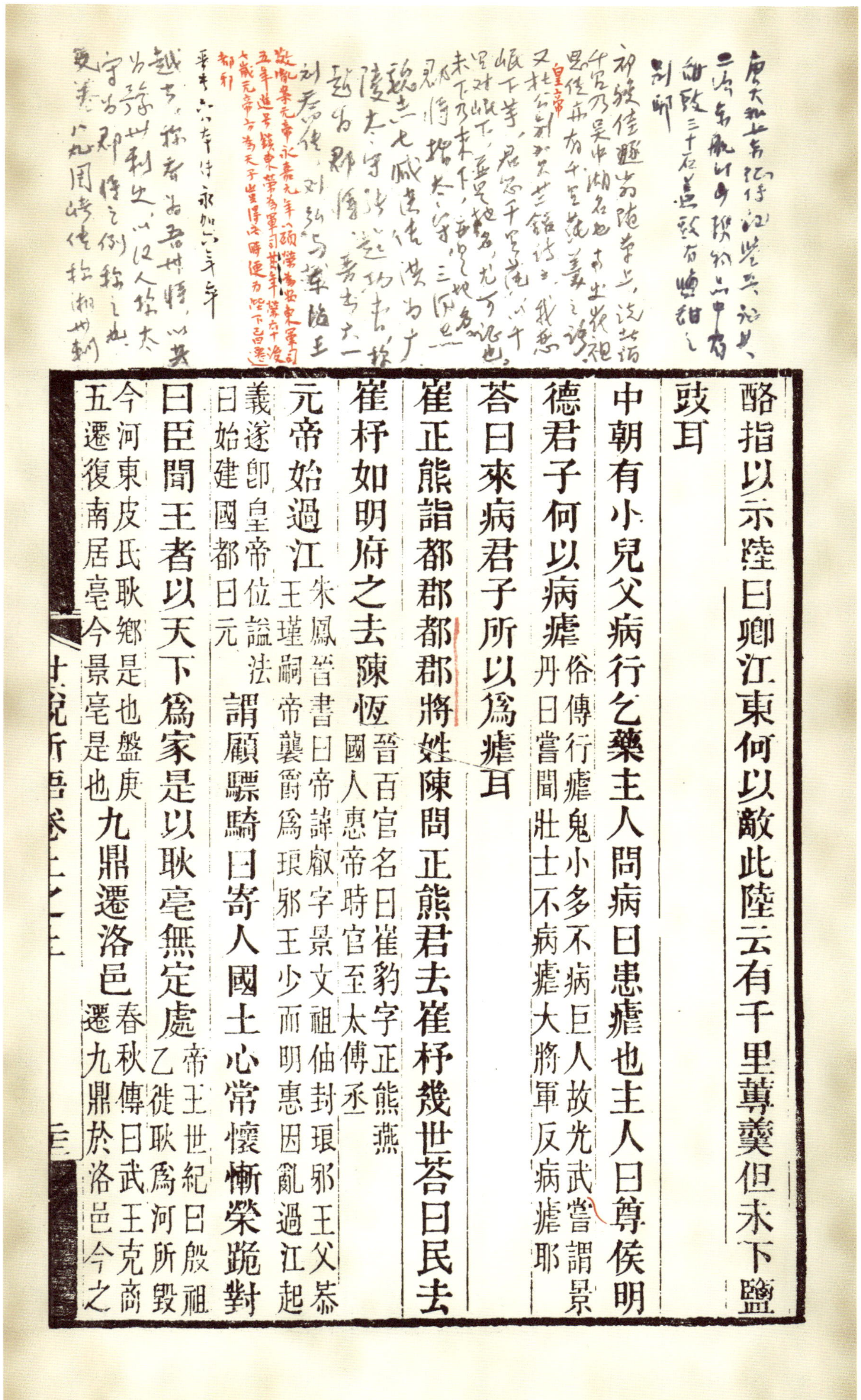
略指以示陸曰卿江東何以敵此陸云有千里蓴羹但未下鹽豉耳

中朝有小兒父病行乞藥主人問病曰患瘧也主人曰尊侯明德君子何以病瘧俗傳行瘧鬼小多不病巨人故光武嘗謂景丹曰嘗聞壯士不病瘧大將軍反病瘧耶荅曰來病君子所以爲瘧耳

崔正熊詣都郡都郡將姓陳問正熊君去崔杼幾世荅曰民去崔杼如明府之去陳恆晉百官名曰崔豹字正熊燕國人惠帝時官至太傅丞

元帝始過江朱鳳晉書曰帝諱叡字景文祖伷封琅邪王父恭王瑾嗣帝襲爵爲琅邪王少而明惠因亂過江起義遂即皇帝位謚法曰始建國都曰元謂顧驃騎曰寄人國土心常懷慚榮跪對曰臣聞王者以天下爲家是以耿亳無定處帝王世紀曰殷祖乙徙耿爲河所毀今河東皮氏耿鄉是也盤庚五遷復南居亳今景亳是也九鼎遷洛邑春秋傳曰武王克商遷九鼎於洛邑今之

世說新語卷上之上

○唐大和上东征传记鉴真，记其二次东航时，所携物品中有甜豉三十石。盖豉有盐甜之别耶。

○祁骏佳遯翁随笔上，『说者谓千里乃吴中湖名也』。南史崔祖思传亦有『千里莼羹』之语。又杜公别贺兰铦诗云『我恋岷下芋，君思千里莼』，以『千里』对『岷下』，并是地名，尤可证也。『未下』乃『末下』，亦是地名。

○皇帝。

○『郡将』指太守。三国志魏志七臧洪传，洪为广陵太守张超功曹，称超为『郡将』。晋书六一刘乔传，刘弘与东海王越书，称乔为『吾州将』，以其为豫州刺史。以汉人称太守为『郡将』之例称之也。又卷八九周崎传称湘州刺（转下页）

○敬胤案：元帝永嘉元年，以顾荣为安东军司，五年，进号镇东，荣为军司。其年荣卒。后七岁，元帝方为天子，岂得此时便为陛下，已曰迁都邪。

○晋书六八本传永加六年卒。

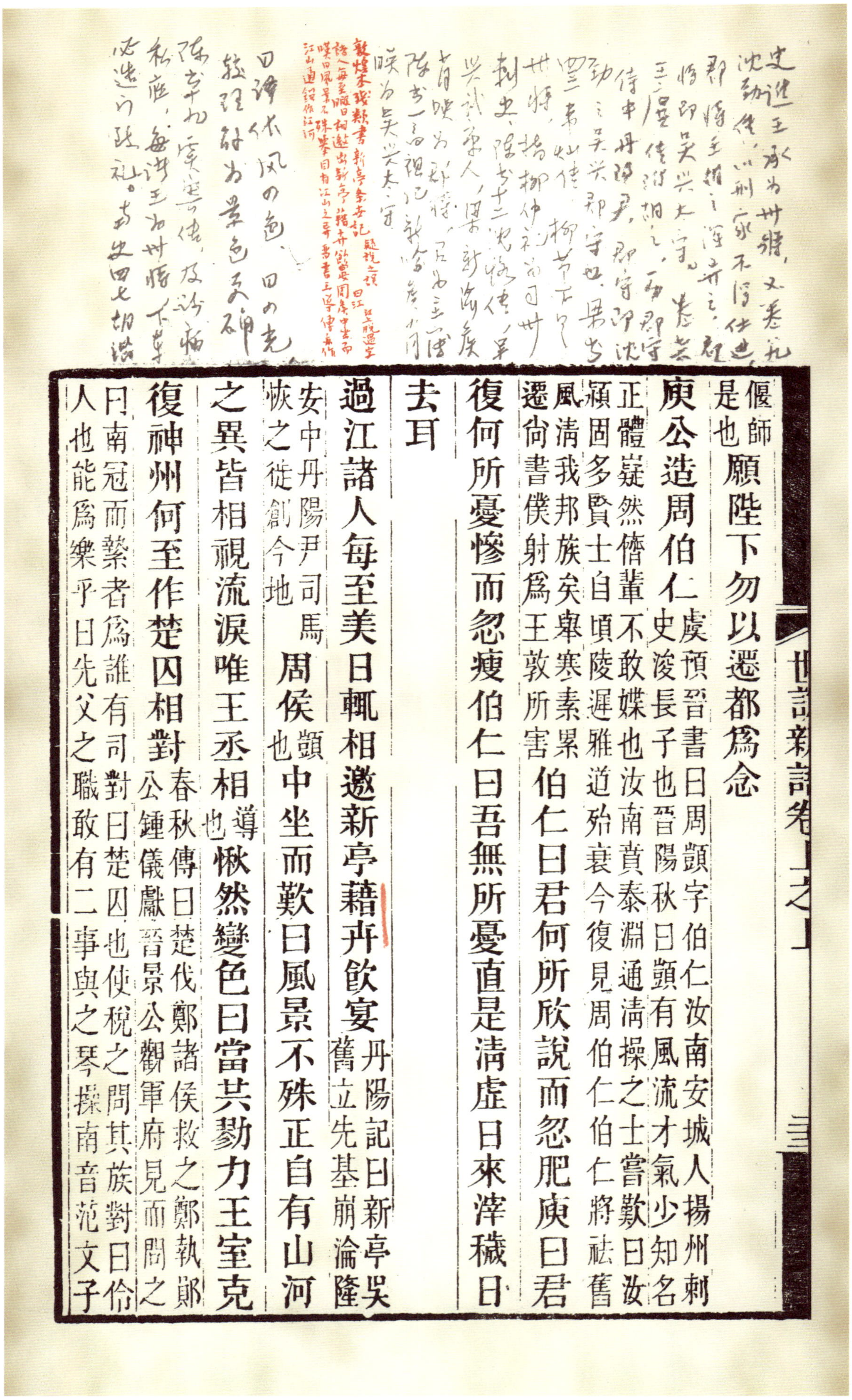

世說新語卷上之上

假師是也願陛下勿以遷都爲念

庾公造周伯仁虞預晉書曰周顗字伯仁汝南安城人揚州刺史浚長子也晉陽秋曰顗有風流才氣少知名正體嶷然儕輩不敢媟也汝南賁泰淵通清操之士嘗歎曰汝潁固多賢士自頃陵遲雅道殆衰今復見周伯仁伯仁將祛舊風清我邦族矣舉寒素累遷尚書僕射爲王敦所害伯仁曰君何所欣說而忽肥庾曰君復何所憂慘而忽瘦伯仁曰吾無所憂直是清虛日來滓穢日去耳

過江諸人每至美日輒相邀新亭藉卉飲宴丹陽記曰新亭吳舊立先基崩淪隆安中丹陽尹司馬恢之徙創今地周侯中坐而歎曰風景不殊正自有山河之異皆相視流淚唯王丞相導也愀然變色曰當共勠力王室克復神州何至作楚囚相對春秋傳曰楚伐鄭諸侯救之鄭執鄖公鍾儀獻晉景公劉軍府見而問之曰南冠而縶者爲誰有司對曰楚囚也使稅之問其族對曰伶人也能爲樂乎曰先父之職敢有二事與之琴操南音范文子

（接上页）史谯王承为『州将』。又卷八九沈劲传，『以刑家不得仕进，郡将王胡之深异之』，『郡将』即吴兴太守。卷七六王廙传附胡之，历郡守、侍中、丹阳尹，郡守即沈劲之吴兴郡守也。梁书四三韦灿传，『柳节下是州将』，指柳仲礼为司州刺史。陈书十二沈恪传，吴兴武康人，梁新渝侯肖映为『郡将』，召为主簿。陈书一高祖纪，新喻侯肖映为吴兴太守。陈书十九虞寄传，及谢病私庭，每诸王为『州将』，下车必造门致礼，南史四七胡谐（转下页）

○敦煌本残类书新亭条世记（疑『说』之误）曰『江（「江」上脱「过」字）诸人，每至暇日，相邀出新亭，藉卉饮宴。周侯中坐而叹曰：『风景不殊，举目有江山之异。』晋书 王导传亦作『江山』。通鉴作『江河』。

○日译作风の色，日の光。较理解为景色更确。

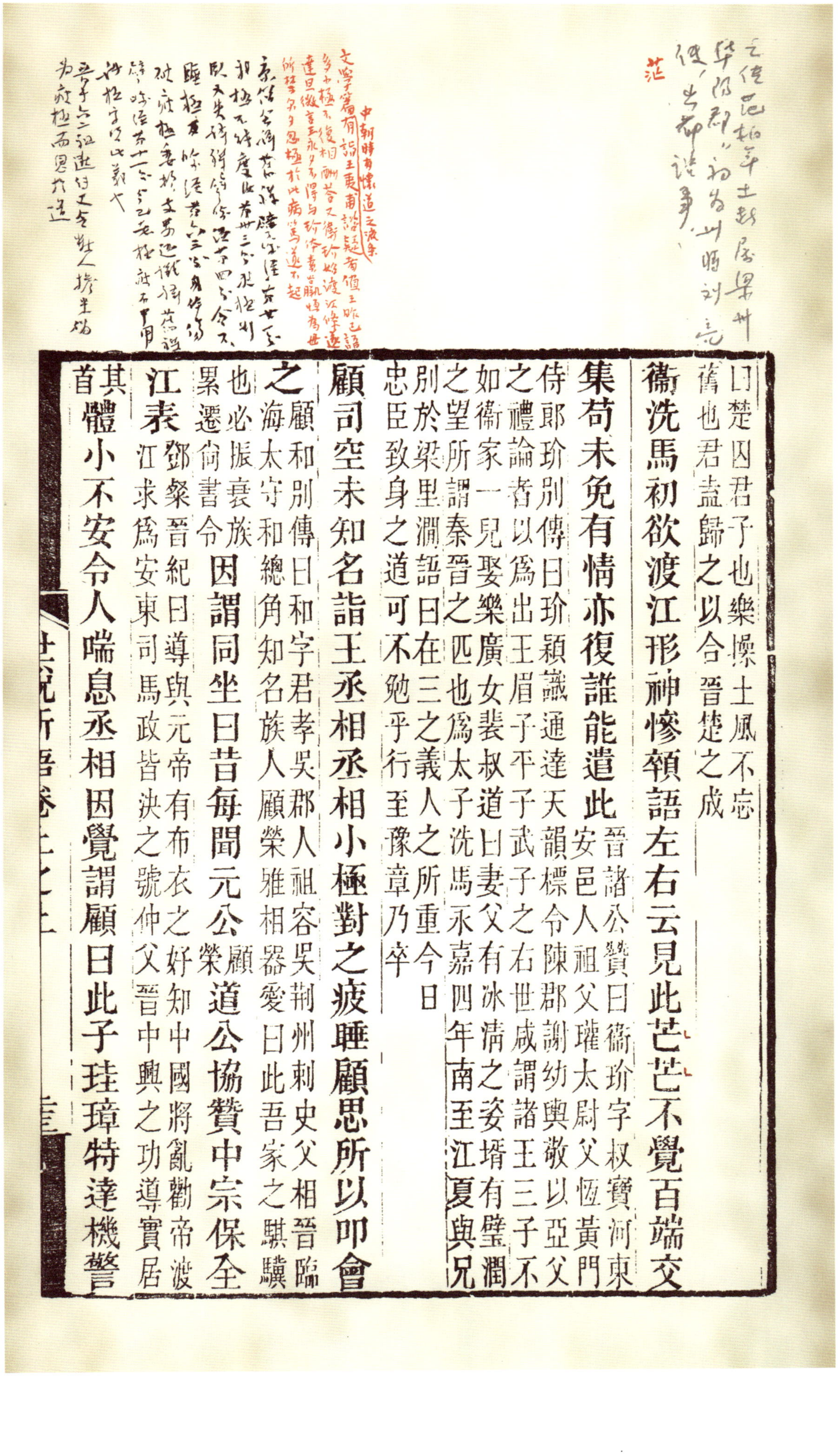

曰楚囚君子也樂操土風不忘舊也君盡歸之以合晉楚之成

衞洗馬初欲渡江形神慘顇語左右云見此芒芒不覺百端交集苟未免有情亦復誰能遣此晉諸公贊曰衞玠字叔寶河東安邑人祖父瓘太尉父恒黃門侍郎玠別傳曰玠穎識通達天韻標令陳郡謝幼輿敬以亞父之禮論者以爲出王眉子平子武子之右世咸謂諸王三子不如衞家一兒娶樂廣女裴叔道曰妻父有冰清之姿壻有璧潤之望所謂秦晉之匹也爲太子洗馬永嘉四年南至江夏與兄別於梁里澗語曰在三之義人之所重今日忠臣致身之道可不勉乎行至豫章乃卒

顧司空未知名詣王丞相丞相小極對之疲睡顧思所以叩會之顧和別傳曰和字君孝吳郡人祖容吳荊州刺史父相晉臨海太守和總角知名族人顧榮雅相器愛曰此吾家之騏驥也必振衰族累遷尚書令因謂同坐曰昔每聞元公顧榮道公協贊中宗保全江表鄧粲晉紀曰導與元帝有布衣之好知中國將亂勸帝渡江求爲安東司馬政皆決之號仲父晉中興之功導實居其首體小不安令人喘息丞相因覺謂顧曰此子珪璋特達機警

世說新語卷上之上　三

（接上页）之传，范柏年，土断属梁州华阳郡。初为州将，刘亮使出都谘事。

○芒。

○文学篇『中朝时有怀道之流』条：『有指王夷甫谘疑者，值王昨已语多，小极，不复相酬荅。』又『卫玠始渡江』条：『遂达旦微言，王永夕不得与。玠体素羸，恒为母所禁。尔夕忽极，于此病笃，遂不起。』

○康僧会译旧杂譬喻经第廿一分『我极不能度汝』，第卅三分『犹极欲卧』。又失译杂譬喻经第四分『令不睡极』。及喻经第六三分『身体伤破，疲极委顿』。支娄迦谶译旧杂譬喻经第十一分『今已老极，疲不中用』。诸『极』字皆此义也。

晋书六二祖逖传：『又令数人担米，伪为疲极，而息于道。』

蕃

宋本作尚書左右丞據晉書六二本傳當作左丞

日本恩田仲任世說音釋引正字通曰道書名金為太真梁漸子隨筆曰溫嶠字太真以丹嶠産金故取為字

有鋒

會稽賀生體識淸遠言行以禮賀循別見不徒東南之美爾雅曰東南之美者有會稽之竹箭焉實爲海內之秀

劉琨雖隔閡寇戎志存本朝王隱晉書曰琨字越石中山魏昌人祖邁有經國之才父蕃光祿大夫琨少稱儁朗累遷司徒長史尚書右丞迎大駕於長安以有殊勳封廣武侯年三十五出爲幷州刺史爲段日磾所害謂溫嶠曰班彪識劉氏之復興馬援知漢光之可輔漢書敘傳曰彪字叔皮扶風人客於天水隴西隗囂有窺覦之志彪作王命論以諷之東觀漢記曰馬援字文淵茂陵人從公孫述隗囂游後見光武曰天下反覆盜名字者不可勝數今見陛下寥廓大度同符高祖乃知帝王自有眞也帝甚壯之今晉阼雖衰天命未改吾欲立功於河北使卿延譽於江南子其行乎溫曰嶠雖不敏才非昔人明公以桓文之姿建匡立之功豈敢辭命虞預晉書曰嶠字太眞太原祁人少標俊淸徹英穎顯名爲司空劉琨左司馬是時二都傾覆天下大亂琨聞元皇受命中興忼慨

○蕃。

○宋本作『尚书左右丞』。据晋书六二本传当作『左丞』。

○日本恩田仲任世说音释引正字通曰：『道书名金为太真』。梁渐子随笔曰『温峤字太真，以丹峤产金，故取为字。』

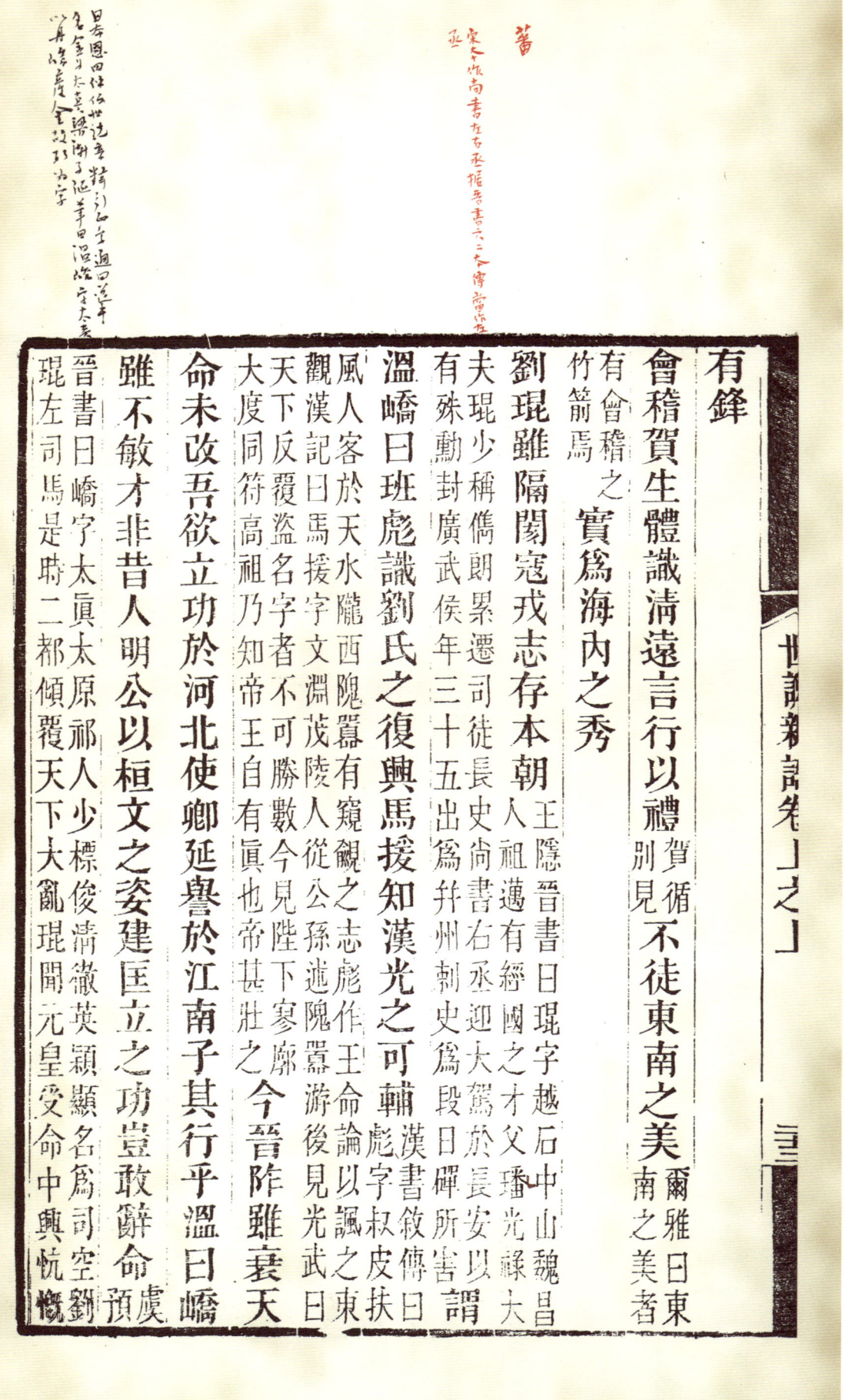

幽朔志存本朝使嶠奉使嶠喟然對曰嶠雖乏管張之才而明公有桓文之志敢辭不敏以違高旨以左長史奉使勸進累遷驃騎大將軍

溫嶠初爲劉琨使來過江于時江左營建始爾綱紀未舉溫新至深有諸慮既詣王丞相陳主上幽越社稷焚滅山陵夷毁之酷有黍離之痛溫忠慨深烈言與泗俱丞相亦與之對泣敘情既畢便深自陳結丞相亦厚相酬納既出懽然言曰江左自有管夷吾此復何憂史記曰管仲夷吾者潁上人相齊桓公九合諸侯一匡天下語林曰初溫奉使勸進晉王大集賓客見之溫公始入姿形甚陋合坐盡驚既坐陳說九服分崩皇室弛絕晉王君臣莫不歔欷及言天下不可以無主聞者莫不踴躍植髮穿冠王丞相深相付託溫公既見丞相便游樂不住曰既見管仲天下事無復憂

王敦兄含爲光祿勳含別傳曰含字處弘瑯邪臨沂人累遷徐州刺史光祿勳與弟敦作逆伏誅敦既逆謀屯據南州含委職奔姑孰鄧粲晉紀曰初王導協贊中興敦有方面之功敦以劉隗

為開己舉兵討之故含南奔武昌朝廷始警備也王丞相詣闕謝中興書曰導從兄敦舉兵討劉隗導率子弟二十餘人旦旦到公車泥首謝罪司徒丞相揚州官僚問訊倉卒不知何辭顧司空時為揚州別駕援翰曰王光祿遠避流言明公蒙塵路次羣下不寧不審尊體起居何如

郗太尉拜司空語同坐曰平生意不在多值世故紛紜遂至台鼎朱博翰音實愧於懷漢書曰朱博字子元杜陵人為丞相臨拜延登受策有大聲如鐘鳴上問揚雄李尋對曰洪範所謂鼓妖者也人君不聽空名得進則有無形之聲博後坐事自殺故序傳曰博之翰音鼓妖先作易中孚曰上九翰音登于天貞凶王弼注曰翰高飛也飛者音飛而實不從也

高坐道人不作漢語或問此意簡文曰以簡應對之煩高坐別傳曰和尚胡名尸黎密西域人傳云國王子以國讓弟遂為沙門永嘉中始到此土止於大市中和尚天姿高朗風韻遒邁丞相王公一見奇之以為吾之徒也周僕射領選撫其背而歎曰若選得此賢令人無恨俄而周侯遇害和尚對其靈坐作胡祝數千言

授

宋本李尋二字作雄

○授。

○宋本『李尋』二字作『雄』。

宋

内史

音聲高暢既而揮涕收淚其哀樂廢興皆此類性高簡不學晉語諸公與之言皆因傳譯然神領意得頓在言前塔寺記曰尸黎密冢曰高坐在石子岡常行頭陀卒於梅岡即葬焉晉元帝於冢邊立寺因名高坐

周僕射雍容好儀形詣王公初下車隱數人王公含笑看之既坐傲然嘯詠王公曰卿欲希嵇阮邪荅曰何敢近舍明公遠希嵇阮鄧粲晉紀曰伯仁儀容弘偉善於俛仰應荅精神足以蔭映數人深自持能致人而未嘗往焉

庾公嘗入佛圖見臥佛曰此子疲於津梁于時以爲名言涅槃經云如來背痛於雙樹閒北首而臥故後之圖繪者爲此象

摯瞻曾作四郡太守大將軍戶曹參軍復出作內史摯氏世本曰瞻字景游京兆長安人太常虞兄子也父育涼州刺史瞻少善屬文起家著作郎中朝亂依王敦爲戶曹參軍歷安豐新蔡西陽太守見敦以故壞裘賜老病外部都督瞻諫曰尊裘雖故不宜與小吏敦曰何爲不可瞻時因醉曰若上服皆可用賜貂蟬亦可賜下乎敦曰非喻所引如此不堪二千石瞻曰瞻視去西陽如脫屣耳敦反乃左遷隨郡內史年始二十九嘗

○宋。
○內史。

別王敦敦謂瞻曰卿年未三十已爲萬石亦太蚤瞻曰方於將軍少爲太蚤比之甘羅已爲太老摯氏世本曰瞻高亮有氣節故以此荅敦後知敦有異志建興四年與第五琦據荊州以距敦竟爲所害史記曰甘羅秦相茂之孫也年十二而秦相呂不韋欲使張唐相燕唐不肯行甘羅說而行之又請車五乘以使趙還報秦秦封甘羅爲上卿賜以甘茂田宅

梁國楊氏子九歲甚聰惠孔君平王隱晉書曰孔坦字君平會稽山陰人善春秋有文辯歷太子舍人累遷廷尉卿詣其父父不在乃呼兒出爲設果果有楊梅孔指以示兒曰此是君家果兒應聲荅曰未聞孔雀是夫子家禽

孔廷尉以裘與從弟沈孔氏譜曰沈字德度會稽山陰人祖父奕全椒令父羣鴻臚卿沈至琅邪王文學沈辭不受廷尉曰晏平仲之儉祠其先人豚肩不掩豆猶狐裘數十年劉向別錄曰晏平仲名嬰東萊夷維人事齊靈公莊公以節儉力行重於齊禮記曰晏平仲祀其先人豚肩不掩豆君子以爲儉也又曰晏子一狐裘三十年晏子焉知禮注豚俎實也豆徑尺言併豚之兩肩不能掩豆喻少也卿

復何辭此於是受而服之

佛圖澄與諸石遊
澄别傳曰道人佛圖澄不知何許人出於燉煌好佛道出家爲沙門永嘉中至洛陽值京師有難潛遁草澤聞石勒雄異好殺害因勸大將軍郭黙略見勒以麻油塗掌占見吉凶數百里外聽浮圖鈴聲逆知禍福勒甚敬信之虎即位亦師澄號大和尚自知終日開棺無屍唯袈裟法服在焉

林公曰澄以石虎爲海鷗鳥
趙書曰虎字季龍勒從弟也征伐每斬將搴旗勒死誅勒諸兒襲位莊子曰海上之人好鷗者每旦之海上從鷗游鷗之至者數百而不止其父曰吾聞鷗鳥從汝游取來玩之明日之海上鷗舞而不下

謝仁祖年八歲謝豫章
鯤子别見
將送客爾時語已神悟自參上流諸人咸共歎之曰年少一坐之顏回仁祖曰坐無尼父焉别顏回
晉陽秋曰謝尚字仁祖陳郡人鯤之子也齠齔喪兄哀慟過人及遭父喪溫嶠唁之尚號叫極哀既而收涕告訴有異常童嶠奇之由是知名仕至鎮西將軍豫州刺史

陶公疾篤都無獻替之言朝士以爲恨
陶氏敘曰侃字士衡其先鄱陽人後徙尋陽侃

世説新語卷上之上

○存。

○此语何义不详。

○『年少』犹言『少年』。文学篇『时流年少』；方正篇『此年少非唯围棋见胜』『后来年少』『黄吻年少』；排调篇『闻一年少怀问鼎』；尤悔篇『群谢年少』注：『遣诸不经事年少』

佚文「王曇首」条，「王名家年少」。

佚文王曇首条，王名家年少。

少有遠槩綱維宇宙之志察孝廉入洛司空張華見而謂曰後
來匡主寧民君其人也劉弘鎮沔南取爲長史謂侃曰昔吾爲
羊太傅參佐見語云君後當居身處今相觀亦復然矣累遷湘
廣荆三州刺史加羽葆鼓吹封長沙郡公大將軍贊拜不名劍
履上殿進太尉贈大司馬謚桓公按王隱晉書載侃臨終表曰
臣少長孤寒始願有限過蒙先朝歷世異恩臣年垂八十位極
人臣啟手啟足當復何恨但以餘寇未誅山陵未復所以憤慨
兼懷唯此而已猶冀犬馬之齒尚可少延欲爲陛下北吞石虎
西誅李雄勢遂不振良圖永息臨書振腕涕泗横流伏願遴選
代人使必得良才足以奉宣王猷遵成志業則雖死之日猶生
之年有表若此非無獻替仁祖聞之曰時無豎刁故不貽陶公話言呂氏春秋曰管
仲病桓公問曰子如不諱誰代子相者豎刁何如管仲曰自宮以事君非人情必不可用後果亂齊時賢以爲德
音
竺法深在簡文坐劉尹問道人何以游朱門答曰君自見其朱
門貧道如游蓬戶高逸沙門傳曰法師居會稽皇帝重其風德遣使迎馬法師暫出應命司徒會稽王天性
虛澹與法師結殷勤之歡師雖升履丹墀出入朱邸泯然曠達不異蓬宇也或云卞令別見

○御览三八五作“其第二儿齐庄”。

御覧三八五作其第二儿齐庄

孫盛爲庾公記室參軍（中興書曰盛字安國太原中都人博學強識歷著作郎瀏陽令庾亮爲荊州以爲征西主簿累遷祕書監）從獵將其二兒俱行庾公不知忽於獵場見齊莊時年七八歲庾謂曰君亦復來邪應聲荅曰所謂無小無大從公于邁

孫齊由齊莊二人小時詣庾公公問齊由何字荅曰字齊由公曰欲何齊邪曰齊許由（晉百官名曰孫潛字齊由太原人中興書曰潛盛長子也豫章太守殷仲堪下討王國寶潛時在郡逼爲咨議參軍固辭不就遂以憂卒）齊莊何字荅曰字齊莊公曰欲何齊曰齊莊周公曰何不慕仲尼而慕莊周對曰聖人生知故難企慕庾公大喜小兒對（孫放別傳曰放字齊莊監君次子也年八歲太尉庾公召見之放清秀欲觀試乃授紙筆令書放便自疏名字公題後問之曰爲欲慕莊周邪放書荅曰意欲慕之公曰何故不慕仲尼而慕莊周放曰仲尼生而知之非希企所及至於莊周是其次者故慕耳公謂賓客曰王輔嗣應荅恐不能勝之卒長沙王相）

世說新語卷上之上 [illegible]

○宋本作『彼亲故泣，彼不亲故不泣』。
○床。

宋本作彼親故泣彼不親故不泣

床

張玄之顧敷是顧和中外孫皆少而聰惠和竝知之而常謂顧勝親重偏至張頗不厭敷別見續晉陽秋曰張玄之字祖希吳郡太守澄之孫也少以學顯歷吏部尚書出爲冠軍將軍吳興太守會稽內史謝玄同時之郡論者以爲南北之望玄之名亞謝玄時亦稱南北二玄卒於郡于時張年九歲顧年七歲和與俱至寺中見佛般泥洹像弟子有泣者有不泣者和以問二孫玄謂被親故泣不被親故不泣敷曰不然當由忘情故不泣不能忘情故泣大智度論曰佛在陰庵羅雙樹閒入般涅槃臥北首大地震動諸三學人僉然不樂郁伊交涕諸無學人但念諸法一切無常

庾法暢造庾太尉握麈尾至佳公曰此至佳那得在法暢曰廉者不求貪者不與故得在耳法暢氏族所出未詳法暢著人物論自敘其美云悟銳有神才辭通辯

庾穉恭爲荊州庾翼別傳曰翼字穉恭潁川鄢陵人也少有大度時論以經略許之兄太尉亮薨朝議誰才乃

以翼都督七州進征南將軍荊州刺史以毛扇上武帝武帝疑是故物傅咸羽扇賦序曰昔吳人直截鳥翼而搖之風不滅方圓二扇而功無加然中國莫有生意者滅吳之後翕然貴之無人不用按庾懌以白羽扇獻武帝帝嫌其非新反之不聞翼也侍中劉劭曰文字志曰劭字彥祖彭城叢亭人祖訥司隸校尉父松成皋令劭博識好學多藝能善草隸初仕領軍參軍太傅出東劭謂京洛必危乃單馬奔揚州歷侍中豫章太守柏梁雲構工匠先居其下管弦繁奏鍾夔先聽其音鍾鍾期也夔舜樂正稱恭上扇以好不以新庾後聞之曰此人宜在帝左右

何驃騎亡後何充別見徵褚公入既至后頭王長史劉尹同詣褚褚曰眞長何以處我眞長顧王曰此子能言褚因視王王曰國自有周公晉陽秋曰充之卒議者謂太后父裒宜秉朝政裒自丹徒入朝吏部尚書劉遐勸裒曰會稽王令德國之周公也足下宜以大政付之裒長史王胡之亦勸歸藩於是固辭歸京

桓公北征經金城見前為瑯邪時種柳皆已十圍慨然曰木猶

○ Chancellor follows the king. 洪煨莲让叶理绥所引成语也，亦是此意。
○宋本作『凌霜犹茂』。
○凌。
○榆。

Chancellor follows the king 洪煨蓮讓葉理綏所引成語也，亦是此意

宋本作凌霜猶茂

凌

榆

如此人何以堪攀枝執條泫然流淚桓溫別傳曰溫字元子譙國龍亢人漢五更桓榮後也父彝有識鑒溫少有豪邁風氣爲溫嶠所知累遷琅邪內史進征西大將軍鎮西夏時逆胡未誅餘燼假息溫親勒郡卒建旗致討清蕩伊洛展敬園陵薨謚宣武侯

簡文作撫軍時嘗與桓宣武俱入朝更相讓在前宣武不得已而先之因曰伯也執殳爲王前驅衛詩也殳長一丈二尺無刃簡文曰所謂無小無大從公于邁

顧悅與簡文同年而髮蚤白中興書曰悅字君叔晉陵人初爲殷浩揚州別駕浩卒上疏理浩或諫以浩爲太宗所廢必不依許悅固爭之浩果得申物論稱之後至尚書左丞簡文曰卿何以先白對曰蒲柳之姿望秋而落松柏之質經霜彌茂顧凱之爲父傳曰君以直道陵遲於世入見王王髮無二毛而君已斑白問君年乃曰卿何偏蚤白君曰松柏之姿經霜猶茂臣蒲柳之質望秋先零受命之異也王稱善久之

桓公入峽，絕壁天懸，騰波迅急。晉陽秋曰：溫以永和二年率所領七千餘人伐蜀，拜表輒行。迺歎曰：「既爲忠臣，不得爲孝子，如何？」漢書曰：王陽爲益州刺史，行部至邛郲九折坂，歎曰：「奉先人遺體，奈何數乘此險？」以病去官。後王尊爲刺史，至其坂，問吏曰：「非王陽所畏之道邪？」吏曰：「是。」叱其馭曰：「驅之！王陽爲孝子，王尊爲忠臣。」

初，熒惑入太微，尋廢海西。晉陽秋曰：泰和六年閏十月，熒惑守太微端門。十一月，大司馬桓溫廢帝爲海西公。晉安帝紀曰：桓溫於枋頭奔敗，知民望之去也，乃屠袁眞於壽陽。既而謂郗超曰：「足以雪枋頭之恥乎？」超曰：「未厭有識之情也。公六十之年，敗於大舉，不建高世之勳，未足以鎮厭民望。」因說溫以廢立之事。時溫夙有此謀，深納超言，遂廢海西。簡文登阼，復入太微，帝惡之。徐廣晉紀曰：咸安元年十二月，熒惑逆行入太微，至二年七月猶在。馬帝懲海西之事，心甚憂之。時郗超爲中書在直，中興書曰：超字景興，高平人，司空愔之子也。少而卓犖不羈，有曠世之度。累遷中書郎、司徒左長史。引超入曰：「天命脩短，故非所計。政當無復近日事不？」超曰：「大司馬方將外固封疆，內鎮社稷，必無若此

晉書玖本紀作故當無復近日事邪 漢失譯大方便佛報恩經肆惡友品故當萬有一冀 俱作故 故爲是

耳

否

○耳。

○晋书玖本纪作『故当无复近日事邪』。后汉失译大方便佛报恩经肆恶友品：『故当万有一冀。』俱作『故』，为是。

○否。

之慮臣爲陛下以百口保之帝因誦庾仲初詩庾闡從征詩也曰志士痛朝危忠臣哀主辱聲甚悽厲郗受假還東帝曰致意尊公家國之事遂至於此由是身不能以道匡衛思患預防愧歎之深言何能喻因泣下流襟續晉陽秋曰帝外壓彊臣憂憤不得志在位二年而崩

簡文在暗室中坐召宣武宣武至問上何在簡文曰某在斯時人以爲能論語曰師冕見及階子曰階也及席子曰席也皆坐子告之曰某在斯某在斯注歷告坐中人也

簡文入華林園顧謂左右曰會心處不必在遠翳然林水便自有濠濮閒想也濠濮二水名也莊子曰莊子與惠子游濠梁水上莊子曰儵魚出游從容是魚樂也惠子曰子非魚安知魚之樂邪莊子曰子非我安知我之不知魚之樂也莊周釣在濮水楚王使二大夫造焉曰願以境內累莊子莊子持竿不顧曰吾聞楚有神龜者死已三千年矣巾笥而藏於廟此寍曳尾於塗中寍留骨而貴乎二大夫曰寍曳尾於塗中莊子曰往矣吾亦寍曳尾於塗中覺鳥獸禽魚自來親人

宋本无

○宋本无。

〇宋本作『沈思道术，行吟独畅』。

宋本作沈思道術行吟獨暢

謝太傅語王右軍曰中年傷於哀樂與親友別輒作數日惡王曰文字志曰王羲之字逸少瑯邪臨沂人父曠淮南太守羲之少朗拔爲叔父廙所賞善草隸累遷江州刺史右軍將軍會稽內史年在桑榆自然至此正賴絲竹陶寫恆恐兒輩覺損欣樂之趣

支道林常養數匹馬或言道人畜馬不韻支曰貧道重其神駿高逸沙門傳曰支遁字道林河內林慮人或曰陳留人本姓關氏少而任心獨往風期高亮家世奉法嘗於餘杭山沈思道行泠然獨暢年二十五始釋形入道年五十三終於洛陽

劉尹與桓宣武共聽講禮記桓云時有入心處便覺咫尺玄門劉曰此未關至極自是金華殿之語漢書敘傳曰班伯少受詩於師丹大將軍王鳳薦伯於成帝宜勸學召見宴暱拜爲中常侍時上方向學鄭寬中張禹朝夕入說尚書論語於金華殿詔伯受之

羊秉爲撫軍參軍少亡有令譽夏侯孝若爲之敘極相讚悼羊秉

〇宋本无。
〇宋本无。

宋本无

宋本无

（敘曰秉字長達太山平陽人漢南陽太守續曾孫大父魏郡府君郎車騎掾元子也府君夫人鄭氏無子乃養秉齠齔而佳小心敬愼十歲而鄭夫人薨秉思容盡哀俄而公府掾及夫人竝卒秉羣從父率禮相承人不間其親雍雍如也仕參撫軍將軍事將奮千里之足揮沖天之翼惜乎春秋三十有二而卒昔罕虎死子產以爲無與爲善自夫子之沒有子產之歎矣亡後有子男又不育是何行善而禍繁也豈非司馬生之所惑歟）羊權爲黃門侍郎侍簡文坐帝問曰夏侯湛（別見）作羊秉敘絕可想是卿何物有後不（羊氏譜曰權字道輿徐州刺史悅之子也仕至尙書左丞）權潸然對曰亡伯令問夙彰而無有繼嗣雖名播天聽然胤絕聖世帝嗟慨久之

王長史與劉眞長別後相見（王長史別傳曰濛字仲祖太原晉陽人其先出自周室經漢魏世爲大族祖父佐北軍中候父訥葉令濛神氣淸韶年十餘歲放邁不羣弱冠檢尙風流雅正外絕榮競內寡私欲辟司徒掾中書郎以后父贈光祿大夫）王謂劉曰卿更長進荅曰此若天之自高耳（語林曰仲祖語眞長曰卿近大進劉曰卿仰看邪王問何意劉曰不爾何由測天之高也）

○宋本无。
○蛮语。
○宋本无。
○出都。

劉尹云人想王荊產佳此想長松下當有清風耳荊產王徽字也王氏譜曰徽字幼仁琅邪人祖父乂平北將軍父澄荊州刺史徽歷尚書郎右軍司馬

王仲祖聞蠻語不解茫然曰若使介葛盧來朝故當不昧此語春秋傳曰介葛盧來朝魯聞牛鳴曰是生三犧皆用之矣其音云問之而信杜預注曰介東夷國葛盧其君名也

劉眞長爲丹陽尹許玄度出都就劉宿續晉陽秋曰許詢字玄度高陽人魏中領軍允玄孫總角秀惠衆稱神童長而風情簡素司徒掾辟不就蚤卒牀帷新麗飲食豐甘許曰若保全此處殊勝東山劉曰卿若知吉凶由人吾安得不保此春秋傳曰吉凶無門唯人所召王逸少在坐曰令巢許遇稷契當無此言二人竝有愧色

王右軍與謝太傅共登冶城揚州記曰冶城吳時鼓鑄之所吳平猶不廢王茂弘所治也謝悠然遠想有高世之志王謂謝曰夏禹勤王手足胼胝帝王世紀曰禹

沿洪水手足胼胝世傳禹病偏枯足不相過今稱禹步是也文王旰食日不暇給尚書曰文王自朝至于日昃不遑暇食今四郊多壘禮記曰四郊多壘卿大夫之辱也宜人人自效而虛談廢務浮文妨要恐非當今所宜謝荅曰秦任商鞅二世而亡戰國策曰衛商鞅諸庶孽子名鞅姓公孫氏少好刑名學爲秦孝公相封於商豈清言致患邪

謝太傅寒雪日內集與兒女講論文義俄而雪驟公欣然曰白雪紛紛何所似兄子胡兒曰胡兒謝朗小字也續晉陽秋曰朗字長度安次兄據之長子安蚤知之文義豔發名亞於玄仕至東陽太守撒鹽空中差可擬兄女曰未若柳絮因風起公大笑樂即公大兄無奕女左將軍王凝之妻也王氏譜曰凝之字叔平右將軍羲之第二子也歷江州刺史左將軍會稽內史晉安帝紀曰凝之事五斗米道孫恩之攻會稽凝之謂民吏曰不須備防吾已請大道許遣鬼兵相助賊自破矣既不設備遂爲恩所害婦人集曰謝夫人名道蘊有文才所著詩賦誄頌傳於世

王中郎令伏玄度習鑿齒王中郎傳曰坦之字文度太原晉陽人祖東海太守丞淸淡平遠父述貞

〇也。

〇晏。
〇宋本无。

貴簡正坦之器度滔深孝友天至譽輯朝野標的當時累遷侍中中書令領北中郎將徐兗二州刺史中興書曰伏滔字玄度平昌安丘人少有才學舉秀才大司馬桓溫參軍領大著作掌國史遊擊將軍卒習鑿齒字彦威襄陽人少以文稱善尺牘桓溫在荊州辟爲從事歷治中別駕遷滎陽太守

論青楚人物滔集載其論略曰滔以春秋時鮑叔管仲隰朋召忽輪扁甯戚麥丘人逢丑父晏嬰涓子戰國時公羊高孟軻鄒衍田單荀卿鄒奭莒大夫田子方檀子魯連淳于髡盼子田光顏歜黔子於陵仲子王叔即墨大夫前漢時伏徵君終軍東郭先生叔孫通萬石君東方朔安期先生後漢時大司徒伏三老江革逢萌禽慶承幼子徐防薛方鄭康成周孟玉劉祖榮臨孝存侍其元矩孫賓碩劉仲謀劉公山王儀伯郎宗禰正平劉成國魏時管幼安邴根矩華子魚徐偉長任昭先伏高陽此皆青士有才德者也鑿齒以神農生於黔中邵南詠其美化春秋稱其多才漢廣之風不同雞鳴之篇子文叔敖羞與管仲比德接輿之歌鳳兮漁父之詠滄浪漢陰丈人之折子貢市南宜僚屠羊說之不爲利回魯仲連不及老萊夫妻田光之於屈原鄧禹卓茂無敵於天下管幼安不勝龐公龐士元不推華子魚何鄧二尚書獨步於魏朝樂令無對於晉世昔伏羲葬南郡少昊葬長沙舜葬零陵比其人則準的如此論其土則羣聖之所葬考其風則詩人之所歌尋其事則未有赤眉黃巾之賊此何如青州邪滔與相往反鑿齒無以對也

臨成以示韓康

伯康伯都無言王曰何故不言韓曰無可無不可馬融注論語曰唯義所在

劉尹云清風朗月輒思玄度晉中興士人書曰許詢能清言于時士人皆欽慕仰愛之

荀中郎在京口晉陽秋曰荀羨字令則潁川人光祿大夫崧之子也清和有識裁少以主壻爲駙馬都尉是時殷浩參謀百揆引羨爲援頻莅義興吳郡超授北中郎將徐州刺史以蕃屏馬中興書曰羨年二十八出爲徐兗二州中興方伯之少未有若羨者也登北固望海云南徐州記曰城西北有別嶺入江三面臨水高數十丈號曰北固雖未覩三山便自使人有凌雲意若秦漢之君必當褰裳濡足史記封禪書曰蓬萊方丈瀛洲此三山世傳在海中去人不遠嘗有至者言諸仙人不死藥在焉黃金白銀爲宮闕草物禽獸盡白望之如雲及至反居水下欲到卽風引船而去終莫能至秦始皇登會稽竝海上冀遇三神山之奇藥漢武帝既封泰山無風雨變至方士更言蓬萊諸藥可得於是上欣然東至海冀獲蓬萊者

謝公云賢聖去人其間亦邇子姪未之許公歎曰若郗超聞此語必不至河漢超別傳曰超精於理義沙門支道林以爲一時之俊莊子曰肩吾問於連叔曰吾聞言於接輿

〇坚梯。

大而無當往而不反怪怖其言猶河漢而無極也

支公好鶴住剡東岇山（支公書曰山去會稽二百里）有人遺其雙鶴少時翅長欲飛支意惜之乃鎩其翮鶴軒翥不復能飛乃反顧翅垂頭視之如有懊喪意林曰既有凌霄之姿何肯爲人作耳目近玩養令翮成置使飛去

謝中郎經曲阿後湖問左右此是何水（中興書曰謝萬字萬石太傅安弟也才氣高俊蚤知名歷吏部郎西中郎將豫州刺史散騎常侍）荅曰曲阿湖（太康地記曰曲阿本名雲陽秦始皇以有王氣鑿北阬山以敗其勢截其直道使其阿曲故曰曲阿也吳還爲雲陽今復名曲阿）謝曰故當淵注渟著納而不流

晉武帝每餉山濤恆少謝太傅（安也）以問子弟車騎（玄也）荅曰當由欲者不多而使與者忘少（謝車騎家傳曰玄字幼度鎮西奕第三子也神理明俊善微言叔父太傅

○山。
○也。

山　也

嘗與子姪燕集問武帝任山公以三事任以官人至於賜予不過斤合當有旨不玄荅有辭致也

謝胡兒語庾道季 道季庾龢小字徐廣晉紀曰龢字道季太尉亮子也風情率悟以文談致稱於時歷仕至丹陽尹兼中領軍 諸人莫當就卿談可堅城壘庾曰若文度來我以偏師待之康伯來濟河焚舟 春秋傳曰秦伯伐晉濟河焚舟杜預曰示必死

李弘度常歎不被遇 中興書曰李充字弘度江夏鄳人也祖康父矩皆有美名充初辟丞相掾記室參軍以貧求剡縣遷大著作中書郎 殷揚州知其家貧問君能屈志百里不李荅曰北門之歎久已上聞 衛詩北門刺仕不得志也 窮猿奔林豈暇擇木遂授剡縣

王司州至吳興印渚中看 王胡之別傳曰胡之字脩齡琅邪臨沂人王廙之子也歷吳興太守徵侍中丹陽尹祕書監竝不就拜使持節都督司州諸軍事西中郎將司州刺史吳興記曰於潛縣東七十里有印渚渚傍有白石山峻壁四十丈印渚蓋衆溪之下流也印渚已上至縣悉石瀨惡道不可行船印渚已下水道無險故行旅集焉 歎曰

非唯使人情開滌亦覺日月清朗

謝萬作豫州都督新拜當西之都邑相送累日謝疲頓於是高侍中往中興書曰高崧字茂琰廣陵人父悝光祿大夫崧少好學善史傳累遷吏部郎侍中以公累免官徑就謝坐因問卿今仗節方州當疆理西蕃何以爲政謝粗道其意高便爲謝道形勢作數百語謝遂起坐高去後謝追曰阿酃故麤有才具阿酃崧小字也謝因此得終坐

袁彥伯爲謝安南司馬安南謝奉別見都下諸人送至瀨鄉將別既自悽惘歎曰江山遼落居然有萬里之勢續晉陽秋曰袁宏字彥伯陳郡人魏郎中令渙六世孫也祖猷侍中父勖臨汝令宏起家建威參軍安南司馬記室太傅謝安賞宏機捷辯速自吏部郎出爲東陽郡乃祖之於冶亭時賢皆集安欲卒迫試之執手將別顧左右取一扇而贈之宏應聲荅曰輒當奉揚仁風慰彼黎庶合坐歎其要捷性直亮故位不顯也在郡卒

宋本无

○宋本无。

〇目此城者有賞。
〇因。

因

目此城者有賞

孫綽賦遂初築室畎川自言見止足之分中興書曰綽字興公太原中都人少以文稱歷太學博士大著作散騎常侍遂初賦敘曰余少慕老莊之道仰其風流久矣卻感於陵賢妻之言悵然悟之乃經始東山建五畝之宅帶長阜倚茂林孰與坐華幕擊鍾鼓者同年而語其樂哉齋前種一株松恆自手壅治之高世遠時亦鄰居世遠高柔字也別見語孫曰松樹子非不楚楚可憐但永無棟梁用耳孫曰楓柳雖合抱亦何所施

桓征西治江陵城甚麗盛弘之荊州記曰荊州城臨漢江臨江王所治王被徵出城北門而車軸折父老泣曰吾王去不還矣從此不開北門會賓僚出江津望之云若能目此城者有賞顧長康時爲客在坐目曰遙望層城丹樓如霞桓即賞以二婢

王子敬語王孝伯曰羊叔子自復佳耳然亦何與人事晉諸公贊曰羊祜字叔子太山平陽人也世長吏二千石至祜九世以淸德稱爲兒時游汶濱有行父止而觀焉歎息曰處士大好相善爲之

○此语不可解。

此語不可解

未六十嘗有重功於天下卽富貴無相忘遂去莫知所在累遷都督荊州諸軍事自在南夏吳人說服稱曰羊公莫敢名者南州人聞公喪號哭罷市故不如銅雀臺上妓魏武遺令曰以吾妾與妓人皆著銅雀臺上施六尺牀繐帷月朝十五日輒使向帳作伎

林公見東陽長山曰何其坦迤會稽土地志曰山靡迤而長縣因山得名

顧長康從會稽還人問山川之美顧云千巖競秀萬壑爭流草木蒙籠其上若雲興霞蔚王淵之文章錄曰顧愷之字長康晉陵人父說尚書左丞愷之義熙初爲散騎常侍

簡文崩孝武年十餘歲立至暝不臨宋明帝文章志曰孝武皇帝諱昌明簡文第三子也初簡文觀讖書曰晉氏阼盡昌明及帝誕育東方始明故因生時以爲諱而相與忘告簡文問之乃以諱對簡文流涕曰不意我家昌明便出帝聰惠推賢任才年三十五崩左右啓依常應臨帝曰哀至則哭何常之有

孝武將講孝經謝公兄弟與諸人私庭講習續晉陽秋曰寧康三年九月九日帝

○疎。

講孝經僕射謝安侍坐吏部尚書陸納兼侍中卞眈讀黃門侍郎謝石吏部袁宏兼執經中書郎車胤丹陽尹王混摘句車武子難苦問謝（車胤別見）謂袁羊曰不問則德音有遺多問則重勞二謝（袁羊喬小字也袁氏家傳曰喬字彥升陳郡人父瓌光祿大夫喬歷尚書郎江夏相從桓溫平蜀封湘西伯益州刺史）袁曰必無此嫌車曰何以知爾袁曰何嘗見明鏡疲於屢照清流憚於惠風

王子敬云從山陰道上行（會稽土地志曰邑在山陰故以名焉）山川自相映發使人應接不暇若秋冬之際尤難爲懷（會稽郡記曰會稽境特多名山水峯崿隆峻吐納雲霧松栝楓柏擢榦竦條潭壑鏡徹清流瀉注王子敬見之曰山水之美使人應接不暇）

疎

謝太傅問諸子姪子弟亦何預人事而正欲使其佳諸人莫有言者車騎答曰（謝玄）譬如芝蘭玉樹欲使其生於階庭耳

道壹道人好整飾音辭（王珣遊嚴陵瀨詩敘曰道壹姓竺氏名德沙門題目曰道壹文鋒富贍孫綽爲

○自。
○宋本无。

自

宋本无

之贊曰馳騁遊說言固不虛唯茲壹公綽然有餘譬若春圃載芬載敷條柯猗蔚枝榦扶疏從都下還東山經吳中已而會雪下未甚寒諸道人問在道所經壹公曰風霜固所不論乃先集其慘澹郊邑正自飄瞥林岫便已皓然

張天錫爲涼州刺史稱制西隅既爲苻堅所禽用爲侍中後於壽陽俱敗至都張資涼州記曰天錫字公純嘏安定烏氏人張耳後也曾祖軌永嘉中爲涼州刺史值京師大亂遂據涼土天錫篡位自立爲涼州牧苻堅使將姚萇攻沒涼州天錫歸長安堅以爲侍中比部尚書歸義侯從堅至壽陽堅軍敗遂南歸拜散騎常侍西平公中興書曰天錫後以貧拜廬江太守薨贈侍中爲孝武所器每入言論無不竟日頗有嫉己者於坐問張北方何物可貴張曰桑椹甘香鵶鶚革響詩魯頌曰翩彼飛鴞集于泮林食我桑椹懷我好音湆酪養性人無嫉心西河舊事曰河西牛羊肥酪過精好但寫酪置革上都不解散也

顧長康拜桓宣武墓作詩云山崩溟海竭魚鳥將何依宋明帝文章志

曰愷之爲桓溫參軍甚被親暱人問之曰卿憑重桓乃爾哭之狀其可見乎顧曰鼻如廣莫長風眼如懸河決溜春秋考異郵曰距不周風四十五日廣莫風至廣莫者精大備也蓋北風也一曰寒風或曰聲如震雷破山淚如傾河注海

毛伯成既負其才氣常稱寧爲蘭摧玉折不作蕭敷艾榮征西寮屬名曰毛玄字伯成潁川人仕至征西行軍參軍

范甯作豫章中興書曰甯字武子慎陽縣人博學通覽累遷中書郎豫章太守八日請佛有板衆僧疑或欲作荅有小沙彌在坐末曰世尊默然則爲許可衆從其義

司馬太傅齋中夜坐孝文王傳曰王諱道子簡文皇帝第五子也封會稽王領司徒揚州刺史進太傅爲桓玄所害贈丞相于時天月明淨都無纖翳太傅歎以爲佳謝景重在坐續晉陽秋曰謝重字景重陳郡人父朗東陽太守重明秀有才會終驃騎長史荅曰意謂乃不如微

雲點綴太傅因戲謝曰卿居心不淨乃復強欲滓穢太清邪

王中郎甚愛張天錫問之曰卿觀過江諸人經緯江左軌轍有何偉異後來之彥復何如中原張曰研求幽邃自王何以還因時脩制荀樂之風荀顗荀勖脩定法制樂則未聞王曰卿知見有餘何故爲符堅所制張資涼州記曰天錫明鑒穎發英聲少著荅曰陽消陰息故天步屯蹇否剝成象豈足多譏

謝景重女適王孝伯兒二門公甚相愛美謝女譜曰重女月鏡適王恭子愔之謝爲太傅長史被彈王即取作長史帶晉陵郡太傅已構嫌孝伯不欲使其得謝還取作咨議外示縶維而實以乖閒之及孝伯敗後太傅繞東府城行散丹陽記曰東府城西有簡文爲會稽王時第東則孝文王道子府道子領揚州仍住先舍故俗稱東府僚屬悉在南門要望候拜時謂謝曰王甯異謀

○南州。
○谓姑孰。

南州 謂姑孰

阿甯王恭小字也云是卿爲其計謝曾無懼色斂笏對曰樂彥輔有言豈以五男易一女太傅善其對因舉酒勸之曰故自佳故自佳

桓玄義興還後見司馬太傅太傅已醉坐上多客問人云桓溫來欲作賊如何（晉安帝紀曰溫在姑孰諷朝廷求九錫謝安使吏部郎袁宏具其草以示僕射王彪之彪之作色曰大夫豈可以此事語人邪安徐問其計彪之曰聞其疾已篤且可緩其事安從之故不行）桓玄伏不得起謝景重時爲長史舉板荅曰故宣武公黜昏暗登聖明功超伊霍紛紜之議裁之聖鑒太傅曰我知我知卽舉酒云桓義興勸卿酒桓出謝過（檀道鸞論之曰道子可謂易於由言謝重能解紛紜矣）

宣武移鎭南州制街衢平直人謂王東亭曰（王司徒傳曰王珣字元琳丞相導之孫領軍洽之子也少以清秀稱大司馬桓溫辟爲主簿從討袁眞封交趾望海縣東亭侯累遷尚書左僕射領選遷尚書令）丞相初營建康無所因承而制置紆曲方此爲劣（晉陽秋曰蘇峻既誅大事

○当时南方重洛阳语音，此言重吴声，未详。

当时南方重洛阳语音，此言重吴声，未详。

克平之後都邑殘荒溫嶠議徙都豫章以卽豐全朝士及三吳豪傑謂可遷都會稽王導獨謂不宜遷都建業往之秣陵古者旣有帝王所治之表又孫仲謀劉玄德俱謂是王者之宅今雖凋殘宜修勞來旋定之道鎮靜羣情且百堵皆作何患不克復乎終至康寗導之策也東亭曰此丞相乃所以爲巧江左地促不如中國若使阡陌條暢則一覽而盡故紆餘委曲若不可測

桓玄詣殷荊州殷在妾房晝眠左右辭不之通桓後言及此事殷云初不眠縱有此豈不以賢賢易色也孔安國注論語曰言以好色之心好賢人則善

桓玄問羊孚羊氏譜曰孚字子道泰山人祖楷尚書郎父綏中書郎孚歷太學博士州別駕太尉參軍年四十六卒何以共重吳聲羊曰當以其妖而浮

謝混問羊孚何以器舉瑚璉晉安帝紀曰混字叔源陳郡人司空琰少子也文學砥礪立名累遷中書令尚書左僕射坐黨劉毅伏誅論語子貢問曰賜也何如子曰汝器也曰何器也曰瑚璉也鄭玄注曰黍稷器夏曰瑚殷

○绝。

絕

曰璉羊曰故當以爲接神之器

桓玄既篡位後御牀微陷羣臣失色侍中殷仲文進曰續晉陽秋曰仲文字仲文陳郡人祖融太常父康吳興太守仲文聞玄平京邑棄郡投馬玄甚說之引爲咨議參軍時王謐見禮而不親卞範之被親而少禮其寵遇隆重兼於王卞矣及玄篡位以佐命親貴厚自封崇輿馬器服窮極綺麗後房妓妾數十絲竹不絕音性甚貪吝多納賄賂家累千金常若不足玄既敗先投義軍累遷侍中尚書以罪伏誅當由聖德淵重厚地所以不能載時人善之

桓玄既篡位將改置直館問左右虎賁中郎省應在何處有人荅曰無省當時殊忤旨問何以知無荅曰潘岳秋興賦敘曰余兼虎賁中郎將寓直散騎之省岳別見其賦敘曰晉十有四年余年三十二始見二毛以太尉掾兼虎賁中郎將寓直散騎之省高閣連雲陽景罕曜僕野人也猥廁朝列譬猶池魚籠鳥有江湖山藪之思於是染翰操紙慨然而賦于時秋至故以秋興命篇玄咨嗟稱善劉謙之晉紀曰玄欲復虎賁中郎將疑應直與不訪之僚佐咸

○宋本无。
○『將不』即『將无』。

宋本无

將不即將无

莫能定參軍劉簡之對曰昔潘岳秋興賦敘云余兼虎賁中郎將寓直於散騎之省以此言之是應直也玄懽然從之此語微異又荅者未知姓名故詳載之

謝靈運好戴曲柄笠丘淵之新集錄曰靈運陳郡陽夏人祖玄車騎將軍父渙秘書郎靈運歷秘書監侍中臨川內史以「罪」伏誅 孔隱士謂曰卿欲希心高遠何不能遺曲蓋之貌宋書曰孔淳之字彥深魯國人少以辭榮就約徵聘無所就元嘉初散騎郎徵不到隱「上」虞山 謝荅曰將不畏影者未能忘懷莊子云漁父謂孔子曰人有畏影惡跡而去之走者舉足逾數而跡逾多走逾疾而影不離自以尚遲疾走不休絕力而死不知處陰以休影處靜以息跡愚亦甚矣子脩心守眞還以物與人則無異矣不脩身而求之人不亦外事者乎

世說新語卷上之上終

思賢講舍校刊

起犹言举

世說新語卷上之下

宋　臨川王義慶　撰

梁　劉孝標　注

政事第三

陳仲弓爲太丘長時吏有詐稱母病求假事覺收之令吏殺焉主簿請付獄考衆姦仲弓曰欺君不忠病母不孝不忠不孝其罪莫大考求衆姦豈復過此陳寔已別見

陳仲弓爲太丘長有劫賊殺財主主者捕之未至發所道聞民有在草不起子者回車往治之主簿曰賊大宜先按討仲弓曰盜殺財主何如骨肉相殘按後漢時賈彪有此事不聞寔也

陳元方年十一時陳紀已見候袁公袁公問曰賢家君在太丘遠近

○「起」犹言「举」。

○先。

先

稱之何所履行元方曰老父在太丘彊者綏之以德弱者撫之以仁恣其所安久而益敬袁宏漢紀曰寔爲太丘其政不嚴而治百姓敬之袁公曰孤往者嘗爲鄴令正行此事不知卿家君法孤孤法卿父檢衆漢書袁氏諸公未知誰爲鄴令故闕其文以待通識者元方曰周公孔子異世而出周旋動靜萬里如一周公不師孔子孔子亦不師周公

賀太傅作吳郡初不出門吳中諸强族輕之乃題府門云會稽雞不能啼環濟吳紀曰賀邵字興伯會稽山陰人祖齊父景並歷美官邵歷散騎常侍出爲吳郡太守後遷太子太傅賀聞故出行至門反顧索筆足之曰不可啼殺吳兒於是至諸屯邸檢校諸顧陸役使官兵及藏逋亡悉以事言上罪者甚衆陸抗時爲江陵都督吳錄曰抗字幼節吳郡人丞相遜子孫策外孫也爲江陵都督累遷大司馬荊州牧故下請孫皓然後得釋

山公以器重朝望年踰七十猶知管時任虞預晉書曰山濤字巨源河內懷人祖本郡孝廉父曜宛句令濤蚤孤而貧少有器量宿士猶不慢之年十七宗人謂宣帝曰濤當與景文共綱紀天下者也帝戲曰卿小族那得此快人邪好莊老與嵇康善爲河內從事與石鑒共傳宿濤夜起蹋鑒曰今何等時而眠也知太傅臥何意鑒曰宰相三日不朝與尺一令歸第君何慮焉濤曰咄石生無事馬蹄閒也投傳而去果有曹爽事遂隱身不交世務累遷吏部尚書僕射太子少傅司徒年七十九薨謚康侯貴勝年少若和裴王之徒竝共言詠有署閣柱曰閣東有大牛和嶠鞅裴楷鞦王濟剔嬲不得休王隱晉書曰初濤領吏部潘岳內非之密爲作謠曰閣東有大牛王濟鞅裴楷鞦和嶠刺促不得休竹林七賢論曰濤之處選非望路絕故貽是言或云潘尼作之文士傳曰尼字正叔滎陽人祖最尚書左丞父滿平原太守竝以文學稱尼少有清才文詞溫雅初應州辟終太常卿

賈充初定律令晉諸公贊曰充字公閭襄陵人父逵魏豫州刺史充起家爲尚書遷廷尉聽訟稱平晉受禪封魯郡公充有才識明達治體加善刑法由此與散騎常侍裴楷共定科令蠲除密網以爲晉律薨贈太宰與羊祜共

下意　宋本无　題目　朗　烈

咨太傅鄭沖王隱晉書曰沖字文和榮陽開封人有核練才清虛寡欲喜論經史草衣縕袍不以爲憂累遷司徒太保晉受禪進大傅沖曰皋陶嚴明之旨非僕闇懦所探羊曰上意欲令小加弘潤沖乃粗下意續晉陽秋曰初文帝命荀勖賈充裴秀等分定禮儀律令皆先咨鄭沖然後施行也

山司徒前後選殆周遍百官舉無失才凡所題目皆如其言唯用陸亮是詔所用與公意異爭之不從亮亦尋爲賄敗晉諸公贊曰亮字長興河內野王人太常陸乂兄也性高明而率至爲賈充所親待山濤爲左僕射領選濤行業既與充異自以爲世祖所敬選用之事與充咨論充每不得其所欲好事者說充宜授心腹人爲吏部尚書參同選舉若意不齊事不得諧可不召公與選而實得敘所懷充以爲然乃啓亮公忠無私濤以亮將與己異又恐其協情不允累啓亮可爲左丞相非選官才世祖不許濤乃辭疾還家亮在職果不能允坐事免官

嵇康被誅後山公舉康子紹爲秘書丞山公啓事曰詔選秘書丞濤薦曰紹平簡溫敏

○下意。
○宋本无。
○題目。
○朗。
○烈。

〇天地四时犹有消息，而况人乎。
〇修。

天地四时犹有消息而况人乎

修

有文思又曉音當成濟也猶宜先作秘書郎詔曰紹如此便可爲丞不足復爲郎也晉諸公贊曰康遇事後二十年紹乃爲濤所拔王隱晉書曰時以紹父康被法選官不敢舉年二十八山濤啟用之世祖發詔以爲秘書丞

紹咨公出處竹林七賢論曰紹懼不自容將解褐故咨之於濤公曰爲君思之久矣天地四時猶有消息而況人乎王隱晉書曰紹字延祖雖有文才山濤啟武帝云云

王安期爲東海郡名士傳曰王承字安期太原晉陽人父湛汝南太守承沖淡寡欲無所循尚累遷東海內史爲政清靜吏民懷之避亂渡江是時道路寇盜人懷憂懼承每遇艱險處之怡然元皇爲鎮東引爲從事中郎小吏盜池中魚綱紀推之王曰文王之囿與衆共之孟子曰齊宣王問文王之囿方七十里有諸若是其大乎對曰民猶以爲小也王曰寡人之囿方四十里民猶以爲大何邪孟子曰文王之囿芻蕘者往焉與民同之民以爲小不亦宜乎今王之囿殺麋鹿者如殺人罪是以四十里爲穽於國中也民以爲大不亦宜乎池魚復何足惜

王安期作東海郡吏錄一犯夜人來王問何處來云從師家受

○录。

錄

書還不覺日晚王曰鞭撻甯越以立威名恐非致理之本呂氏春秋曰甯越者中牟鄙人也苦耕稼之勞謂其友曰何爲可以免此苦也其友曰莫如學也學三十歲則可以達矣甯越曰請以十五歲人將休吾不敢休人將臥吾不敢臥學十五歲而爲周威公之師也使吏送令歸家

成帝在石頭晉世譜曰帝諱衍字世根明帝太子年二十二崩任讓在帝前戮侍中鍾雅晉陽秋曰讓樂安人諸任之後隨蘇峻作亂雅別傳曰雅字彥胄潁川長社人魏太傅鍾繇弟仲常曾孫也少有才志累遷至侍中右衛將軍劉超晉陽秋曰超字世踰琅邪人漢成陽景王六世孫封臨沂慈鄉侯遂家焉父徵爲琅邪國上將軍超爲縣小史稍遷記室掾安東舍人忠清慎密爲中宗所拔自以職在中書絕不與人交關書疏閉門不通賓客家無儋石之儲討王敦有功封零陽伯爲義興太守而受拜及往還朝莫有知者其慎默如此遷右衛大將軍帝泣曰還我侍中讓不奉詔遂斬超雅雅別傳曰蘇峻逼主上幸石頭雅與劉超並侍帝側匡衛與石頭中人密期拔至尊出事覺被害事平之後陶公與讓有舊欲宥之許柳許氏譜曰柳字季祖高陽人祖允魏中領軍父猛吏部郎劉謙之晉紀曰柳妻祖逖子渙女蘇峻招祖約爲逆約遣柳以眾會峻既克京

〇宾客数百人，并加沾接。
〇宧。
〇迕。

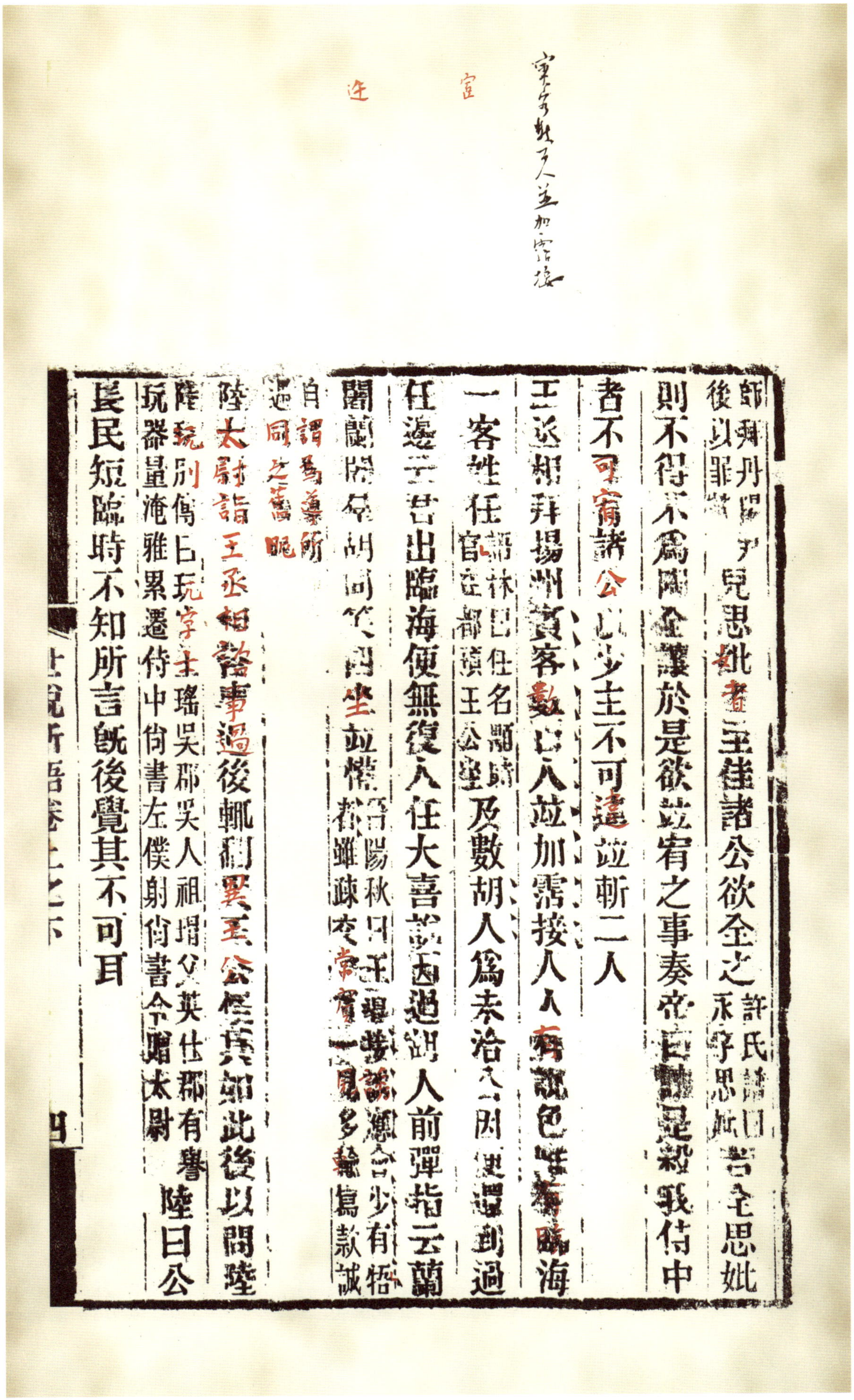
賓客數百人並加霑接

宧

迕

郗舟丹陽尹後以罪誅兒思妣者至佳諸公欲全之許氏譜曰永字思妣若全思妣
則不得不為陶全讓於是欲並宥之事奏帝曰是殺我侍中
者不可宥諸公以少主不可違並斬二人
王丞相拜揚州賓客數百人並加霑接人人有說色唯有臨海
一客姓任語林曰任名顒時官在都預王公坐及數胡人為未洽公因便還到過
任邊云君出臨海便無復人任大喜說因過胡人前彈指云蘭
闍蘭闍群胡同笑四坐並懽晉陽秋曰王導接誘應會少有牾者雖疏交常賓一見多輸寫款誠自謂為導所遇同之舊昵
陸太尉詣王丞相咨事過後輒翻異王公怪其如此後以問陸
陸玩別傳曰玩字士瑤吳郡吳人祖瑁父英仕郡有譽玩器量淹雅累遷侍中尚書左僕射尚書令贈太尉陸曰公
長民短臨時不知所言既後覺其不可耳

世說新語卷上之下　四

○料事。

料事

丞相嘗夏月至后頭看庾公庾公正料事丞相云暑可小簡之庾公曰公之遺事天下亦未以爲允殷羨言行曰王公薨後庾冰代相網密刑峻羨時行見收捕者於途慨然歎曰丙吉問牛喘似不爾嘗從容謂冰曰卿輩自是網目不失皆是小道小善耳至如王公故能行無理事謝安后每歎詠此唱庾赤玉嘗問羨王公治何似詎是所長羨曰其餘合績不復稱論然三捉三治三休三敗

丞相末年略不復省事正封籙諾之自歎曰人言我憒憒後人當思此憒憒徐廣歷紀曰導阿衡三世經綸夷險政務寬恕事從簡易故垂遺愛之譽也

陶公性檢厲勤於事晉陽秋曰侃練核庶事勤務稼穡雖戎陳武士皆勸厲之有奉饋者皆問其所由若力役所致懽喜慰賜若他所得則呵辱還之是以軍民勤於農稼家給人足性纖密好問頗類趙廣漢嘗課營種柳都尉夏施盜拔武昌郡西門所種侃後自出駐車施門問此是武昌西門柳何以盜之施惶怖首伏三軍稱其明察侃勤而整自強不息又好督勸於人常云民生在勤大禹聖人猶惜寸陰至於凡俗當惜分陰豈可遊逸生無益於時死無聞於後是自棄也又老莊浮華非先王之法言而不敢行君子當正其衣冠攝以威儀何有亂頭養望自謂宏達邪中興書曰侃嘗檢校佐吏若得樗

○录。
○直。
○宋本无。
○白事。
○于白事之后作教。

录

直　宋本无

白事

于白事之后作教

蒲博奕之具投之曰樗蒲老子入胡所作外國戲耳圍棊堯舜以教愚子博奕紂所造諸君國器何以爲此若王事之暇患邑邑者文士何不讀書武士何不射弓談者無以易也作荊州時敕船官悉錄鋸木屑不限多少咸不解此意後正會值積雪始晴聽事前除雪後猶濕於是悉用木屑覆之都無所妨官用竹皆令錄厚頭積之如山後桓宣武伐蜀裝船悉以作釘又云嘗發所在竹篙有一官長連根取之仍當足乃超兩階用之

何驃騎作會稽晉陽秋曰何充字次道廬江人思韻淹通有文義才情累遷會稽內史侍中驃騎將軍揚州刺史贈司徒虞存弟謇作郡主簿孫統存誄敘曰存字道長會稽山陰人也祖陽散騎常侍父偉州西曹存幼而卓拔風情高逸歷衛軍長史尚書吏部郎范汪棊品曰謇字道真仕至郡功曹以何見客勞損欲白斷常客使家人節量擇可通者作白事成以見存存時爲何上佐正與謇共食語云白事甚好待我食畢作教食竟取筆題白

〇门庭长。晋书六十李含传：以短檄召含为门亭长。

〇共。

〇令史受杖。

〇閣。

事後云若得門庭長如郭林宗者當如所白泰別傳曰泰字林宗有人倫鑒識題品海內之士或在幼童或在里肆後皆成英彥六十餘人自著書一卷論取士之本末行遭亂亡失汝何處得此人謇於是止

王劉與林公共看何驃騎驃騎看文書不顧之晉陽秋曰何充與王濛劉惔好尚不同由此見譏於當世王謂何曰我今故與林公來相看望卿擺撥常務應對玄言那得方低頭看此邪何曰我不看此卿等何以得存諸人以爲佳

桓公在荊州全欲以德被江漢恥以威刑肅物溫別傳曰溫以永和元年自徐州遷荊州刺史在州寬和百姓安之令史受杖正從朱衣上過桓式年少從外來式桓歆小字也桓氏譜曰歆字叔道溫第三子仕至尚書云向從閣下過見令史受杖上捎雲根下拂地足意譏不著桓公云我猶患其重

之

簡文爲相事動經年然後得過桓公甚患其遲常加勸勉太宗曰一日萬機那得速尚書臯陶謨一日萬機孔安國曰幾微也言當戒懼萬事之微

山遐去東陽王長史就簡文索東陽云承藉猛政故可以和靜致治東陽記云遐字彥林河內人祖濤司徒父簡儀同三司遐歷武陵王友東陽太守江惇傳曰山遐爲東陽風政嚴苛多任刑殺郡內苦之惇隱東陽以仁恕懷物遐感其德爲微損威猛

殷浩始作揚州浩別傳曰浩字淵源陳郡長平人祖識濮陽相父羨光祿勳浩少有重名仕至揚州刺史中軍將軍中興書曰建元初庾亮兄弟何充等相尋薨太宗以撫軍輔政徵浩爲揚州從民譽也劉尹行日小欲晚便使左右取襆人問其故荅曰刺史嚴不敢夜行

謝公時兵厮逋亡多近竄南塘下諸舫中或欲求一時搜索謝公不許云若不容置此輩何以爲京都續晉陽秋曰自中原喪亂民離本域江左造創豪族并兼或客寓流離名籍不立太元中外禦强氐蒐簡民實三吳頗加澄檢正其里伍其中時有山湖遁逸往來都邑者後

世說新語卷上之下

〇之。

〇谢安宽政。晋书七九本传：『德政既行，文武用命，不存小察，弘以大纲，威怀外著，人皆比之王导，谓文雅过之。』

○吏部郎作选草，当即所谓小选。

將軍安方接客時人有於坐言宜糺舍藏之失者安每以厚德化物去其煩細又以强寇入境不宜加動人情乃荅之云卿所憂在於客耳然不爾何以爲京都言者有慚色

王大爲吏部郎王忱已見嘗作選草臨當奏王僧彌來聊出示之僧彌王珉小字也珉别傳曰珉字季琰瑯邪人丞相導孫中領軍洽少子有才藝善行書名出兄珣右累遷侍中中書令贈太常僧彌得便以己意改易所選者近半王大甚以爲佳更寫即奏

王東亭與張冠軍善張玄已見王既作吳郡人問小令曰續晉陽秋曰王獻之爲中書令王珉代之時人曰大小王令東亭作郡風政何似荅曰不知治化何如唯與張祖希情好日隆耳

殷仲堪當之荆州王東亭問曰德以居全爲稱仁以不害物爲名方今宰牧華夏處殺戮之職與本操將不乖乎殷荅曰皋陶造刑辟之制不爲不賢古史考曰庭堅號曰皋陶舜謀臣也舜舉之於堯堯令作士主刑孔丘

居司寇之任未爲不仁家語曰孔子自魯司空爲大司寇三日而誅亂法大夫少正卯

文學第四

鄭玄在馬融門下融自敘曰融字季長右扶風茂陵人少而好問學無常師大將軍鄧騭召爲舍人棄遊武都會羌虜起自關以西道斷融以謂古人有言左手據天下之圖而右手刎其喉愚夫不爲何則生貴於天下也豈以曲俗咫尺爲羞滅無限之身哉因往應之爲校書郎出爲南郡太守三年不得相見高足弟子傳授而已嘗算渾天不合諸弟子莫能解或言玄能者融召令算一轉便決衆咸駭服及玄業成辭歸既而融有禮樂皆東之歎高上傳曰玄字康成北海高密人八世祖崇漢尚書玄別傳曰玄少好學書數十三誦五經好天文占候風角隱術年十七見大風起詣縣曰某時當有火災至時果然智者異之年二十一博極羣書精歷數圖緯之言兼精算術遂去吏師故兗州刺史第五元先就東郡張恭祖受周禮禮記春秋傳周流博觀每經歷山川及接顏一見皆終身不忘扶風馬季長以英儒著名玄往從之參考同異季長后戚嫚於待士玄不得見住左右自起精廬旣因紹介得通時涿郡盧子幹爲門人冠首季長又不解剖裂

○转式。
○『据』即『据胡床』之『据』，谓垂足而坐。

轉式
据即据胡床之据，谓垂足而坐。

七事玄思得五子榦得三季長謂子榦曰吾與汝皆弗如也季長臨別執玄手曰大道東矣子勉之後遇黨錮隱居著述凡百餘萬言大將軍何進辟玄乃縫掖相見玄長八尺餘須眉美秀姿容甚偉進待以賓禮授以几杖玄多所匡正不用而退袁紹辟玄及去餞之城東欲玄必醉會者三百餘人皆離席奉觴自旦及莫度玄飲三百餘桮而溫克之容終日無怠獻帝在許都徵爲大司農行至元城卒恐玄擅名而心忌焉玄亦疑有追乃坐橋下在水上據屐融果轉式逐之告左右曰玄在土下水上而據木此必死矣遂罷追玄竟以得免馬融海內大儒被服仁義鄭玄名列門人親傳其業何猜忌而行鴆毒乎委巷之言賊夫人之子

鄭玄欲注春秋傳尚未成時行與服子慎遇宿客舍先未相識服在外車上與人說己注傳意漢南紀曰服虔字子慎河南滎陽人少行清苦爲諸生尤明春秋左氏傳爲作訓解舉孝廉爲尙書郎九江太守玄聽之良久多與己同玄就車與語曰吾久欲注尚未了聽君向言多與吾同今當盡以所注與君

王叔珉补正：杨校笺本作既诣，云御览三九四引世说作既诣，续谈助四作既诣宅，今依御览。案定乃宅之误，上又脱诣字也。御览三九

遂爲服氏注

鄭玄家奴婢皆讀書嘗使一婢不稱旨將撻之方自陳說玄怒使人曳箸泥中須臾復有一婢來問曰胡爲乎泥中衛式微詩也毛公曰泥中衛邑名也答曰薄言往愬逢彼之怒衛邶柏舟之詩

服虔既善春秋將爲注欲參考同異聞崔烈集門生講傳摯虞文章志曰烈字威考高陽安平人駰之孫瑗之兄子也靈帝時官至司徒太尉封陽平亭侯遂匿姓名爲烈門人賃作食每當至講時輒竊聽戶壁間既知不能踰己稍共諸生敘其短長烈聞不測何人然素聞虔名意疑之明蚤往及未寤便呼子慎子慎虔不覺驚應遂相與友善

鍾會撰四本論始畢甚欲使嵇公一見置懷中既定畏其難懷不敢出於戶外遙擲便回急走魏志曰會論才性同異傳於世四本者言才性同才性異才性

〇王叔珉补正：杨校笺本作『既诣』，云御览三九四引世说作『既诣』，续谈助四作『既诣宅』，今依御览。案『定』乃『宅』之误，上又脱『诣』字也。御览三九

四引作『既诣定』，『诣』字未脱，『定』亦『宅』之误，御览作『畏其有难』。文多不载，惜哉！

〇理。

理

四引作既詣定，詣字未脱，定亦宅之誤，御覽作畏其有難。文多不載，惜哉！

合才性離也尚書傅嘏論同中書令李豐論異侍郎鍾會論合屯騎校尉王廣論離文多不載

何晏爲吏部尚書有位望時談客盈坐文章敘錄曰晏能清言而當時權勢天下談士多宗尚之魏氏春秋曰晏少有異才善談易老王弼未弱冠往見之晏聞弼名弼別傳曰弼字輔嗣山陽高平人少而察惠十餘歲便好莊老通辯能言爲傅嘏所知吏部尚書何晏甚奇之題之曰後生可畏若斯人者可與言天人之際矣以弼補臺郎弼事功雅非所長益不留意頗以所長笑人故爲時士所嫉又爲人淺而不識物情初與王黎荀融善黎奪其黃門郎於是恨黎與融亦不終好正始中以公事免其秋遇癘疾亡時年二十四弼之卒也晉景帝嗟歎之累日曰天喪予其爲高識悼惜如此因條向者勝理語弼曰此理僕以爲極可得復難不弼便作難一坐人便以爲屈於是弼自爲客主數番皆一坐所不及

何平叔注老子始成詣王輔嗣見王注精奇迺神伏曰若斯人可與論天人之際矣因以所注爲道德二論魏氏春秋曰弼論道約美不如晏自

然出拔
過之

王輔嗣弱冠詣裴徽（永嘉流人名曰徽字文季河東聞喜人太常潛少弟也仕至冀州刺史）徽問曰夫無者誠萬物之所資聖人莫肯致言而老子申之無已何邪（弼別傳曰弼父爲尚書郎裴徽爲吏部郎徽見異之故問）弼曰聖人體無無又不可以訓故言必及有老莊未免於有恆訓其所不足

傅嘏善言虛勝（魏志曰嘏字蘭碩北地泥陽人傅介子之後也累遷河南尹尚書嘏嘗論才性同異鍾會集而論之傅子曰嘏既達治好正而有清理識要如論才性原本精微鮮能及之司隸鍾會年甚少嘏以明知交會）荀粲談尚玄遠（粲別傳曰粲字奉倩潁川潁陰人太尉彧少子也粲諸兄儒術論議各知名粲能言玄遠常以子貢稱夫子之言性與天道不可得而聞也然則六籍雖存固聖人之糠秕能言者不能屈）每至共語有爭而不相喻裴冀州釋二家之義通彼我之懷常使兩情皆得彼此俱暢（粲別傳曰粲太和初到京邑與傅嘏談嘏善名理而粲尚玄遠宗致雖同倉卒時或格而不相得意裴徽通彼我之懷爲二家

宋本諾諾二字作之

何晏著論說老子与聖人同。

小極

身猶言我，見下殷中军為庾公長史条

釋頃之粲與嘏善管輅傳曰裴使君有高才逸度善言玄妙也

何晏注老子未畢見王弼自說注老子旨何意多所短不復得作聲但應諾諾遂不復注因作道德論文章敘錄曰自儒者論以老子非聖人絕禮棄學晏說與聖人同著論行於世也

中朝時有懷道之流有詣王夷甫咨疑者值王昨已語多小極不復相酬荅乃謂客曰身今少惡裴逸民亦近在此君可往問晉諸公贊曰裴頠談理與王夷甫不相推下

裴成公作崇有論時人攻難之莫能折唯王夷甫來如小屈時人即以王理難裴理還復申晉諸公贊曰自魏太常夏侯玄步兵校尉阮籍等皆著道德論于時侍中樂廣吏部郎劉漢亦體道而言約尚書令王夷甫講理而才虛散騎常侍戴奧以學道爲業後進庾敳之徒皆希慕簡曠頠疾世俗尚虛無之理故著崇有二論以折之才博喻廣學者不能究後樂廣與頠清閒欲說理而頠辭喻豐博廣自以體虛

○宋本『诺诺』二字作『之』。
○何晏著论，说老子与圣人同。
○小极。
○『身』犹言『我』，见下『殷中军为庾公长史』条。

無笑而不復言惠帝起居注曰顧著二論以規虛誕之弊文詞精富爲世名論

諸葛厷年少不肯學問始與王夷甫談便已超詣王歎曰卿天才卓出若復小加研尋一無所愧厷後看莊老更與王語便足相抗衡王隱晉書曰厷字茂遠瑯邪人魏雍州刺史緒之子有逸才仕至司空主簿

衛玠總角時問樂令夢樂云是想衛曰形神所不接而夢豈是想邪樂云因也未嘗夢乘車入鼠穴擣齏噉鐵杵皆無想無因故也周禮有六夢一曰正夢謂無所感動平安而夢也二曰噩夢謂驚愕而夢也三曰思夢謂覺時所思念也四曰寤夢謂覺時道之而夢也五曰喜夢謂喜說而夢也六曰懼夢謂恐懼而夢也按樂所言想者蓋思夢也因者蓋正夢也衛思因經日不得遂成病樂聞故命駕爲剖析之衛既小差樂歎曰此兒胸中當必無膏肓之疾春秋傳曰晉景公有疾求醫於秦秦伯使醫緩爲之未至公夢疾爲二豎子曰彼良醫也懼傷我焉其一日居肓之上膏之下若我何醫至曰疾不可爲也在肓之上膏之下攻之不可達刺之不

庄子天下篇，指不至，至不绝，列子仲尼篇，指不至

可及藥不至焉公曰良醫也注肓鬲也心下爲膏

庾子嵩讀莊子開卷一尺許便放去曰了不異人意晉陽秋曰庾敳字子嵩潁川人侍中峻第三子恢廓有度量自謂是老莊之徒曰昔未讀此書意嘗謂至理如此今見之正與人意暗同仕至豫州長史

客問樂令旨不至者樂亦不復剖析文句直以麈尾柄确几曰至不客曰至樂因又舉麈尾曰若至者那得去夫藏舟潛往交臂恆謝一息不留忽焉生滅故飛鳥之影莫見其移馳車之輪曾不掩地是以去不去矣庸有至乎至不至矣庸有去乎然則前至不異後至至名所以生前去不異後去去名所以立今天下無去矣而去者非假哉既爲假矣而至者豈實哉於是客乃悟服樂辭約而旨達皆此類

初注莊子者數十家莫能究其旨要向秀於舊注外爲解義妙析奇致大暢玄風秀別傳曰秀與嵇康呂安爲友趣舍不同嵇康傲世不羈安放逸邁俗而秀雅好讀書二

○庄子天下篇：『指不至，至不绝。』列子仲尼篇：『指不至。』

肖屑卒歲

隱

宋本太傅主簿作太學博士

將无同

子頗以此嗤之後秀將注莊子先以告康安康曰此書詎復須注徒棄人作樂事耳及成以示二子康曰爾故復勝不安乃驚曰莊周不死矣後注周易大義可觀而與漢世諸儒互有彼此未若隱莊之絶倫也秀本傳或言秀遊託數賢蕭屑卒歲都無注述唯好莊子聊應崔譔所注以備遺忘云竹林七賢論云秀爲此義讀之者無不超然若已出塵埃而窺絶冥始了視聽之表有神德玄哲能遺天下外萬物雖復使動競之人顧觀所徇皆悵然自有振拔之情矣唯秋水至樂二篇未竟而秀卒秀子幼義遂零落然猶有別本郭象者爲人薄行有儁才文士傳曰象字子玄河南人少有才理慕道好學託志老莊時人咸以爲王弼之亞辟司空掾太傅主簿見秀義不傳於世遂竊以爲己注乃自注秋水至樂二篇又易馬蹄一篇其餘衆篇或定點文句而已文士傳曰象作莊子注最有淸辭遒旨秀義別本出故今有向郭二莊其義一也

阮宣子有令聞太尉王夷甫見而問曰老莊與聖教同異對曰將無同太尉善其言辟之爲掾世謂三語掾衛玠嘲之曰一言

○肖屑卒岁。

○隐。

○宋本『太傅主簿』作『太学博士』。

○将无同。

可辟何假於三宣子曰苟是天下人望亦可無言而辟復何假一遂相與爲友名士傳曰阮修字宣子陳留尉氏人好老易能言理不喜見俗人時誤相逢卽舍去傲然無營家無儋石之儲晏如也琅邪王處仲爲鴻臚卿謂曰鴻臚丞差有祿卿常無食能作不脩曰爲復可耳遂爲鴻臚丞太子洗馬

裴散騎娶王太尉女婚後三日諸壻大會晉諸公贊曰裴遐字叔道河東人父綽長水校尉遐少有理稱辟司空掾散騎郎永嘉流人名衍字夷甫第四女適遐也當時名士王裴子弟悉集郭子玄在坐挑與裴談子玄才甚豐贍始數交未快郭陳張甚盛裴徐理前語理致甚微四坐咨嗟稱快鄧粲晉紀曰遐以辯論爲業善敘名理辭氣清暢泠然若琴瑟聞其言者知與不知無不歎服王亦以爲奇謂諸人曰君輩勿爲爾將受困寡人女壻

衛玠始度江見王大將軍敦別傳曰敦字處仲琅邪臨沂人少有名理累遷青州刺史避地江左歷侍中丞相大將軍揚州牧以罪伏誅因夜坐大將軍命謝幼輿晉陽秋曰謝鯤字幼輿陳郡人父衡

○晋书四九阮瞻传，御览三九〇人事部三一，又二〇九职官部，皆作王戎问阮瞻。
○担。
○陈张甚盛。
○宋本无。

○他。
○得。
○轻。
○勿。
○抱朴子（文选五三李注引）又淮南子。五杂俎：“晋国多枣，食之齿黄。”

晉碩儒鯤性通簡好老易善音樂以琴書爲業避亂江東爲豫章太守王敦引爲長史鯤別傳曰鯤四十三卒贈太常玠見謝甚說之都不復顧王遂達旦微言王永夕不得豫玠體素羸恆爲母所禁爾夕忽極於此病篤遂不起玠別傳曰玠少有名理善易老自抱羸疾初不於外擅相酬對時友歎曰衛君不言言必入眞武昌見大將軍王敦敦與談論咨嗟不能自已

舊云王丞相過江左止道聲無哀樂嵇康聲無哀樂論略曰夫殊方異俗歌笑不同使錯而用之或聞哭而懽或聽歌而戚然哀樂之情均也今用均同之情發萬殊之聲斯非音聲之無常乎養生嵇叔夜養生論曰夫蝨箸頭而黑麝食柏而香頸處險而癭齒居晉而黃豈唯蒸之使重無使輕芬之使香無使延哉誠能蒸以靈芝潤以醴泉無爲自得體妙心玄庶與羨門比壽王喬爭年何爲不可養生哉言盡意歐陽堅石言盡意論略曰夫理得於心非言不暢物定於彼非名不辨名逐物而遷言因理而變不得相與爲二矣苟無其二言無不盡矣三理而已然宛轉關生無所不入

殷中軍爲庾公長史按庾亮僚屬名及中興書浩爲亮司馬非爲長史也下都王丞相爲

○身。
○輙翣如生母狗馨。

身

輙翣如生母狗馨

之集桓公王長史王藍田（王述別傳曰述字懷祖太原晉陽人祖湛父承並有高名述蚤孤事親孝謹簞瓢陋巷宴安永日由是爲有識所知襲爵藍田侯）謝鎮西並在丞相自起解帳帶麈尾語殷曰身今日當與君共談析理既共清言遂達三更丞相與殷共相往反其餘諸賢略無所關既彼我相盡丞相乃歎曰向來語乃竟未知理源所歸至於辭喻不相負正始之音正當爾耳明旦桓宣武語人曰昨夜聽殷王清言甚佳仁祖亦不寂寞我亦時復造心顧看兩王掾（王濛王述並爲王導所辟）輙翣如生母狗馨

殷中軍見佛經云理亦應阿堵上（佛經之行中國尚矣莫詳其始牟子曰漢明帝夜夢神人身有日光明日博問羣臣通人傅毅對曰臣聞天竺有道者號曰佛輕舉能飛身有日光殆將其神也於是遣羽林將軍秦景博士弟子王遵等十二人之大月氏國寫取佛經四十二部在蘭臺石室劉子政列仙傳曰歷觀百家之中以相檢驗得仙者百四十六人其七十四人已在佛經故撰得七十可以多聞博識者遐觀焉如此卽漢成哀之閒已有經矣與牟子傳記便爲

○索解人。

索解人

不同魏略西戎傳曰天竺城中有臨兒國浮屠經云其國王生浮圖浮圖者太子也父曰屑頭邪母曰莫邪浮屠者身服色黃髮如青絲爪如銅其母夢白象而孕及生從右脅出而有髻墮地能行七步天竺又有神人曰沙律昔漢哀帝元壽元年博士弟子景慮受大月氏王使伊存口傳浮屠經曰復豆者其人也漢武故事曰昆邪王殺休屠王以其衆來降得其金人之神置之甘泉宮金人皆長丈餘其祭不用牛羊唯燒香禮拜上使依其國俗祀之此神全類於佛豈當漢武之時其經未行於中土而但神明事之邪故驗劉向魚豢之說佛至自哀成之世明矣然則牟傳所言四十二者其文今存非妄蓋明帝遣使廣求異聞非是時無經也

謝安年少時請阮光祿道白馬論孔叢子曰趙人公孫龍云白馬非馬馬者所以命形白者所以命色夫命色者非命形故曰白馬非馬也爲論以示謝于時謝不卽解阮語重相咨盡阮乃歎曰非但能言人不可得正索解人亦不可得中興書曰裕甚精論難

褚季野語孫安國褚裒孫盛並已見云北人學問淵綜廣博孫荅曰南

○学广则难周，学寡则易覈。
○日本译『通』为『通问候』，参下文『通寒暑』。

学广则难周，学寡则易覈

日本译通为通问候，参下文通寒暑

人學問清通簡要支道林聞之曰聖賢固所忘言自中人以還北人看書如顯處視月南人學問如牖中窺日支所言但譬成孫褚之理也然則學廣則難周難周則識闇故如顯處視月學寡則易覈易覈則智明故如牖中窺日也

劉眞長與殷淵源談劉理如小屈殷曰惡卿不欲作將善雲梯仰攻墨子曰公輸般為高雲梯欲以攻宋墨子聞之自魯往裂裳裹足日夜不休十日十夜而至於郢見楚王曰聞大王將攻宋有之乎王曰然墨子曰請令公輸般設攻宋之具臣請試守之於是公輸般設攻宋之計墨子縈帶守之輸九攻之而墨子九卻之不能入遂輟兵

殷中軍云康伯未得我牙後慧浩別傳曰浩善老易能清言康伯浩甥也甚愛之

謝鎭西少時聞殷浩能清言故往造之殷未過有所通為謝標榜諸義作數百語既有佳致兼辭條豐蔚甚足以動心駭聽謝注神傾意不覺流汗交面殷徐語左右取手巾與謝郎拭面按殷

浩大謝尚三歲便是時流或
當貴其勝致故爲之揮汗

宣武集諸名勝講易易乾鑿度曰孔子曰易者易也變易也不
易也三成德爲道包籥者易也其德也光
明四通日月星辰布八卦序四時和也變也者天地不變不能
成朝夫婦不變不能成家不易者其位也天在上地在下君南
面臣北面父坐子伏此其不易也故易者天地人道也鄭玄序
易曰易之爲名也一言而函三義簡易一也變易二也不易三
也繫辭曰乾坤易之藴也易之門戶也又曰乾確然示人易矣
坤隤然示人簡矣易則易知簡則易從此言其簡易法則也又
曰其爲道也屢遷變動不居周流六虛上下無常剛柔相易不
可以爲典要唯變所適此則言其從時出入移動也又曰天尊
地卑乾坤定矣卑高以陳貴賤位矣動靜有常剛柔斷矣此
則言其張設布列不易也據此三義而說易之道廣矣大矣日
說一卦簡文欲聽聞此便還曰義自當有難易其以一卦爲限
邪

有北來道人好才理與林公相遇於瓦官寺講小品于時竺法
深孫興公悉共聽此道人語屢設疑難林公辯荅清析辭氣俱

○强口马。
○『将』犹言『同』。

将犹言同

强口马

爽此道人每輒摧屈孫問深公上人當是逆風家向來何以都不言庾法暢人物論曰法深學義淵博名聲蚤著弘道法師也深公笑而不答林公曰白旃檀非不馥焉能逆風成實論曰波利質多天樹其香則逆風而聞深公得此義夷然不屑

孫安國往殷中軍許共論往反精苦客主無閒左右進食冷而復煖者數四彼我奮擲麈尾悉脫落滿餐飯中賓主遂至莫忘食殷乃語孫曰卿莫作强口馬我當穿卿鼻孫曰卿不見決鼻牛人當穿卿頰續晉陽秋曰孫盛善理義時中軍將軍殷浩擅名一時能與劇談相抗者唯盛而已

莊子逍遙篇舊是難處諸名賢所可鑽味而不能拔理於郭向之外支道林在白馬寺中將馮太常共語馮氏譜曰馮懷字祖思長樂人歷太常護國將軍因及逍遙支卓然標新理於二家之表立異義於衆賢之

○道。○大。○若。○十。

十 若 大 道

外皆是諸名賢尋味之所不得後遂用支理向子期郭子玄逍遙義曰夫大鵬之上九萬尺鷃之起榆枋小大雖差各任其性苟當其分逍遙一也然物之芸芸同資有待得其所待然後逍遙耳唯聖人與物冥而循大變爲能無待而常通豈獨自通而已又從有待者不失其所待不失則同於大通矣支氏逍遙論曰夫逍遙者明至人之心也莊生建言大道而寄指鵬鷃鵬以營生之路曠故失適於體外鷃以在近而笑遠有矜伐於心內至人乘天正而高興遊無窮於放浪物物而不物於物則遙然不我得玄感不爲不疾而速則逍然靡不適此所以爲逍遙也若夫有欲當其所足足於所足快然有似天眞猶饑者一飽渴者一盈豈忘烝嘗於糗糧絕觴爵於醪醴哉苟非至足豈所以逍遙乎此向郭之注所未盡

殷中軍浩也嘗至劉尹所清言良久殷理小屈遊辭不已劉亦不復荅殷去後乃云田舍兒強學人作爾馨語劉惔已見

殷中軍雖思慮通長然於才性偏精忽言及四本便苦湯池鐵城無可攻之勢神農書曰夫有石城七仞湯池百步帶甲百萬而無粟者不能自固也

○王都领域，不与交言。领域，日译坚く心をとざして。
○援鹑堂笔记三六：『领域如雄都紧县之义，又或作「领天下国家」，「领恶全好」之「领」，言王方都一郡，治域中事也。』

支道林造卽色論支道林集妙觀章云夫色之性也不自有色色不自有雖色而空故曰色卽爲空色復異空論成示王中郎王坦之已見中郎都無言支曰默而識之乎論語曰默而識之誨人不倦何有於我哉王曰既無文殊誰能見賞維摩詰經曰文殊師利問維摩詰云何者是菩薩入不二法門時維摩詰默然無言文殊師利歎曰是眞入不二法門也

王逸少作會稽初至支道林在馬孫與公謂王曰支道林拔新領異胸懷所及乃自佳卿欲見不王本自有一往雋氣殊自輕之後孫與支共載往王許王都領域不與交言須臾支退後正値王當行車已在門支語王曰君未可去貧道與君小語因論莊子逍遙遊支作數千言才藻新奇花爛映發王遂披襟解帶留連不能已支法師傳曰法師研十地則知頓悟於七住尋莊周則辯聖人之逍遙當時名勝咸味其音旨道賢論以七沙門比竹林七賢遁比向秀雅尚莊老二子異時風尚玄同也

○王叔珉补正：『杨校笺本注，从沈校本「循」作「脩」。』案『脩』字是。脩之字敬仁，小字苟子，『苟』与『敬』义相应。『苟』己力反，非『苟且』之『苟』。说文：『敬，肃也，从攴造词苟。』『苟，自急敕也。』

○林。

○覆疏。

王叔珉補正：楊校箋本注，從沈校本循作脩。案脩字是，脩之字敬仁，小字苟子，苟與敬義相應。苟己力反，非苟且之苟。說文：敬，肅也，从攴苟。苟，自急敕也。

林

覆疏

三乘佛家滯義支道林分判使三乘炳然諸人在下坐聽皆云可通支下坐自共說正當得兩入三便亂今義弟子雖傳猶不盡得法華經曰三乘者一曰聲聞乘二曰緣覺乘三曰菩薩乘聲聞者悟四諦而得道也緣覺者悟因緣而得道也菩薩者行六度而得道也然則羅漢得道全由佛教故以聲聞爲名也辟支佛得道或聞因緣而解或聽環珮而得悟神能獨達故以緣覺爲名也菩薩者大道之人也方便則止行六度眞教則通修萬善功不爲己志存廣濟故以大道爲名也

許掾詢也年少時人以比王苟子苟子王修小字也文字志曰修字敬仁太原晉陽人父濛司徒左長史修明秀有美稱善隸行書號曰流奕清舉起家著作佐郎琅耶王文學轉中軍司馬未拜而卒時年二十四昔王弼之沒與修同年故修弟熙乃歎曰無愧於古人而年與之齊也許大不平時諸人士及於法師並在會稽西寺講王亦在焉許意甚忿便往西寺與王論理共決優劣苦相折挫王遂大屈許復執王理王執許理更相覆疏王復屈許謂支法師曰弟子向語何似支從容曰君語佳則佳

剧谈　下文江左殷太常条（廿四页）扬州口谈至剧

矣何至相苦邪豈是求理中之談哉

林道人詣謝公東陽時始總角新病起體未堪勞與林公講論遂至相苦東陽謝朗也已見中興書曰朗博涉有逸才善言玄理母王夫人在壁後聽之再遣信令還而太傅留之王夫人因自出云新婦少遭家難一生所寄唯在此兒因流涕抱兒以歸謝公語同坐曰家嫂辭情忼慨致可傳述恨不使朝士見謝氏譜曰朗父據取太康王韜女名綏

支道林許掾諸人共在會稽王齋頭簡文支為法師許為都講高逸沙門傳曰道林時講維摩詰經支通一義四坐莫不厭心許送一難衆人莫不抃舞但共嗟詠二家之美不辯其理之所在

謝車騎在安西艱中安西謝奕已見林道人往就語將夕乃退有人道上見者問云公何處來荅云今日與謝孝劇談一出來玄別傳曰玄能

○剧谈、下文『江左殷太常』条（廿四页）『扬州口谈至剧』。

○疑当作「言义」。

疑当作言义

淸言善名理

支道林初從東出住東安寺中 高逸沙門傳曰遁居會稽晉哀帝欽其風味遣中使至東迎之遁遂辭丘壑高步天邑

王長史宿構精理並撰其才藻往與支語不大當對王敘致作數百語自謂是名理奇藻支徐徐謂曰身與君別多年君義言了不長進王大慚而退

殷中軍讀小品 釋氏辨空經有詳者焉有略者焉詳者爲大品略者爲小品 下二百籤皆是精微世之幽滯嘗欲與支道林辯之竟不得今小品猶存 高逸沙門傳曰殷浩能言名理自以有所不達欲訪之於遁遂邂逅不遇深以爲恨其爲名識賞重如此之至焉語林曰浩於佛經有所不了故遣人迎林公林乃虛懷欲往王右軍駐之曰淵源思致淵富既未易爲敵且己所不解上人未必能通縱復服從亦名不益高若佻脫不合便喪十年所保可不須往林公亦以爲然遂止

佛經以爲祛練神明則聖人可致 釋氏經曰一切衆生皆有佛性但能修智慧斷煩惱萬行

○情。
○名德沙门题目。
○宋本『载』下有『来』字。
○名通。

情

名德沙門題目

宋本載下有來字

名通

具足便成佛也簡文云不知便可登峯造極不然陶練之功尚不可誣

于法開始與支公爭名後精漸歸支意甚不忿遂遁跡剡下遣弟子出都語使過會稽于時支公正講小品開戒弟子道林講比汝至當在某品中因示語攻難數十番云舊此中不可復通弟子如言詣支公正值講因謹述開意往反多時林公遂屈厲聲曰君何足復受人寄載名德沙門題目曰于法開才辨從橫以數術弘教高逸沙門傳曰法開初以義學著名後與支遁有競故遁居剡縣更學醫術

殷中軍問自然無心於稟受何以正善人少惡人多諸人莫有言者劉尹荅曰譬如寫水著地正自縱橫流漫略無正方圓者一時絕歎以爲名通莊子曰天籟者吹萬不同而使其自已也郭子玄注曰無既無矣則不能生有有之未生又不能爲生然則生生者誰哉塊然而自生耳非我生也我不生物物不生我則自然而已然謂之天然天然非爲也故

○一往参诣。
日译：要点をかいつまんで挙げただけで一気に核心にせまった。
○宋本无。
○色。
○而。
○棺器。
○名通。

以天言之所以明其自然故也

康僧淵初過江未有知者恆周旋市肆乞索以自營忽往殷淵源許值盛有賓客殷使坐麤與寒溫遂及義理語言辭旨曾無愧色領略麤舉一往參詣由是知之、僧淵氏族所出未詳疑是胡人尚書令沈約撰晉書亦稱其有義學

殷謝諸人共集殷浩謝安謝因問殷眼往屬萬形萬形來入眼不成實論曰眼識不待到而知虛塵假空與明故得見色若眼到色到色間則無空明如眼觸目則不能見彼當知眼識不到而知依如此說則眼不往形不入遂屬而見也謝有問殷無荅疑闕文

人有問殷中軍何以將得位而夢棺器將得財而夢矢穢殷曰官本是臭腐所以將得而夢棺屍財本是糞土所以將得而夢穢汙時人以爲名通

〇为。
〇改轍。

为

改轍

殷中軍被廢東陽浩黜廢事別見始看佛經初視維摩詰僧肇注維摩經曰維摩詰者秦言淨名蓋法身之大士見居此土以弘道也疑般若波羅密太多後見小品恨此語少波羅密此言到彼岸也經云到者有六焉一曰檀檀者施也二曰毗黎毗黎者持戒也三曰羼提羼提者忍辱也四曰尸羅尸羅者精進也五曰禪禪者定也六曰般若般若者智慧也然則五者爲舟般若爲導導則俱絕有相之流升無相之彼岸也故曰波羅密也淵源未暢其致少而疑其多已而究其宗多而患其少也

支道林殷淵源俱在相王許簡文相王謂二人可試一交言而才性殆是淵源崤函之固崤謂二陵之地函函谷關也並秦之險塞王者之居左思魏都賦曰崤函帝王之宅君其慎焉支初作改轍遠之數四交不覺入其玄中相王撫肩笑曰此自是其勝塲安可爭鋒

謝公因子弟集聚問毛詩何句最佳遏稱曰謝玄小字已見昔我往矣楊柳依依今我來思雨雪霏霏公曰訏謨定命遠猷辰告大雅詩也

毛萇注曰訏大也謨謀也辰時也鄭玄注曰猷圖也大謀定命謂正月始和布政于邦國都鄙謂此句偏有雅人深致

張憑舉孝廉出都負其才氣謂必參時彥欲詣劉尹鄉里及同舉者共笑之張遂詣劉劉洗濯料事處之下坐唯通寒暑神意不接張欲自發無端頃之長史諸賢來清言客主有不通處張乃遥於末坐判之言約旨遠足暢彼我之懷一坐皆驚眞長延之上坐清言彌日因留宿至曉張退劉曰卿且去正當取卿共詣撫軍張還船同侶問何處宿張笑而不荅須臾眞長遣傳教覓張孝廉船同侶惋愕卽同載詣撫軍至門劉前進謂撫軍曰下官今日爲公得一太常博士妙選旣前撫軍與之話言咨嗟稱善曰張憑勃窣爲理窟卽用爲太常博士宋明帝文章志曰憑字長宗吳郡人

○日译：政务をかたづけて。

○洗濯。

○料事。

○通寒暑。

○王叔珉补正：『取』读为『聚』。庄子天运篇：『取弟子游居寝卧其下』，覆宋本『取』作『聚』，即『取』『聚』通用之证。

○『勃窣』，见汉书司马相如传，文选子虚赋注引韦昭注。

有意氣爲鄉閭所稱學尙所得敏而有文太守以才選舉孝廉試策高第爲惔所舉補太常博士累遷吏部郎御史中丞

汰法師云六通三明同歸正異名耳（安法師傳曰竺法汰者體器弘簡道情冥到法師友而善焉一說法汰卽安公弟子也經云六通者三乘之功德也一曰天眼通見遠方之色二曰天耳通聞障外之聲三曰身通飛行隱顯四曰它心通水鏡萬慮五曰宿命通神知已往六曰漏盡通慧解累世三明者解脫在心朗照三世者也然則天眼天耳身通它心漏盡此五者皆見在心之明也宿命則過去心之明也因天眼發未來之智則未來心之明也同歸異名義在斯矣）

支道林許謝盛德共集王家（許詢謝安王濛）謝顧謂諸人今日可謂彥會時既不可留此集固亦難常當共言詠以寫其懷許便問主人有莊子不正得漁父一篇（莊子曰孔子遊乎緇帷之林休坐乎杏壇之上孔子弦歌鼓琴奏曲未半有漁者下船而來鬚眉交白被髮揄袂行原以上距陸而止左手據厀右手持頤以聽曲終而招子貢子路語曰彼何爲者也曰孔氏曰孔氏何治子貢曰服忠信行仁義飾禮樂選人倫孔氏之所治也曰有土之君歟曰非也漁父曰仁則仁矣恐

不免其身孔子聞而求問之遂言八疵四病以誡孔子謝看題便各使四坐通支道林先通作七百許語敘致精麗才藻奇拔眾咸稱善於是四坐各言懷畢謝問曰卿等盡不皆曰今日之言少不自竭謝後麤難因自敘其意作萬餘語才峯秀逸文字志曰安神情秀悟善談玄遠既自難干加意氣擬託蕭然自得四坐莫不厭心支謂謝曰君一往奔詣故復自佳耳

殷中軍孫安國王謝能言諸賢悉在會稽王許殷與孫共論易象妙於見形其論略曰聖人知觀器不足以達變故表圓應於蓍龜圓應不可為典要故寄妙迹於六爻六爻周流唯化所適故雖一畫而吉凶並彰微一則失之矣擬器託象而慶咎交著繫器則失之矣故設八卦者蓋緣化之影迹也天下者寄見之一形也圓影備未備之象一形兼未形之形故盡二儀之道不與乾坤齊妙風雨之變不與巽坎司體矣孫語道合意氣干雲一坐咸不安孫理而辭不能屈會稽王慨然

世說新語卷上之下　三十

遠

一往奔詣　日译　一举に核心にせまれる
品藻篇郗嘉宾道謝公条，右军詣，不得称詣，注凡称詣者盖深覈之名也，此处詣当亦此意，日译得之

○远。

○一往奔诣，日译：一举に核心にせまられる。

○品藻篇『郗嘉宾道谢公』条：『右军诣』，『不得称诣』。注：『凡彻诣者，盖深覈之名也。』此处『诣』当亦此意，日译得之。

歎曰使眞長來故應有以制彼既迎眞長孫意已不如眞長既至先令孫自敘本理孫麤說已語亦覺殊不及向劉便作二百許語辭難簡切孫理遂屈一坐同時拊掌而笑稱美良久

僧意在瓦官寺中（未詳僧意氏族所出）王苟子來（苟子王修小字）與共語便使其唱理意謂王曰聖人有情不王曰無重問曰聖人如柱邪王曰如籌算雖無情運之者有情僧意云誰運聖人邪苟子不得答而去（諸本無僧意最後一句意疑其闕慶校衆本皆然唯一書有之故取以成其義然王修善言理如此論特不近人情猶疑斯文爲謬也）

司馬太傅問謝車騎惠子其書五車何以無一言入玄謝曰故當是其妙處不傳（莊子曰惠施多方其書五車其道舛駁其言不中謂卵有毛雞三足馬有卵犬可爲羊火不熱目不見龜長於蛇丁子有尾白狗黑連環可解能勝人之口不能服人之心蓋辯者之囿也）

○力。
○屬。

力

屬

殷中軍被廢徙東陽大讀佛經皆精解唯至事數處不解事數謂若五陰十二入四諦十二因緣五根五九七覺之聲遇見一道人問所籤便釋然

殷仲堪精覈玄論人謂莫不研究殷乃歎曰使我解四本談不翅爾周祗隆安記曰仲堪好學而有理思也

殷荊州曾問遠公張野遠法師銘曰沙門釋惠遠鴈門樓煩人本姓賈氏世爲冠族年十二隨舅令狐氏遊學許洛年二十一欲南渡就范宣子學道阻不通遇釋道安以爲師抽簪落髮研求法藏釋曇翼每資以燈燭之費誦鑒淹遠高悟冥賾安常歎曰道流東國其在遠乎襄陽旣沒振錫南遊結宇靈嶽自年六十不復出山名被流沙彼國僧衆皆稱漢地有大乘沙門每至然香禮拜輒東向致敬年八十三而終易以何爲體答曰易以感爲體殷曰銅山西崩靈鐘東應便是易耶東方朔傳曰孝武皇帝時未央宮前殿鐘無故自鳴三日三夜不止詔問太史待詔王朔朔言恐有兵氣更問東方朔朔曰臣聞銅者山之子山者銅之母以陰陽氣類言之子母相感山恐有崩弛者故鐘先鳴易曰鳴鶴在陰其子和之精之至也其應在後五日內居三日南郡太守上書言山崩延袤二十餘

豉

煮豆持作羹漉菽以爲汁其在釜下然豆在釜中泣本自同根生相煎何太急帝深有慚色魏志曰陳思王植字子建文帝同母弟也年十餘歲誦詩論及辭賦數萬言善屬文太祖嘗視其文曰汝倩人邪植跪曰出言爲論下筆成章顧當面試柰何倩人時鄴銅雀臺新成太祖悉將諸子登之使各爲賦植援筆立成可觀性簡易不治威儀輿馬服飾不尚華麗每見難問應聲而荅太祖寵愛之幾爲太子者數矣文帝即位封鄄城侯后徙雍丘復封東阿植每求試不得而國亟遷易汲汲无懽年四十一薨

魏朝封晉文王爲公備禮九錫文王固讓不受公卿將校當詣府敦喩司空鄭沖沖已見馳遣信就阮籍求文籍時在袁孝尼家袁氏世紀曰準字孝尼陳郡陽夏人父渙魏郎中令準忠信居正不恥下問唯恐人不勝己也世事多險故治退不敢求進著書十萬餘言荀綽兗州記曰準有儁才泰始中位給事中宿醉扶起書札爲之無所點定乃寫付使時人以爲神筆顧愷之晉文章記曰阮籍勸進落落有宏致至轉說徐而攝之也一本注阮籍勸進文略曰竊聞明公固讓沖等眷眷實懷愚心以爲聖王作制百代同風褒德賞功其來久矣周公藉已成之業據旣安之

○豉。

○宋本作『思少孤，不甚教其书学』。
○止。
○云。
○烹家。
○武帝借其书二车。
○敛衽。

宋本作思少孤不甚教其書學

止

雲

烹家

武帝借其書二車

斂袵

勢光宅曲阜奄有龜蒙明公宜奉聖旨受茲介福也

左太沖作三都賦初成思別傳曰思字太沖齊國臨淄人父雍起於筆札多所掌練爲殿中御史思蚤喪母雍憐之不甚教其書學及長博覽名文遍閱百家司空張華辟爲祭酒賈謐舉爲祕書郎謐誅歸鄉里專思著述齊王冏請爲記室參軍不起時爲三都賦未成也后數年疾終其三都賦改定至終乃上初作蜀都賦云金馬電發於高岡碧雞振翼而云披鬼彈飛丸以礌礉火井騰光以赫曦今无鬼彈故其賦往往不同思爲人无吏幹而有文才又頗以椒房自矜故齊人不重也時人互有譏訾思意不愜後示張公張華已見張曰此二京可三然君文未重於世宜以經高名之士思乃詢求於皇甫謐王隱晉書曰謐字士安安定朝那人漢太尉嵩曾孫也祖叔獻灞陵令父叔侯舉孝廉謐族從皆累世富貴獨守寒素所養叔母歎曰昔孟母以三徙成子曾父以亨家存教豈我居不卜鄰何爾魯之甚乎修身篤學自汝得之於我何有因對之流涕謐乃感激年二十餘就鄉里席坦受書遭人而問少有盛日武帝借其書二車遂博覽太子中庶子議郎徵並不就終于家謐見之嗟歎遂爲作敘於是先相非貳者莫不斂衽讚述焉思別傳曰思造

○假时人名为注。
○名。
○宋本无。
○筑。
○觚。
○风声。

張載問嶠蜀事交接亦疎皇甫謐西州高士摯仲治宿儒知名非思倫匹劉淵林衛伯輿竝蚤終皆不爲思賦序注也凡諸注解皆思自爲欲重其文故假時人名姓也

劉伶著酒德頌意氣所寄

名士傳曰伶字伯倫沛郡人肆意放蕩以宇宙爲狹常乘鹿車攜一壺酒使人荷鍤隨之云死便掘地以埋土木形骸遨遊一世竹林七賢論曰伶處天地閒悠悠蕩蕩无所用心嘗與俗士相牾其人攘袂而起欲必築之伶和其色曰雞肋豈足以當尊拳其人不覺廢然而返未嘗措意文章終其世凡著酒德頌一篇而已其辭曰有大人先生者以天地爲一朝萬朞爲須臾日月爲扃牖八荒爲庭衢行无轍迹居无室廬幕天席地縱意所如行則操巵執瓢動則挈榼提壺唯酒是務焉知其餘有貴介公子縉紳處士聞吾風聲議其所以乃奮袂攘襟怒目切齒陳說禮法是非鋒起先生於是方捧甖承糟銜杯漱醪奮髯箕踞枕麴藉糟無思無慮其樂陶陶兀然而醉慌爾而醒靜聽不聞雷霆之聲熟視不見太山之形不覺寒暑之切肌利欲之感情俯觀萬物之擾擾如江漢之載浮萍二豪侍側焉如蜾蠃之與螟蛉

樂令善於清言而不長於手筆將讓河南尹請潘岳爲表

晉陽秋曰岳字安仁滎陽人夙以才穎發名善屬文淸綺絕世蔡邕未能過也仕至黃門侍郎爲孫秀所害

潘云可作耳

要當得君意樂爲述己所以爲讓標位二百許語潘直取錯綜便成名筆時人咸云若樂不假潘之文潘不取樂之旨則無以成斯矣

夏侯湛作周詩成文士傳曰湛字孝若譙國人魏征西將軍夏侯淵曾孫也有盛才文章巧思善補雅詞名亞潘岳歷中書侍郎湛集載其敘曰周詩者南陔白華華黍由庚崇丘由儀六篇有其義而亡其辭湛續其亡故云周詩也示潘安仁安仁曰此非徒溫雅乃別見孝悌之性其詩曰既殷斯虔仰說洪恩夕定辰省奉朝侍昏宵中告退雞鳴在門孳孳恭誨夙夜是敦潘因此遂作家風詩岳家風詩載其宗祖之德及自戒也

孫子荆除婦服作詩以示王武子孫楚集云婦胡母氏也其詩曰時邁不停日月電流神爽登遐忽已一周禮制有敘告除靈丘臨祠感痛中心若抽王曰未知文生於情情生於文作一文於情生情於文生覽之悽然增伉儷之重

標位猶言標舉

○「标位」犹言「标举」。

〇叔侄称父子，汉书疏广传，晋书谢安传皆有此例。

叔姪称父子，汉书疏广传、晋书谢安传皆有此例

太叔廣甚辯給而摯仲治長於翰墨俱爲列卿每至公坐廣談仲治不能對退著筆難廣廣又不能荅王隱晉書曰廣字季思東平人拜成都王爲太弟欲使詣洛廣子孫多任洛慮害乃自殺摯虞字仲治京兆長安人祖茂秀才父模太僕卿虞少好學師事皇甫謐善校練文義多所著述歷秘書監太常卿從惠帝至長安遂流離鄠杜閒性好博古而文籍蕩盡永嘉五年洛中大饑遂餓而死虞與廣名位略同廣長口才虞長筆才俱少政事衆坐廣談虞不能對虞退筆難廣廣不能荅於是更相嗤笑紛然於世廣無可記虞多所錄於斯爲勝也

江左殷太常父子竝能言理亦有辯訥之異揚州口談至劇太常輒云汝更思吾論中興書曰殷融字洪遠陳郡人桓彝有人倫鑒見融甚歎美之著象不盡意大賢須易論理義精微談者稱焉兄子浩亦能清言每與浩談有時而屈退而著論融更居長爲司徒左西屬飲酒善舞終日嘯詠未嘗以世務自嬰累遷吏部尚書太常卿卒

庚子嵩作意賦成晉陽秋曰敳永嘉中爲石勒所害先是敳見王室多難知終嬰其禍乃作意賦以寄懷

從子文康見問曰若有意邪非賦之所盡若無意邪復何所賦

答曰正在有意無意之間

郭景純詩云林無靜樹川無停流王隱晉書曰郭璞字景純河東聞喜人父瑗建平太守璞別傳曰璞奇博多通文藻粲麗才學賞豫足參上流其詩賦誄頌竝傳於世而訥於言造次詠語常人無異又不持儀檢形質穨索縱情嫚惰時有醉飽之失友人干令升戒之曰此伐性之斧也璞曰吾所受有分恆恐用之不盡豈酒色之能害王敦取爲參軍敦縱兵都輦乃咨以大事璞極言成敗不爲回屈敦忌而害之詩璞幽思篇者阮孚云阮孚別見泓峥蕭瑟實不可言每讀此文輒覺神超形越

庾闡始作揚都賦道溫庾云溫挺義之標庾作民之望方響則金聲比德則玉亮庾公聞賦成求看兼贈貺之闡更改望爲儁以亮爲潤云中興書曰闡字仲初潁川人太尉亮之族也少孤九歲便能屬文遷散騎侍郎領大著作爲揚都賦邈絕當時五十四卒

○张缓。

张缓

孫興公作庾公誄袁羊曰見此張緩于時以爲名賞袁氏家傳曰喬有文才

庾仲初作揚都賦成以呈庾亮亮以親族之懷大爲其名價云可三二京四三都於此人人競寫都下紙爲之貴謝太傅云不得爾此是屋下架屋耳事事擬學而不免儉狹王隱論揚雄太玄經曰玄經雖妙非益也是以古人謂其屋下架屋

習鑿齒史才不常宣武甚器之未三十便用爲荊州治中鑿齒謝牋亦云不遇明公荊州老從事耳後至都見簡文返命宣武問見相王何如荅云一生不曾見此人從此忤旨出爲衡陽郡性理遂錯於病中猶作漢晉春秋品評卓逸續晉陽秋曰鑿齒少而博學才情秀逸溫甚奇之自州從事歲中三轉至治中後以忤旨左遷戶曹參軍衡陽太守在郡著漢晉春秋斥溫覬覦之心也鑿齒集載

其論略曰靜漢末累世之交爭廓九域之蒙晦大定千載之盛功者皆司馬氏也若以魏有代王之德則不足有靜亂之功則孫劉鼎立共王秦政猶不見敘於帝王況暫制數州之眾哉且漢有係周之業則晉無所承魏之迹矣春秋之時吳楚稱王若推有德彼必自係於周不推吳楚也况長轡廟堂吳蜀兩定天下之功也

孫興公云三都二京五經鼓吹言此五賦是經典之羽翼

謝太傅問主簿陸退陸氏譜曰退字黎民吳郡人高祖凱吳丞相祖仰吏部郎父伊州主簿退仕至光祿大夫張憑何以作母誄而不作父誄退答曰故當是丈夫之德表於事行婦人之美非誄不顯陸氏譜曰退憑壻也

王敬仁年十三作賢人論長史送示真長真長答云見敬仁所作論便足參微言修集載其論曰或問易稱賢人黃裳元吉苟未能闇與理會何得不求通求通則有損有損則元吉之稱將虛設乎答曰賢人誠未能闇與理會當居然人從比之理盡猶一豪之領一梁一豪之領一梁雖於理有損不足以撓梁賢有情之至寡豪有形之至小豪不至撓梁於賢人何有損之者哉

〇过江佛理尤盛。

过江佛理尤盛

孫興公云潘文爛若披錦無處不善續文章志曰岳爲文選言簡章清綺絕倫陸文若排沙簡金往往見寶文章傳曰機善屬文司空張華見其文章篇篇稱善猶譏其作文大治謂曰人之作文患於不才至子爲文乃患太多也

簡文稱許掾云玄度五言詩可謂妙絕時人續晉陽秋曰詢有才藻善屬文自司馬相如王褒揚雄諸賢世尚賦頌皆體則詩騷傍綜百家之言及至建安而詩章大盛逮乎西朝之末潘陸之徒雖時有質文而宗歸不異也正始中王弼何晏好莊老玄勝之談而世遂貴焉至過江佛理尤盛故郭璞五言始會合道家之言而韻之詢及太原孫綽轉相祖尚又加以三世之辭而詩騷之體盡矣詢綽並爲一時文宗自此作者悉體之至義熙中謝混始改

孫興公作天台賦成以示范榮期中興書曰范啟字榮期慎陽人父堅護軍啟以才義顯於世仕至黃門郎云卿試擲地要作金石聲范曰恐子之金石非宮商中聲然每至佳句赤城霞起而建標瀑布飛流而界道此賦之佳處輒云應是我輩語

桓公見謝安石作簡文謚議看竟擲與坐上諸客曰此是安石

〇运租为业。
〇又。
〇年少。

碎金（劉謙之晉紀載安議曰謹按謚法一德不懈曰簡道德博聞曰文易簡而天下之理得觀乎人文化成天下儀之景行猶有彷彿宜尊號曰太宗謚曰簡文）

袁虎少貧（虎袁宏小字也）嘗爲人傭載運租謝鎮西經船行其夜清風朗月聞江渚間估客船上有詠詩聲甚有情致所誦五言又其所未嘗聞歎美不能已卽遣委曲訊問乃是袁自詠其所作詠史詩因此相要大相賞得（續晉陽秋曰虎少有逸才文章絕麗曾爲詠史詩是其風情所寄少孤而貧以運租爲業鎮西謝尚時鎮牛渚乘秋佳風月率爾與左右微服泛江會虎在運租船中諷詠聲旣清會辭文藻拔非尚所曾聞遂住聽之乃遣問訊荅曰是袁臨汝郎誦詩卽其詠史之作也尚佳其率有勝致卽遣要迎談話申旦自此名譽日茂）

孫興公云潘文淺而淨陸文深而蕪

裴郎作語林始出大爲遠近所傳時流年少無不傳寫各有一通載王東亭作經王公酒壚下賦甚有才情（裴氏家傳曰裴榮字榮期河東人父

○体玄识远者，出处同归。

稱豐城令榮期少有風姿才氣好論古今人物撰語林數卷號曰裴子檀道鸞謂裴松之以爲啟作語林榮儻別名啟乎

謝萬作八賢論與孫興公往反小有利鈍中興書曰萬善屬文能談論萬集載其敘四隱四顯爲八賢之論謂漁父屈原季主賈誼楚老龔勝孫登嵇康也其旨以處者爲優出者爲劣孫綽難之以謂體玄識遠者出處同歸文多不載謝後出以示顧君齊顧氏譜曰夷字君齊吳郡人祖廞孝廉父霸少府卿夷辟州主簿不就顧曰我亦作知卿當無所名

桓宣武命袁彥伯作北征賦續晉陽秋日宏從溫征鮮卑故作北征賦宏文之高者既成公與時賢共看咸嗟歎之時王珣在坐云恨少一句得寫字足韻當佳袁卽於坐攬筆益云感不絕於余心泝流風而獨寫公謂王曰當今不得不以此事推袁宏集載其賦云聞所聞於相傳云獲麟於此野誕靈物以瑞德奚授體於虞者悲尼父之慟泣似實慟而非假豈一物之足傷實致傷於天下感不絕於余心遡流風而獨寫晉陽秋曰宏嘗與王珣伏滔同侍溫坐溫令滔讀其賦至致傷於天下於此改韻云此韻所詠慨深千載今於天下之後便移韻於寫送

之致如爲未盡滔乃云得益寫一句或當小勝桓公語宏卿試思益之宏應聲而益王伏稱善

孫興公道曹輔佐才如白地明光錦中興書曰曹毗字輔佐譙國人魏大司馬休曾孫也好文籍能屬詞累遷太學博士尚書郎光祿勳裁爲負版絝論語曰孔子式負版者鄭氏注曰版謂邦國籍也負之者賤隸人也非無文采酷無裁製

袁伯彥作名士傳成宏以夏侯太初何平叔王輔嗣爲正始名士阮嗣宗嵇叔夜山巨源向子期劉伯倫阮仲容王濬仲爲竹林名士裴叔則樂彥輔王夷甫庾子嵩王安期阮千里衛叔寶謝幼輿爲中朝名士見謝公公笑曰我嘗與諸人道江北事特作狡獪耳彥伯遂以箸書

王東亭到桓公吏既伏閣下桓令人竊取其白事東亭卽於閣下更作無復向一字續晉陽秋曰珣學涉通敏文高當世

桓宣武北征溫別傳曰溫以太和四年上疏自征鮮卑袁虎時從被責免官會須露布文喚袁倚馬前令作手不輟筆俄得七紙殊可觀東亭在側

世說新語卷上之下

沖

絶

○冲。

○宋书四一明恭王皇后传：『若行此事，官便应作孝子，岂复得出入狡狯』。南齐书四二萧坦之传：少帝于宫中及出后堂杂戏狡狯，异苑五：『此为狡狯』。

○传：『若行此事，官便应作孝子，岂复得出入较快？』南齐书四十二肖坦之传：『（少）帝于宫中及出后堂杂戏较快。』异苑五一（编者案：『五一』疑为『卷』。）五『此为狡狯』。

○绝。

○问。

問

極歎其才袁虎云當令齒舌間得利

袁宏始作東征賦都不道陶公胡奴誘之狹室中臨以白刃胡奴陶範別見曰先公勳業如是君作東征賦云何相忽略宏窘蹙無計便荅我大道公何以云無因誦曰精金百鍊在割能斷功則治人職思靖亂長沙之勳為史所讚續晉陽秋曰宏為大司馬記室參軍後為東征賦悉稱過江諸名望時桓溫在南州宏語眾云我決不及桓宣城時伏滔在溫府與宏善苦諫之宏笑而不荅滔密以啟溫溫甚忿以宏一時文宗又聞此賦有聲不欲令人顯聞之後遊青山飲酌既歸公命宏同載眾為危懼行數里問宏曰聞君作東征賦多稱先賢何故不及家君宏荅曰尊公稱謂自非下官所敢專故未呈啟不敢顯之耳溫乃云君欲為何辭宏即荅云風鑒散朗或搜或引身雖可亡道不可隕則宣城之節信為允也溫泫然而止二說不同故詳載焉

或問顧長康君箏賦何如嵇康琴賦顧曰不賞者作後出相遺深識者亦以高奇見貴中興書曰愷之博學有才氣為人遲鈍而自矜尚為時所笑宋明帝文章志曰

○年少。
○书扇。

书扇　年少

桓溫云顧長康體中癡黠各半合而論之正平平耳世云有三絕畫絕文絕癡絕續晉陽秋曰愷之矜伐過實諸年少因相稱譽以爲戲弄爲散騎常侍與謝瞻連省夜於月下長詠自云得先賢風制瞻每遥贊之愷之得此彌自力忘倦瞻將眠語搥腳人令代愷之不覺有異遂幾申旦而後止

殷仲文天才宏贍續晉陽秋曰仲文雅有才藻著文數十篇而讀書不甚廣博亮歎曰亮別見若使殷仲文讀書半袁豹邱淵之文章敘曰豹字士蔚陳郡人祖躭歷陽太守父質琅邪內史豹隆安中著作佐郎累遷太尉長史丹陽尹義熙九年卒才不減班固續漢書曰固字孟堅右扶風人幼有儁才學無常師善屬文經傳無不究覽

羊孚作雪贊云資清以化乘氣以霏遇象能鮮卽潔成輝桓胤遂以書扇中興書曰胤字茂祖譙國人祖沖太尉父嗣江州刺史胤少有清操以恬退見稱仕至中書令玄敗徙安成郡後見誅

王孝伯在京行散至其弟王睹戶前睹王爽小字也中興書曰爽字季明恭第四弟也仕

至侍中恭亭
敗贈太常

問古詩中何句爲最睹思未荅孝伯詠所遇無故物焉得不速老此句爲佳

桓玄嘗登江陵城南樓云我今欲爲王孝伯作誄因吟嘯良久隨而下筆一坐之閒誄以之成晉安帝紀曰玄文翰之美高於一世玄集載其誄敘曰隆安二年九月十七日前將軍靑兗二州刺史太原王孝伯薨川岳降神哲人是育既爽其靈不貽其福天道茫昧孰測倚伏犬馬反噬豺狼翹陸嶺摧高梧林殘故竹人之云亡邦國喪敉于以誄之爰旌芳郁文多不盡載

桓玄初并西夏領荊江二州二府一國玄別傳曰玄既克殷仲堪後楊佺期遣使諷朝廷朝廷以玄都督八州領江州荊州二刺史于時始雪五處俱賀五版竝入玄在聽事上版至卽荅版後皆粲然成章不相揉雜

桓玄下都羊孚時爲兗州別駕從京來詣門牋云自頃世故睽離心事淪蘊明公啟晨光於積晦澄百流以一源桓見牋馳喚

日訳あっという間に

松

都督府及後将軍府
南郡公

即答版後

○日译：あっという間に。
○松。
○都督府及后将军府、南郡公。
○即答版后。

前云子道子道來何遲即用爲記室參軍孟昶別見爲劉牢之主簿續晉陽秋曰牢之字道堅彭城人世以將顯父遁征虜將軍牢之沈毅多計數爲謝玄參軍苻堅之役以驍猛成功及平王恭轉徐州刺史桓玄下都以牢之爲前鋒行征西將軍玄至歸降用爲會稽內史欲解其兵奔而縊死詣門謝見云羊侯羊侯百口賴卿

世說新語卷上之下終

思賢講舍校刊

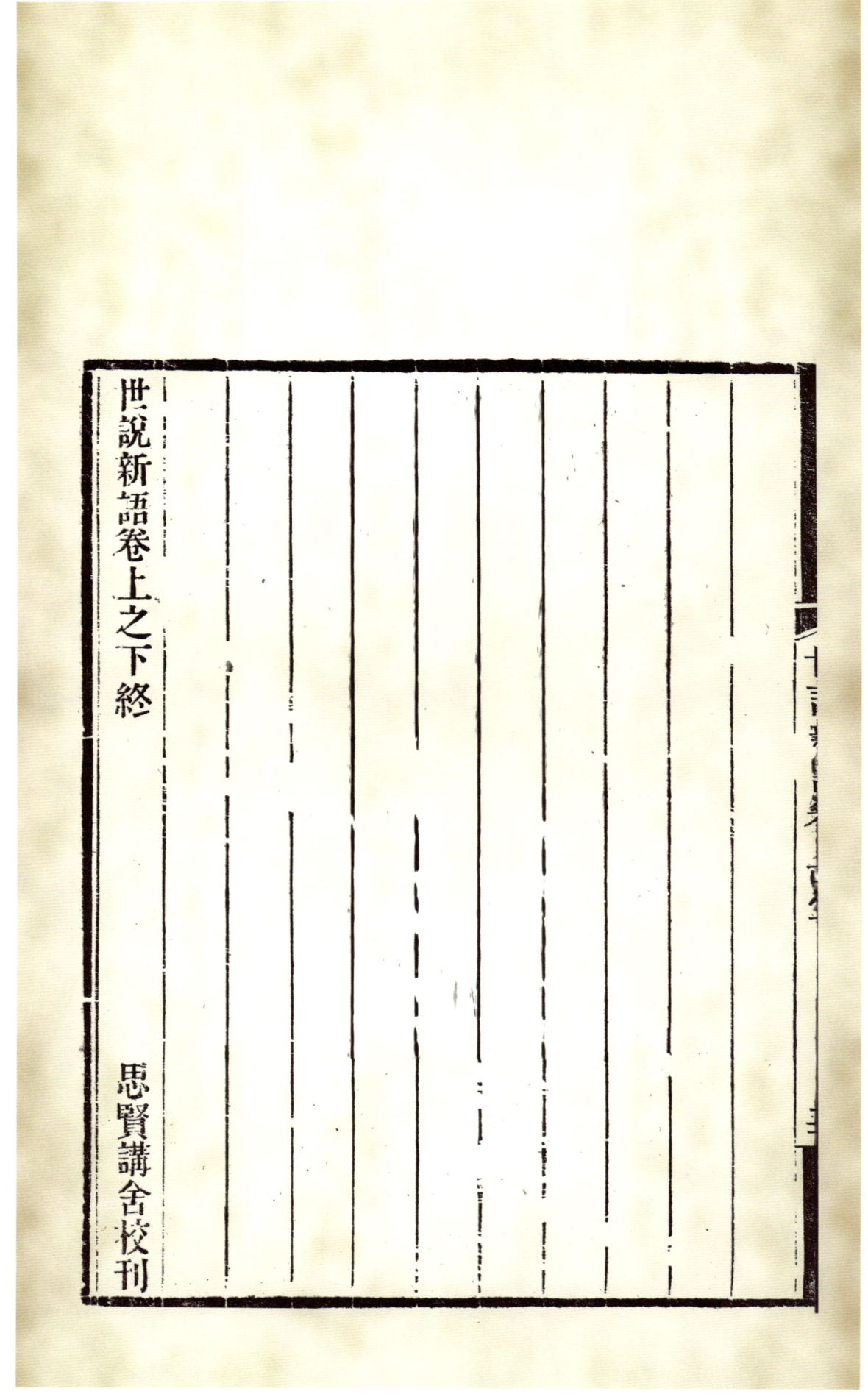

〇二

方正 2a/1

雅量 2a/18

识鉴 2a/27

赏誉 2a/35

品藻 2b/15

规箴 2b/28

捷悟 2b/35

夙慧 2b/37

豪爽 2b/38

二

方正 2a/1

雅量 2a/18

識鑒 2a/27

賞譽 2a/35

2b/1 品藻 2b/15

規箴 2b/28

捷悟 2b/35

夙惠 2b/37

豪爽 2b/38

〇尊君。

尊君

世說新語卷中之上

宋　臨川王義慶　撰

梁　劉孝標　注

方正第五

陳太丘與友期行期日中過中不至太丘舍去去後乃至元方時年七歲門外戲（陳寔及紀並已見）客問元方尊君在不荅曰待君久不至已去友人便怒曰非人哉與人期行相委而去元方曰君與家君期日中日中不至則是無信對子罵父則是無禮友人慙下車引之元方入門不顧

南陽宗世林魏武同時而甚薄其爲人不與之交及魏武作司空總朝政從容問宗曰可以交未荅曰松柏之志猶存世林既

〇独拜床下。

独拜床下

以忤旨見疏位不配德文帝兄弟每造其門皆獨拜牀下其見
禮如此楚國先賢傳曰宗承字世林南陽安衆人父資有美譽
承少而修德雅正確然不羣徵聘不就聞德而至者如
林魏武弱冠屢造其門值賓客猥積不能得言乃伺承起往要
之捉手請交承拒而不納帝後爲司空輔漢朝乃謂承曰卿昔
不顧吾今可爲交未承曰松柏之志猶存帝不說以其名賢猶
敬禮之勑文帝修子弟禮就家拜漢中太守武帝平冀州從至
鄴陳羣等皆爲之拜帝猶以舊情介意薄其位而優其禮就家
訪以朝政居賓客之右文帝徵爲直諫大夫明帝欲引以爲相
以老
固辭

魏文帝受禪陳羣有慽容帝問曰朕應天受命卿何以不樂羣
曰臣與華歆服膺先朝今雖欣聖化猶義形於色華嶠譜敘曰
魏受禪朝臣
三公以下並受爵位華歆以形色忤時徙爲司空不進爵文帝
久不懌以問尚書令陳羣曰我應天受命百辟莫不說喜形於
聲色而相國及公獨有不怡者何邪羣起離席長跪曰臣與相
國曾事漢朝心雖說喜義干其色亦懼陛下實應見憎帝大說
歎息良久
遂重異之

郭淮作關中都督甚得民情亦屢有戰庸魏志曰淮字伯濟太原陽曲人建安中除平原府丞黃初元年奉使賀文帝踐阼而稽留不及羣臣歡會帝正色責之曰昔禹會諸侯於塗山防風氏後至便行大戮今溥天同慶而卿最留遲何也淮曰臣聞五帝先教導民以德夏后政衰始用刑辟今臣遭唐虞之世是以知免防風氏之誅帝說之擢爲雍州刺史遷征西將軍淮在關中三十餘年功績顯著遷儀同三司贈大將軍淮妻太尉王淩之妹坐淩事當幷誅魏略曰淩字彥雲太原祁人歷司空太尉征東將軍密欲立楚王彪司馬宣王自討之淩自縛歸罪遙謂太傅曰卿直以折簡召我我當不至邪太傅曰以卿非肯逐折簡者也遂使人送至西陵自知罪重試索棺釘以觀太傅意太傅給之淩行至項城夜呼掾屬與決曰行年八十身名俱滅命邪遂自殺使者徵攝甚急淮使戒裝克日當發州府文武及百姓勸淮舉兵淮不許至期遣妻百姓號泣追呼者數萬人行數十里淮乃命左右追夫人還於是文武奔馳如徇身首之急既至淮與宣帝書曰五子哀戀思念其母其母既亡則無五子五子若殞亦復無淮宣帝乃表

特原淮妻世語曰淮妻當從坐侍御史往收督將及羌胡渠帥數千人叩頭請淮上表留妻淮不從妻上道莫不流涕人人扼腕欲劫留之淮五子叩頭流血請淮淮不忍視乃命追之於是數千騎往追還淮以書白司馬宣王曰五子哀母不惜其身若無其母是無五子五子若亡亦無淮也今輒追還若於法未通當受罪於主者書至宣王乃表原之

諸葛亮之次渭濱關中震動蜀志曰亮字孔明琅邪陽都人客於荆州躬耕隴畝好爲梁甫吟長八尺每自比管仲樂毅時人莫之許也唯博陵崔州平潁川徐元直謂爲信然先主屯新野徐庶見先主曰諸葛孔明臥龍也將軍豈願見之乎先主曰君與俱來庶曰此人可就見不可屈致也先主遂詣亮謂關羽張飛曰孤之有孔明猶魚之有水也累遷丞相益州牧率衆北征卒於渭南魏明帝深懼晉宣王戰乃遣辛毗爲軍司馬魏志曰毗字佐治潁川陽翟人累遷衛尉宣王既與亮對渭而陳亮設誘譎萬方宣王果大忿將欲應之以重兵亮遣間諜覘之還曰有一老夫毅然仗黃鉞當軍門立軍不得出亮曰此必辛佐治也晉陽秋曰諸葛亮寇于郿據渭水南原詔使高祖拒之亮善撫御又戎政嚴明且僑軍遠征糧運艱澀利在野戰朝廷每聞其出欲以不戰屈

○年少。○犹。○下辞。○令。○令与事相附。

之高祖亦以爲然而擁大軍禦侮於外不宜遠露怯弱之形以虧大勢故秣馬坐甲每見吞幷之威亮雖挑戰或遺高祖巾幗巾幗婦女之飾欲以激怒冀獲曹咎之利朝廷慮高祖不勝忿憤而衞尉辛毗骨鯁之臣帝乃使毗仗節爲高祖軍司馬亮果復挑戰高祖乃奮怒將出應之毗仗節中門而立高祖乃止將士聞見者益加勇鋭識者以人臣雖擁衆千萬而屈於王人大略深長皆如此之類也

夏侯玄既被桎梏魏氏春秋曰玄字太初譙國人夏侯尚之子大將軍前妻兄也風格高朗弘辯博暢正始中護軍曹爽誅徵爲太常內知不免不交人事不畜筆研及太傅薨許允謂玄曰子無復憂矣玄歎曰士宗卿何不見事乎此人尤能以通家年少遇我子元子上不吾容也後中書令李豐惡大將軍執政遂謀以玄代之大將軍聞其謀誅豐收玄送廷尉干寶晉紀曰初豐之謀也使告玄玄荅曰宜詳之爾不以聞也故及於難時鍾毓爲廷尉鍾會先不與玄相知因便狎之玄曰雖復刑餘之人未敢聞命世語曰玄至廷尉不肯下辭廷尉鍾毓自臨履玄玄正色曰吾當何辭爲令史責人邪卿便爲吾作毓以玄名士節高不可屈而獄當竟夜爲作辭令與事相附流涕以示玄玄視之曰不當若是邪鍾會年少於玄玄不與交是日於毓坐狎玄玄正色曰鍾君何得如是

名士傳曰初玄以鍾毓志趣不同不與之交玄被收時毓爲廷尉執玄手曰太初何至於此玄正色曰雖復刑餘之人不可得交按郭頒西晉人時世相近爲晉魏世語事多詳覈孫盛之徒皆采以著書並云玄距鍾會而袁宏名士傳最後出不依前史以爲鍾毓可謂謬矣**考掠初無一言臨刑東市顏色不異**魏志曰玄格量弘濟臨斬顏色不異舉止自若

夏侯泰初與廣陵陳本善本與玄在本母前宴飲世語曰本字休元臨淮東陽人魏志曰本廣陵東陽人父矯司徒本歷郡守廷尉所在操綱領舉大體能使羣下自盡有率御之才不親小事不讀法律而得廷尉之稱遷鎮北將軍**本弟騫**晉陽秋曰騫字休淵司徒第二子無謇諤風滑稽而多智謀仕至大司馬**行還徑入至堂戶泰初因起曰可得同不可得而雜**名士傳曰玄以鄉黨貴齒本不論德位年長者必爲拜與陳本母前飲騫來而出其可得同不可得而雜者也

高貴鄉公薨內外諠譁魏志曰高貴鄉公諱髦字彥士文帝孫東海定王霖之子也初封郯縣高貴鄉公好學夙成齊王廢羣臣迎之卽皇帝位漢晉春秋曰曹芳事後魏人省徹宿衛無復鎧甲諸門戎兵老弱而已曹髦見威

權曰去不勝其忿召侍中王沈尚書王經散騎常侍王業謂曰司馬昭之心路人所知也吾不能坐受廢辱今日當與卿自出討之王經諫不聽乃出懷中板令投地曰行之決矣正使死何所恨况不必死邪於是入白太后沈業奔走告昭昭爲之備髦遂率僮僕數百鼓譟而出昭弟屯騎校尉伷入遇髦於東止車門左右訶之伷衆奔走中護軍賈充又逆髦戰於南闕下髦自用劒衆欲退太子舍人成濟問充曰事急矣當云何充曰公畜汝等正爲今日今日之事無所問也濟卽前刺髦刃出於背魏氏春秋曰帝將誅大將軍詔有司復進位相國加九錫帝夜自將冗從僕射李昭黄門從官焦伯等下陵雲臺鎧仗授兵欲因際會遣使自出致討會雨而卻明日遂見王經等出黄素詔於懷曰是可忍也孰不可忍今當決行此事帝遂拔劒升輦率殿中宿衛倉頭官僮擊戰鼓出雲龍門賈充自外而入帝師潰散帝猶稱天子手劒奮擊衆莫敢逼充率厲將士騎督成倅弟濟以矛進帝崩於師時暴雨雷電晦冥

司馬文王問侍中陳泰曰魏志曰泰字玄伯司空羣之子也何以靜之泰云唯殺賈充以謝天下文王曰可復下此不對曰但見其上未見其下干寶晉紀曰高貴鄉公之殺司馬文王召朝臣謀其故太常陳泰不至使其舅荀顗召之告以可不泰曰世之論者以泰方於舅今舅不如泰也子弟內外咸共逼之垂涕而入文王待之曲室謂曰玄伯卿何以

○泪。
○入。

淚　入

處我對曰可誅賈充以謝天下文王曰爲吾更思其次泰曰唯
有進於此不知其次文王乃止漢晉春秋曰曹髦之薨司馬昭
聞之自投於地曰天下謂我何於是召百官議其事昭垂涕問
陳泰曰何以居我泰曰公光輔數世功蓋天下謂當並迹古人
垂美於後一旦有殺君之事不亦惜乎速斬賈充猶可以自明
也昭曰公閭不可得殺也卿更思餘計泰厲聲曰意唯有進於
此耳餘無足委者也歸而自殺魏氏春秋曰泰勸大將軍誅賈
充大將軍曰卿更思其他泰曰豈可使泰復發後言遂嘔血死

和嶠爲武帝所親重語嶠曰東宮頃似更成進卿試往看還問
何如荅云皇太子聖質如初晉諸公贊曰嶠字長輿汝南西平人父逌太常知名嶠少以雅量稱
深爲賈充所知每向世祖稱之歷尚書太子少傅干寶晉紀曰
皇太子有醇古之風美於信受侍中和嶠數言於上曰季世多
僞而太子尚信非四海之主憂太子不了陛下家事願追思文
武之祚上既重長適又懷齊王朋黨之論弗人也後上謂嶠曰
太子近入朝吾謂差進卿可與荀侍中共往言及顗奉詔還對
上曰太子明識弘新有如明詔問嶠嶠對曰聖質如初上默然
晉陽秋曰世祖疑惠帝不可承繼大業遣和嶠荀勖往觀察之
既見勖稱歎曰太子德更進茂不同於故嶠曰皇太子聖質如
初此陛下家事非臣所盡天下聞之莫不稱嶠爲忠而欲灰
滅勖也按荀顗清雅性不阿諛校之二說則孫盛爲得也

○此。

諸葛靚後入晉除大司馬召不起以與晉室有讎常背洛水而坐與武帝有舊帝欲見之而無由乃請諸葛妃呼靚既來帝就太妃間相見禮畢酒酣帝曰卿故復憶竹馬之好不靚曰臣不能吞炭漆身今日復覩聖顏因涕泗百行帝於是慚悔而出晉諸公贊曰吳亡靚入洛以父誕爲太祖所殺誓不見世祖世祖叔母琅邪王妃靚之姊也帝後因靚在姊間往就見焉靚逃於廁中於是以至孝發名時稽康亦被法而康子紹死蕩陰之役談者咸曰觀紹靚二人然後知忠孝之道區以別矣

武帝語和嶠曰我欲先痛罵王武子然後爵之嶠曰武子儁爽恐不可屈帝遂召武子苦責之因曰知愧不晉諸公贊曰齊王當出藩而王濟諫請無數又累遣常山王與婦長廣公主共入稽顙陳乞留之世祖甚恚謂王戎曰我兄弟至親今出齊王自朕家計而甄德王濟連遣婦入來生哭人邪濟等尚爾況餘者乎濟自比被責左遷國子祭酒武子曰尺布斗粟之謠常爲陛下恥之漢書曰淮南厲王長高祖少子也有罪文帝徙之於蜀不食而死民作歌曰一尺布尚可縫一

○宋本作『天子之屬』。
○连榻。

连榻

宋本作天子之屬

斗粟尚可舂兄弟二人不能相容瓚注曰言一尺布帛可縫而共衣一斗米粟可舂而共食况以天下之廣而不用容也它人能令踈親臣不能使親踈以此愧陛下

杜預之荆州頓七里橋朝士悉祖王隱晉書曰預字元凱京兆杜陵人漢御史大夫延年十一世孫祖畿魏太保父恕幽州荆州刺史預智謀淵博明於治亂常稱立德者非所企及立功立言所庶幾也累遷河南尹爲鎮南將軍都督荆州諸軍事鎮襄陽以平吳勳封當陽侯預無伎蓺之能身不跨馬射不穿札而每有大事輒在將帥之限贈征南將軍儀同三司預少賤好豪俠不爲物所許楊濟旣名氏雄俊不堪不坐而去八王故事曰濟字文通弘農人楊駿弟也有才識累遷太子太保與駿同誅須臾和長輿來問楊右衛何在客曰向來不坐而去長輿曰必大夏門下盤馬往大夏門果大閱騎長輿抱內車共載歸坐如初

杜預拜鎮南將軍朝士悉至皆在連榻坐語林曰中朝方鎮還不與元凱共坐預征吳還獨榻不與賓客共也時亦有裴叔則羊穉舒後至曰杜元凱乃復連榻

○雅。

雅

坐客不坐便去晉諸公贊曰羊琇字稚舒泰山人通濟有才幹與世祖同年相善謂世祖曰後富貴時見用作領護軍各十年世祖即位累遷左將軍特進杜請裴追之羊去數里住馬既而俱還杜許

晉武帝時荀勖爲中書監虞預晉書曰勖字公曾潁川潁陰人漢司空爽曾孫也十餘歲能屬文外祖鍾繇曰此兒當及其曾祖爲安陽令民生爲立祠累遷侍中中書監和嶠爲令故事監令由來共車嶠性雅正常疾勖諂諛王隱晉書曰勖性佞媚譽太子出齊王當時私議損國害民孫劉之匹也後世若有良史當著佞倖傳後公車來嶠便登正向前坐不復容勖勖方更覓車然後得去監令各給車自此始曹嘉之晉紀曰中書監令常同車入朝至和嶠爲令而荀勖爲監嶠意强抗專車而坐乃使監令異車自此始也

山公大兒著短帢車中倚武帝欲見之山公不敢辭問兒兒不肯行時論乃云勝山公晉諸公贊曰山該字伯倫司徒濤長子也雄有器識仕至左衞將軍

○主簿与太守之间称『君臣之好』。
○牧。
○此。

牧此

主簿与太守之间称君臣之好

向雄爲河內主簿有公事不及雄而太守劉淮橫怒遂與杖遣之雄後爲黃門郎劉爲侍中初不交言武帝聞之敕雄復君臣之好雄不得已詣劉再拜曰向受詔而來而君臣之義絕何如於是卽去武帝聞尚不和乃怒問雄曰我令卿復君臣之好何以猶絕漢晉春秋曰雄字茂伯河內人世語曰雄有節槩仕至黃門郎護軍將軍按王隱孫盛不與故君相聞議曰昔在晉初河內溫縣領校向雄送御犧牛不先呈郡輒隨比送洛值天大熱郡送牛多暍死臺法甚重太守吳奮召雄與杖雄不受杖曰郡牛者亦死也呈牛者亦死也奮大怒下雄獄將大治之會司隸辟雄都官從事數年爲黃門侍郎奮爲侍中同省相避不相見武帝聞之給雄酒禮使詣奮解雄乃奉詔此則非劉淮也晉諸公贊曰淮字君平沛國杼秋人少以清正稱累遷河內太守侍中尚書僕射司徒雄曰古之君子進人以禮退人以禮今之君子進人若將加諸厀退人若將墜諸淵臣於劉河內不爲戎首亦已幸甚安復爲君臣之好武帝從之禮記曰穆公問於子思曰爲舊君反服古邪子思曰

○来。

来

古之君子進人以禮退人以禮故有舊君反服之禮今之君子進人若將加諸膝退人若將墜諸淵無爲戎首不亦善乎又何反服之有鄭玄曰爲兵主來攻伐故曰戎首也

齊王冏爲大司馬輔政虞預晉書曰冏字景治齊王攸子也少聰惠及長謙約好施趙王倫篡位冏起義兵誅倫拜大司馬加九錫政皆決之而恣用羣小不復朝覲遂爲長沙王所誅嵇紹爲侍中詣冏咨事冏設宰會召葛旟齊王官屬名曰旟字虛旟齊王從事中郎晉陽秋曰齊王起義轉長史既克趙王倫與董艾等專執威權冏敗見誅董艾等八王故事曰艾字叔智弘農人祖遐魏侍中父綏祕書監艾少好功名不修士檢齊王起義艾爲新汲令赴軍用艾領右將軍王敗見誅共論時宜旟等白冏嵇侍中善於絲竹公可令操之遂送樂器紹推卻不受冏曰今日共爲歡卿何卻邪紹曰公協輔皇室令作事可法紹雖官卑職備常伯操絲比竹蓋樂官之事不可以先王法服爲伶人之業今逼高命不敢苟辭當釋冠冕襲私服此紹之心也旟等不自得而退

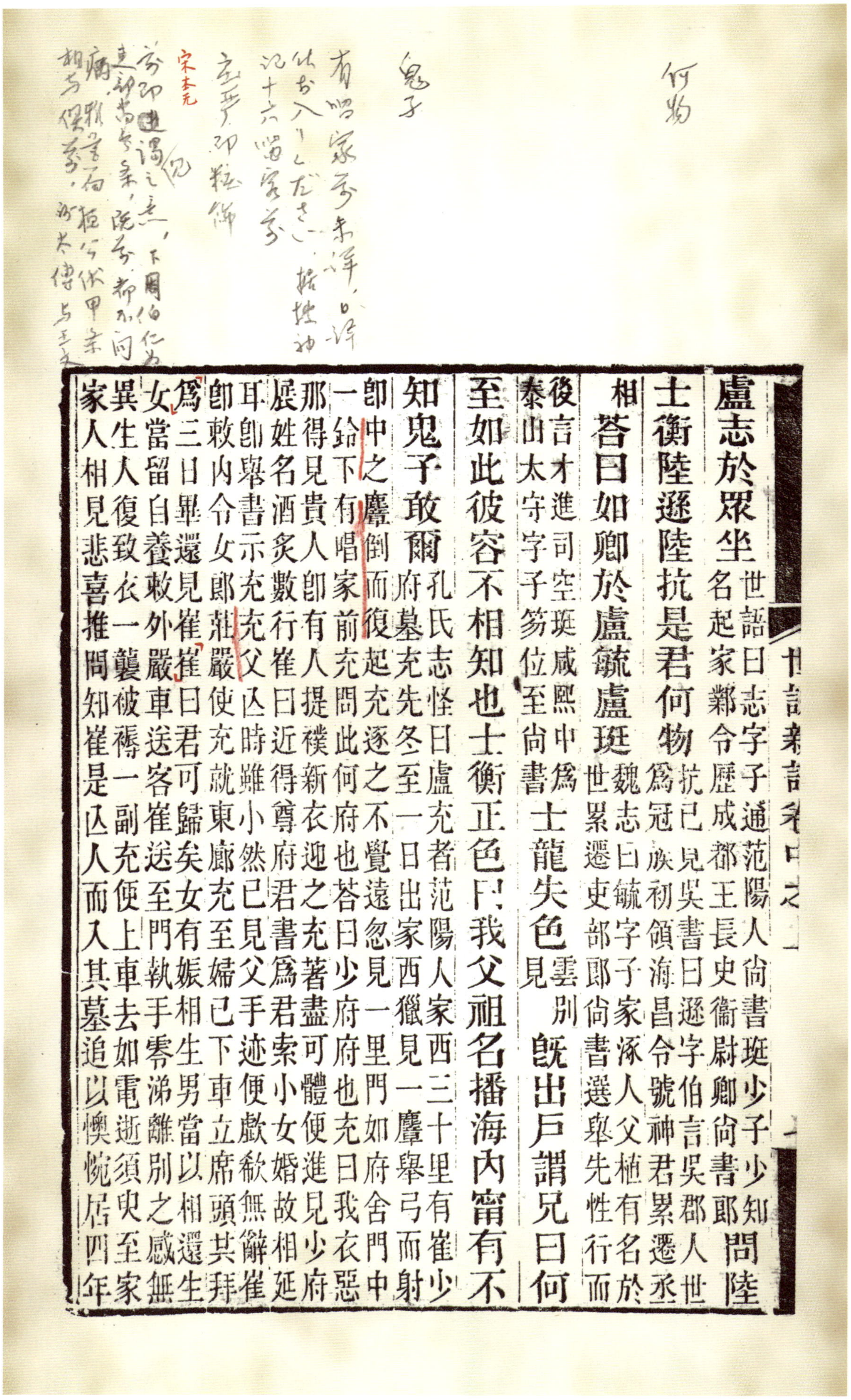

世說新語卷中之上　十

盧志於衆坐世語曰志字子通范陽人尚書珽少子少知名起家鄴令歷成都王長史衛尉卿尚書郎問陸士衡陸遜陸抗是君何物抗已見吳書曰遜字伯言吳郡人世爲冠族初領海昌令號神君累遷丞相答曰如卿於盧毓盧珽魏志曰毓字子家涿人父植有名於世累遷吏部郎尚書選舉先性行而後言才進司空珽咸熙中爲泰山太守字子笏位至尚書士龍失色雲別見旣出戶謂兄曰何至如此彼容不相知也士衡正色曰我父祖名播海內甯有不知鬼子敢爾孔氏志怪曰盧充者范陽人家西三十里有崔少府墓充先冬至一日出家西獵見一麞舉弓而射郎中之麞倒而復起充逐之不覺遠忽見一里門如府舍門中一鈴下唱家前充問此何府也答曰少府府也充曰我衣惡那得見貴人郎有人提襆新衣迎之充著盡可體便進見少府展姓名酒炙數行崔曰近得尊府君書爲君索小女婚故相延耳郎舉書示充充父亾時雖小然已見父手迹便歔欷無辭崔郎敕內令女郎莊嚴使充就東廊充至婦已下車立席頭共拜爲三日畢還見崔崔曰君可歸矣女有娠相生男當以相還生女當留自養敕外嚴車送客崔送至門執手零涕離別之感無異生人復致衣一襲被褥一副充便上車去如電逝須臾至家家人相見悲喜推問知崔是亾人而入其墓追以懊惋居四年

○何物。

○鬼子。

○『有唱家前』未详。日译作：お入りください，据搜神记十六『唱客前』（接下页甲）

○庄严即装饰。

○宋本无。

○『前』即谒见之意，下『周伯仁为吏部尚书』条：『既前，都不问病』；雅量篇『桓公伏甲』条：『相与俱前』，『谢太傅与王文（接下页乙）

○（接上页乙）『度』条：『日吁未得前』；任诞篇『裴成公』条：『不通径前』；仇隙篇『王右军素轻蓝田』条：『后诣门自通，主人既哭，不前而去』；佚文『谢万与安共诣简文』条：『无衣可前』，『但前不须衣帻』；佚文『旧制三公领兵入见』条：『皆交戟叉颈而前』。

○宋本作『当显时』。

○（接上页甲）通雅二四『文职门铃阁』条：『卢充见铃下唱客前』，引此事正作『客』。

○反切。

○被马。

○帖骑。

宋本作當顯時

三月三日臨水戲忽見一犢車乍浮乍沒既上岸充往開車後戶見崔氏女與三歲男兒共載充見之忻然欲捉其手女舉手指後車曰府君見人郎見少府充往問訊女抱兒還充又與金盌別并贈詩曰煌煌靈芝質光麗何猗猗華豔當時顯嘉異表神奇含英未及秀中夏罹霜萎榮曜長幽滅世路永無施不悟陰陽運哲人忽來儀會淺離別速皆由靈與祇何以贈余親金盌可顧兒愛恩從此別斷絕傷肝脾充取兒盌及詩忽不見二車處將兒還四坐謂是鬼魅僉遙唾之形如故問兒誰是汝父兒逕就充懷衆初怪惡傳省其詩慨然歎死生之玄通也充詣市賣盌高舉其價不欲速售冀有識者欵有一老婢問充得盌之由還報其大家即女姨也遺視之果是謂充曰我姨姊崔少府女未嫁而亾家親痛之贈一金盌箸棺中今視卿盌甚似得盌本末可得聞不充以事對即詣充家迎兒兒有崔氏狀又似充貌姨曰我甥三月末閒産父曰春煗溫也願休強也即字溫休溫休蓋幽婚也其兆先彰矣兒遂成爲令器歷數郡二千石皆著績其後生植爲漢尚書植子毓爲魏司空冠蓋相承至今也

議者疑二陸優劣謝公以此定之

羊忱性甚貞烈趙王倫爲相國忱爲太傅長史乃版以參相國軍事使者卒至忱深懼豫禍不暇被馬於是帖騎而避使者追

世說新語卷中之上　八

之忱善射矢左右發使者不敢進遂得免文字志曰忱字長和一名陶泰山平陽人世爲冠族父繇車騎掾忱歷太傅長史揚州刺史遷侍中永嘉五年遭亂被害年五十餘

王太尉不與庾子嵩交王夷甫庾敳庾卿之不置王曰君不得爲爾庾曰卿自君我我自卿卿我自用我法卿自用卿法

阮宣子伐社樹阮修已見春秋傳曰共工氏有子曰句龍爲后土后土爲社風俗通曰孝經稱社者土也廣博不可備敬故封土以爲社而祀之報功也然則社自祀句龍非土之祭也有人止之宣子曰社而爲樹伐樹則社亡樹而爲社伐樹則社移矣

阮宣子論鬼神有無者或以人死有鬼宣子獨以爲無曰今見鬼者云箸生時衣服若人死有鬼衣服復有鬼邪論衡曰世謂人死爲鬼非也人死不爲鬼無知不能害人如審鬼者死人精神人見之宜從裸袒之形無爲見衣帶被服也何則衣無精神也由此言之見衣服象人則形體亦象人象人知非死人之精神也凡天地之間有鬼非人死之精神也

元皇帝既登阼以鄭后之寵欲舍明帝而立簡文時議者咸謂舍長立少既於理非倫且明帝以聰亮英斷益宜爲儲副周王諸公並苦爭懇切中興書曰鄭太后字阿春滎陽人少孤先嫁田氏夫亡依舅吳氏時中宗敬后虞氏先崩將納吳氏后與吳氏女遊後園有言之於中宗者納爲夫人甚寵生簡文帝卽位尊之曰文宣太后唯刁玄亮獨欲奉少主以阿帝旨元帝便欲施行慮諸公不奉詔於是先喚周侯丞相入然後欲出詔付刁協周王既入始至階頭帝逆遣傳詔遏使就東廂周侯未悟卽卻略下階丞相披撥傳詔逕至御牀前曰不審陛下何以見臣帝默然無言乃探懷中黃紙詔裂擲之由此皇儲始定周侯方慨然愧歎曰我常自言勝茂弘今始知不如也中興書曰元皇以明帝及琅邪王裒並非敬后所生而謂裒有大成之度勝於明帝因從容問王導曰立子以德不以年今二子孰賢導曰世子宣城俱有爽明之德莫能優劣如此故當以年於是更封裒爲琅邪王而此

諷

王導欲結援吳人

培塿松柏語見左襄廿四年，薰蕕語見孔子家語致思篇

御覽五四一引世說作平婚

與世說互異然法盛采摭典故以何爲實且從容調諫理或可安豈有登階一言曾無奇說便爲之改計乎

王丞相初在江左欲結援吳人請婚陸太尉對曰培塿無松柏薰蕕不同器杜預左傳注曰培塿小阜松柏大木也薰香草蕕臭草玩雖不才義不爲亂倫之始玩已見

諸葛恢大女適太尉庾亮兒恢別傳曰恢字道明琅邪陽都人祖誕司空父靚亦知名恢少有令問稱爲明賢避難江左中宗召補主簿累遷尚書令庾氏譜曰庾亮子會娶恢女名文彪庾會別見次女適徐州刺史羊忱兒羊氏譜曰羊楷字道茂祖繇車騎掾父忱侍中楷仕至尚書郎娶諸葛恢次女亮子被蘇峻害改適江虨虨別見恢兒娶鄧攸女諸葛氏譜曰恢子衡字峻文仕至滎陽太守娶河南鄧攸女于時謝尚書求其小女婚恢乃云羊鄧是世婚江家我顧伊庾家伊顧我不能復與謝裒兒婚永嘉流人名曰裒字幼儒陳郡人父衡博士裒歷侍中吏部尚書吳國內史及恢亡遂婚謝氏譜曰裒子石娶恢小女名文熊中興書曰石字石奴歷尚書令聚歛

〇讽。

〇王导欲结援吴人。

〇『培塿』『松柏』，语见左襄廿四年，『熏莸』语见孔子家语致思篇。

〇御览五四一引世说作『平婚』。

無厭取譏當世於是王右軍往謝家看新婦猶有恢之遺法威儀端詳容服光整王歎曰我在遣女裁得爾耳

周叔治作晉陵太守周侯仲智往別叔治以將別涕泗不止仲智恚之曰斯人乃婦女與人別唯啼泣便舍去鄧粲晉紀曰周謨字叔治顗次弟也仕至中護軍嵩字仲智謨兄也性絞直果俠每以才氣陵物顗被害王敦使人弔焉嵩曰亡兄天下有義人爲天下無義人所殺復何所弔敦甚銜之猶取爲從事中郎因事誅嵩晉陽秋曰嵩事佛臨刑猶誦經周侯獨留與飲酒言話臨別流涕撫其背曰奴好自愛阿奴謨小字

周伯仁爲吏部尚書在省內夜疾危急時刁玄亮爲尚書令營救備親好之至良久小損虞預晉書曰刁協字玄亮勃海饒安人少好學雖不研精而多所博涉中興制度皆稟於協累遷尚書令中宗信重之爲王敦所忌舉兵討之奔至江南敗死明旦報仲智仲智狼狽來始入戶刁下牀對之大泣說伯仁昨危急之狀仲智手批

世說新語卷中之上　十

○狡。

○『阿奴』乃当时第二人称亲昵之词，如谢奕称弟安（世说德行）。余例见世说新语札记。

○宋本『败死』作『为人所杀』。

○前。
○有情。
○反側。

之才爲辟易於戶側既前都不問病直云君在中朝與和長輿齊名那與佞人才協有情逕便出

王含作廬江郡貪濁狼籍王敦護其兄故於衆坐稱家兄在郡定佳廬江人士咸稱之時何充爲敦主簿在坐正色曰充即廬江人所聞異於此敦默然旁人爲之反側充晏然神意自若中興書曰王敦以震主之威收羅賢儁辟充爲主簿充知敦有異志逡巡疏外及敦稱含有惠政一坐畏敦擊節而已充獨抗之其時衆人爲之失色由是忤敦出爲東海王文學

顧孟著嘗以酒勸周伯仁伯仁不受顧因移勸柱而語柱曰詎可便作棟梁自遇周得之欣然遂爲衿契徐廣晉紀曰顧顯字孟著吳郡人驃騎榮兄子少有重名秦興中爲騎郎蚤卒時爲悼惜之

明帝在西堂會諸公飲酒未大醉帝問今名臣共集何如堯舜

手诏满一黄纸

伏 伺

东宫庶子。承华门外 疑承华门为东宫正门 故多以承华称东宫

時周伯仁爲僕射因厲聲曰今雖同人主復那得等於聖治帝大怒還內作手詔滿一黃紙遂付廷尉令收因欲殺之按明帝未即位顗已爲王敦所殺此說非也後數日詔出周羣臣往省之周曰近知當不死罪不足至此王大將軍當下時咸謂無緣爾伯仁曰今主非堯舜何能無過且人臣安得稱兵以向朝廷處仲狠抗剛愎王平子何在顗別傳曰王敦討劉隗時溫太眞爲東宮庶子在承華門外與顗相見曰大將軍此舉有在義無有濫顗曰君年少希更事未有人臣若此而不作亂共相推戴數年而爲此者乎處仲狠抗而强忌平子何在晉陽秋曰王澄爲荆州羣賊並起乃奔豫章而恃其宿名猶陵侮敦敦使勇士路戎等搤而殺之裴子曰平子從荆州下大將軍因欲殺之而平子左右有二十人甚健皆持鐵楯馬鞭平子恆持玉枕大將軍乃犒荆州文武二十人積飲食皆不能動乃借平子玉枕便持下牀平子手引大將軍帶絕與力士鬬甚苦乃得上屋上久許而死

王敦既下住船石頭欲有廢明帝意賓客盈坐敦知帝聰明欲

○手詔滿一黄纸。

○东宫庶子。『承华门外』，疑承华门为东宫正门，故多以承华称东宫。

○伏。

○伺。

以不孝廢之每言帝不孝之狀而皆云温太眞所說温嘗爲東宮率後爲吾司馬甚悉之須臾温來敦便奮其威容問温曰皇太子作人何似温曰小人無以測君子敦聲色並厲欲以威力使從己乃重問温太子何以稱佳温曰鉤深致遠蓋非淺識所測然以禮侍親可稱爲孝劉謙之晉紀曰敦欲廢明帝言於衆曰太子子道有虧温司馬昔在東宮悉其事嶠既正言敦忿而愧焉

王大將軍既反至石頭周伯仁往見之謂周曰卿何以相負對曰公戎車犯正下官忝率六軍而王師不振以此負公晉陽秋曰王敦既下六軍敗績顗長史郝嘏及左右文武勸顗避難顗曰吾備位大臣朝廷傾撓豈可草間求活投身胡虜邪乃與朝士詣敦敦曰近日戰有餘力不對曰恨力不足豈有餘邪

蘇峻既至石頭百僚奔散王隱晉書曰峻字子高長廣掖人少有才學仕郡主簿舉孝廉值中原亂

六

山头廷尉二语不可解，或指宁从建康以外望廷尉，不能身系廷尉以求外援。日译作：廷尉は山上を望ませるわけにはいかない，亦不甚可通。又廷尉垒，地名，见宋书晋书苏峻传，袭用二语

王导保存匡术

招合流舊三千餘家結壘本縣宣示王化收葬枯骨遠近感其
恩義咸共宗焉討王敦有功封公遷歷陽太守峻外營將表曰
鼓自鳴峻自斫鼓曰我鄉里時有此則空城有頃詔書徵峻峻
曰臺下云我反反豈得活邪我甯山頭望廷尉不能廷尉望山
頭乃作亂晉陽秋曰峻率眾二萬
濟自橫江至於蔣山王師敗績
唯侍中鍾雅獨在帝側或謂
鍾曰見可而進知難而退古之道也君性亮直必不容於寇讎
何不用隨時之宜而坐待其斃邪鍾曰國亂不能匡君危不能
濟而各遜遁以求免吾懼董狐將執簡而進矣
庾公臨去顧語鍾後事深以相委鍾曰棟折榱崩誰之責邪庾
曰今日之事不容復言卿當期克復之效耳鍾曰想足下不愧
荀林父耳春秋傳曰楚莊王圍鄭晉使荀林父率師救鄭與楚
戰於邲晉師敗績桓子歸請死晉平公將許之士貞
子諫而止後林父敗赤狄于曲梁賞桓子狄臣千室亦賞士
伯以瓜衍之田曰吾獲狄田子之功也微子吾喪伯氏矣
蘇峻時孔羣在橫塘為匡術所逼王丞相保存術會稽後賢記
曰羣字敬休

世說新語卷中之上

〇六。

〇『山头』『廷尉』二语不可解。或指宁从建康以外望廷尉，不能身系廷尉以求外援。日译作：廷尉に山上を望ませるわけにはいかない，亦不甚可通。又『廷尉垒』，地名，见宋书晋书苏峻传，袭用二语。

〇王导保存匡术。

○群。
○亲升御床。

群

亲升御床

會稽山陰人祖竺吳豫章太守父奕全椒令羣有智局仕至御史中丞晉陽秋曰匡術爲阜陵令逃亡無行庾亮徵蘇峻術勸峻誅亮遂與峻同反後以宛城降因衆坐戲語令術勸酒以釋橫塘之憾羣荅曰德非孔子厄同匡人家語曰孔子之宋匡簡子以甲士圍之子路怒奮戟將戰孔子止之曰夫詩書之不講禮樂之不習是丘之過也若述先王之道而爲咎者非丘罪也命也夫歌予和汝子路彈劍孔子和之曲三終匡人解甲罷雖陽和布氣鷹化爲鳩至於識者猶憎其眼禮記月令曰仲春之月鷹化爲鳩鄭玄曰鳩播穀也夏小正曰鷹則爲鳩鷹也者其殺之時也鳩也者非殺之時也善變而之仁故具之

蘇子高事平靈鬼志謠徵曰明帝初有謠曰高山崩石自破高山峻也碩峻弟也後諸公誅峻碩猶據石頭潰散而逃追斬之王庾諸公欲用孔廷尉爲丹陽孔坦亂離之後百姓彫弊孔慨然曰昔肅祖臨崩諸君親升御牀並蒙眷識共奉遺詔孔坦疏賤不在顧命之列既有艱難則以微臣爲先今猶俎上腐肉任人膾截耳於是拂衣而去諸公亦止按王隱晉書蘇峻事平陶侃欲將坦上用

印师

爲豫章太守坦辭母老不行臺以爲吳郡吳郡
多名族而坦年少乃授吳興內史不聞尹京

孔車騎與中丞共行孔愉別傳曰愉字敬康會稽山陰人初辟
中宗參軍討華軼有功封餘不亭侯愉少
時嘗得一龜放於餘不溪中龜於路左顧者數過及後鑄印而
龜左顧更鑄猶如此印師以聞愉悟取而佩焉累遷尚書左僕
射贈車騎將軍
中丞孔羣也在御道逢匡術賓從甚盛因往與車騎共語中
丞初不視直云鷹化爲鳩衆鳥猶惡其眼術大怒便欲刃之車
騎下車抱術曰族弟發狂卿爲我宥之始得全首領

梅頤嘗有惠於陶公後爲豫章太守有事王丞相遣收之侃曰
天子富於春秋萬機自諸侯出王公既得錄陶公何爲不可放
乃遣人於江口奪之晉諸公贊曰頤字仲眞汝南西平人少好
學隱退而求實進止永嘉流人名曰頤領
軍司馬頤弟陶字叔眞鄧粲晉紀曰初有讚侃於王敦者乃以
從弟廣代侃爲荊州左遷侃廣州侃文武距廣而求侃敦聞大
怒及侃將蒞廣州過敦敦陳兵欲害侃敦咨議參軍梅陶諫敦
乃止厚禮而遣之王隱晉書亦同按二書所敘則有惠於陶是

世說新語卷中之上　十三

天子富于春秋，万机自诸侯出

才

日译本作隐棲してものごとの実を求めて進退した

○印师。
○天子富于春秋，万机自诸侯出。
○才。
○日译本作：隐棲してものごとの実を求めて進退した。

〇作女伎。
〇京谓京口。

作女伎

京謂京口

梅陶非頤也　頤見陶公拜陶公止之頤曰梅仲眞厀明日豈可復屈邪

王丞相作女伎施設牀席蔡公先在坐不說而去王亦不留蔡司徒別傳曰謨字道明濟陽考城人博學有識避地江左歷左光祿錄尚書事揚州刺史薨贈司空

何次道庾季堅二人並爲元輔晉陽秋曰庾冰字季堅太尉亮之弟也少有檢操兄亮常器之曰吾家晏平仲累遷車騎將軍江州刺史成帝初崩於時嗣君未定何欲立嗣子庾及朝議以外寇方強嗣子沖幼乃立康帝中興書曰帝諱岳字世同成帝同母弟也成帝崩卽位年二十二　康帝登阼會羣臣謂何曰朕今所以承大業爲誰之議何荅曰陛下龍飛此是庾冰之功非臣之力于時用微臣之議今不覩盛明之世晉陽秋曰初顯宗臨崩庾冰議立長君何充謂宜奉皇子爭之不得充不自安求處外任及冰出鎭武昌充自京馳還言於帝曰冰不宜出昔年陛下龍飛使晉德再隆者冰之勳也臣無與焉　帝有

○年少。
○下床。

年少　下床

慙色

江僕射年少王丞相呼與共棊王手嘗不如兩道許而欲敵道戲試以觀之江不卽下王曰君何以不行江曰恐不得爾徐廣晉紀曰江虨字思玄陳留人博學知名兼善弈爲中興之冠累遷尚書左僕射護軍將軍傍有客曰此年少戲迺不惡王徐舉首曰此年少非唯圍棊見勝范汪棊品曰虨與王恬等棊第一品導第五品

孔君平疾篤庾司空爲會稽省之庾冰相問訊甚至爲之流涕庾旣下牀孔慨然曰大丈夫將終不問安國寧家之術迺作兒女子相問庾聞回謝之請其話言王隱晉書曰坦方直而有雅望

桓大司馬詣劉尹臥不起桓彎彈彈劉枕丸迸碎牀褥閒劉作色而起曰使君如馨地寧可鬬戰求勝中興書曰溫曾爲徐州刺史沛國屬徐州故呼

年少
周旋
尚书郎用第二人
事指文书
定犹言终究

溫使君鬭戰者以溫爲將也桓甚有恨容劉尹眞長已見

後來年少多有道深公者深公謂曰黃吻年少勿爲評論宿士昔嘗與元明二帝王庾二公周旋高逸沙門傳曰晉元明二帝游心玄虛託情道味以賓友禮待法師王公庾公傾心側席好同臭味也

王中郎年少時坦之已見江虨爲僕射領選欲擬之爲尚書郎有語王者王曰自過江來尚書郎正用第二人何得擬我江聞而止按王彪之別傳曰彪之從伯導謂彪之曰選曹舉汝爲尚書郎幸可作諸王佐邪此知郎官寒素之品也

王述轉尚書令事行便拜文度曰故應讓杜許藍田云汝謂我堪此不文度曰何爲不堪但克讓自是美事恐不可闕藍田慨然曰既云堪何爲復讓人言汝勝我定不如我述別傳曰述常以爲人之處世當先量己而後動義無虛讓是以應辭便當固執其貞正不踰皆此類

○年少。
○周旋。
○尚书郎用第二人。
○事指文书。
○『定』犹言『终究』。

○讬寄之词。
○尉。
○率到。
○讯。
○下意。

託寄之詞

尉

率到

訊

下意

孫興公作庾公誄文多託寄之辭綽集載誄文曰咨予與公風流同歸擬量託情視公猶師君子之交相與無私虛中納是吐誠悔非雖實不敏敬佩弦韋永戢話言口誦心悲既成示庾道恩庾見慨然送還之曰先君與君自不至於此道恩庾羲小字徐廣晉紀曰羲字叔和太保亮第三子拔尚率到位建威將軍吳國內史

王長史求東陽撫軍不用簡文後疾篤臨終撫軍哀歎曰吾將負仲祖於此命用之長史曰人言會稽王癡眞癡王濛已見

劉簡作桓宣武別駕後爲東曹參軍劉氏譜曰簡字仲約南陽人祖喬豫州刺史父珽潁川太守簡仕至大司馬參軍頗以剛直見疏嘗聽記簡都無言宣武問劉東曹何以不下意荅曰會不能用宣武亦無怪色

劉眞長王仲祖共行日旰未食有相識小人貽其餚案甚盛眞長辭焉仲祖曰聊以充虛何苦辭眞長曰小人都不可與作

〇不易，日译为くわばらく。

不易 日译为くわばらく

緣〔孔子稱唯女子與小人爲難養近之則不遜遠之則怨劉尹之意蓋從此言也〕

王脩齡嘗在東山甚貧乏〔司州已見〕陶胡奴爲烏程令〔胡奴陶範小字也陶侃別傳曰範字道則侃第十子也侃諸子中最知名歷尚書祕書監何法盛以爲第九子〕送一船米遺之卻不肯取直荅語王脩齡若飢自當就謝仁祖索食不須陶胡奴米

阮光祿〔阮裕已見〕赴山陵至都不往殷劉許過事便還諸人相與追之阮亦知時流必當逐己乃遄疾而去至方山不相及〔中興書曰裕終日頹然無所錯綜而物自宗之〕劉尹時爲會稽乃歎曰我入當泊安后渚下耳不敢復近思曠傍伊便能捉杖打人不易

王劉與桓公共至覆舟山看酒酣後劉牽腳加桓公頸桓公甚不堪舉手撥去既還王長史語劉曰伊詎可以形色加人不〔溫別傳曰溫有豪邁風氣也〕

故当

轰隐交路

宋本五大司馬下有外戚莫盛焉五字

桓公問桓子野謝安石料萬石必敗何以不諫子野桓伊小字也續晉陽秋曰伊字叔夏譙國銍人父景護軍將軍伊少有才藝又善聲律加以標悟省率爲王濛劉惔所知累遷豫州刺史贈右將軍子野荅曰故當出於難犯耳桓作色曰萬石撓弱凡才有何嚴顏難犯

羅君章曾在人家主人令與坐上客共語荅曰相識已多不煩復爾羅府君別傳曰含字君章桂陽棗陽人蓋楚熊姓之後啟土羅國遂氏族焉後寓湘境故爲桂陽人令臨海太守彥曾孫滎陽太守綏少子也桓宣武辟爲別駕以官廨諠擾於城西池小洲上立茅茨伐木爲牀織葦爲席布衣蔬食晏若有餘桓公嘗謂衆坐曰此自江左之清秀豈惟荊楚而已累遷散騎常侍廷尉長沙相致仕中散大夫門施行馬含自在官舍有一白雀棲集堂宇及致仕還家階庭忽蘭菊挺生豈非至行之徵邪

韓康伯病拄杖前庭消搖韓伯已見見諸謝皆富貴轟隱交路歎曰此復何異王莽時漢書曰王莽宗族凡十侯五大司馬

○故当。
○轰隐交路。
○宋本『五大司马』下有『外戚莫盛焉』五字。

王文度爲桓公長史時桓爲兒求王女王許咨藍田（王坦之王述並已見）旣還藍田愛念文度雖長大猶抱著厀上文度因言桓求己女婚藍田大怒排文度下厀曰惡見文度已復癡畏桓温面兵那可嫁女與之文度還報云下官家中先得婚處桓公曰吾知矣此尊府君不肯耳後桓女遂嫁文度兒（王氏譜曰坦之子愷娶桓温第二女字伯子中興書曰愷字茂仁歷吳國內史丹陽尹贈太常）

王子敬數歲時嘗看諸門生樗蒲見有勝負因曰南風不競（春秋傳曰楚伐鄭師曠曰不害吾驟歌南風南風不競多死聲楚必無功杜預曰歌者吹律以詠八風南風音微故曰不競也）門生輩輕其小兒迺曰此郎亦管中窺豹時見一斑子敬瞋目曰遠慙荀奉倩近愧劉眞長遂拂衣而去（荀劉已見）

謝公聞羊綏佳致意令來終不肯詣（羊氏譜曰綏字仲彥太山人父楷尚書郎綏仕至中）

日译おまえがこんなに馬鹿とは知らなかった

下官

尊府君

○日译：おまえがこんなに马鹿とは知らなかった。
○下官。
○尊府君。

○故当共推主人。
○元。

元

故当共推主人

書侍郎後綏爲太學博士因事見謝公公卽取以爲主簿

王右軍與謝公詣阮公阮思曠也至門語謝故當共推主人謝曰推人正自難

太極殿始成徐廣晉紀曰孝武甯康二年尚書令王彪之等啟改作新宮太元三年二月內外軍六千人始營築至七月而成太極殿高八丈長二十七丈廣十丈尚書謝萬監視賜爵關內侯大匠毛安之關中侯王子敬時爲謝公長史謝送版使王題之王有不平色語信云可擲著門外謝後見王曰題之上殿何若昔魏朝韋誕諸人亦自爲也王曰魏阼所以不長謝以爲名言宋明帝文章志曰太原中新宮成議者欲屈王獻之題榜以爲萬代寶謝安與王語次因及魏時起陵雲閣忘題榜乃使韋仲將縣梯上題之比下須髮盡白裁餘氣息還語子弟云宜絕楷法安欲以此風動其意王解其旨正色曰此奇事韋仲將魏朝大臣甯可使其若此有以知魏德之不長安知其心迺不復逼之

王恭欲請江盧奴爲長史晨往詣江江猶在帳中王坐不敢卽

言良久乃得及江不應盧奴江敳小字也晉安帝紀曰敳字仲凱濟陽人祖正散騎常侍父彪僕射並以義正器素知名當世敳歷位內外簡退著稱歷黃門侍郎驃騎咨議直喚人取酒自飲一盌又不與王王且笑且言那得獨飲江云卿亦復須邪更使酌與王王飲酒畢因得自解去未出戶江歎曰人自量固爲難宋書曰敳郎湘州江夷之父也夷字茂遠湘州刺史

孝武問王爽卿何如卿兄王荅曰風流秀出臣不如恭忠孝亦何可以假人中興書曰爽忠孝正直烈宗崩王國寶夜開門入爲遺詔爽爲黃門郎距之曰大行晏駕太子未立敢有先入者斬國寶懼乃止

王爽與司馬太傅飲酒太傅醉呼王爲小子王曰亡祖長史與簡文皇帝爲布衣之交亡姑亡姊伉儷二宮何小子之有中興書曰王濛女諱穆之爲哀帝皇后王藴女諱法惠爲孝武皇后

張玄與王建武先不相識張玄已見建武王忱也晉安帝紀曰忱初作荊州刺史後爲建武將軍後遇於范豫章許范令二人共語范甯已見張因正坐斂衽王孰視良久不對張大失望便去范苦譬留之遂不肯住范是王之舅王氏譜曰王坦之娶順陽郡范汪女名蓋郎甯妹也生忱乃讓王曰張玄吳士之秀亦見遇於時而使至於此深不可解王笑曰張祖希若欲相識自應見詣范馳報張張便束帶造之遂舉觴對語賓主無愧色

雅量第六

豫章太守顧邵環濟吳紀曰邵字孝則吳郡人年二十七起家爲豫章太守舉善以教民風化大行是雍之子邵在郡卒雍盛集僚屬自圍棊江表傳曰雍字元歎曾就蔡伯喈伯喈賞異之以其名與之吳志曰雍累遷尚書令封陽遂鄉侯拜侯還第家人不知爲人不飲酒寡言語孫權嘗曰顧侯在坐令人不樂位至丞相外啓信至而無兒書雖神氣不變而心了其故以爪掐掌血

○未。

未

流沾禘賓客既散方歎曰已無延陵之高豈可有喪明之責禮記
曰延陵季子適齊及其反也其長子死葬於嬴博之閒孔子曰
延陵季子吳之習於禮者也往而觀其葬焉其坎深不至於泉
其斂以時服既葬而封廣輪揜坎其高可隱也既封左袒右還
其封且號者三曰骨肉歸復於土命也若魂氣則無不之也而
遂行孔子曰延陵季子之於禮也其合矣乎子夏喪其子而喪
其明曾子弔之曰朋友喪明則哭之曾子哭子夏亦哭曰天乎
予之無罪也曾子怒曰商汝何無罪也吾與汝事夫子於洙泗
之間退而老於西河之上使西河之民疑汝於夫子爾罪一也
喪爾親使民未有聞焉爾罪二也喪爾子喪爾明
爾罪三也子夏投其杖而拜曰吾過矣吾過矣
於是豁情散
哀顏色自若

嵇中散臨刑東市神氣不變索琴彈之奏廣陵散曲終曰袁孝
尼嘗請學此散吾靳固不與廣陵散於今絕矣晉陽秋曰初康
與東平呂安親
善安嫡兄遜淫安妻徐氏安欲告遜遣妻以咨於康康喻而抑
之遜內不自安陰告安撾母表求徙邊安當徙訴自理辭引康
文士傳曰呂安罹事康詣獄以明之鍾會庭論康曰今皇道開
明四海風靡邊鄙無詭隨之民街巷無異口之議而康上不臣

天子下不事王侯輕時傲世不爲物用無益於今有敗於俗昔太公誅華士孔子戮少正卯以其負才亂羣惑衆也今不誅康無以清潔王道於是錄康聞獄臨死而兄弟親族咸與共別康顏色不變問其兄曰向以琴來不邪兄曰以來康取調之爲太平引曲成歎曰太平引於今絕也太學生三千人上書請以爲師不許文王亦尋悔焉王隱晉書曰康之下獄太學生數千人請之于時豪俊皆隨康入獄悉解喻一時散遣康竟與安同誅

夏侯太初嘗倚柱作書時大雨霹靂破所倚柱衣服焦然神色無變書亦如故賓客左右皆跌蕩不得住見顧愷之書贊語林曰太初從魏帝拜陵陪列於松柏下時暴雨霹靂正中所立之樹冠冕焦壞左右覩之皆伏太初顏色不改臧榮緒又以爲諸葛誕也

王戎七歲嘗與諸小兒遊看道邊李樹多子折枝諸兒競走取之唯戎不動人問之荅曰樹在道邊而多子此必苦李取之信然名士傳曰戎由是幼有神理之稱也

魏明帝於宣武場上斷虎爪牙縱百姓觀之王戎七歲亦往看

虎承閒攀欄而吼其聲震地觀者無不辟易顛仆戎湛然不動了無恐色竹林七賢論曰明帝自閣上望見使人問戎姓名而異之

王戎爲侍中南郡太守劉肇遺筒中箋布五端戎雖不受厚報其書晉陽秋曰司隸校尉劉毅奏南郡太守劉肇以布五十疋雜物遺前豫州刺史王戎請檻車徵付廷尉治罪除名終身戎以書未達不坐竹林七賢論曰戎報肇書議者僉以爲譏世祖患之乃發口詔曰以戎之爲士義豈懷私議者乃息戎亦不謝

裴叔則被收神氣無變舉止自若求紙筆作書書成救者多乃得免後位儀同三司晉諸公贊曰楷息瓚取楊駿女駿誅以楷婚黨收付廷尉侍中傅祗證楷素意由此得免名士傳曰楚王之難李肇惡楷名重收將害之楷神色不變舉動自若諸人請救得免晉陽秋曰楷與王戎俱加儀同三司

王夷甫嘗屬族人事經時未行遇於一處飲燕因語之曰近屬

晉書王戎傳作筒中細布五十端 南史宋武紀廣州嘗獻入筒細布一端八丈帝惡其精麗勞人制嶺南禁作此布 戴凱之竹譜單竹大者如腓虛細長爽嶺南夷人取其笋未及竹者灰煮績以為布其精者如縠焉 豈即所謂筒中箋布乎

楷

○晋书王戎传作『筒中细布五十端』。南史一宋武纪：『广州尝献入筒细布一端八丈，帝恶其精丽劳人，制岭南禁作此布。』戴凯之竹谱：『单竹大者如腓，虚细长爽。岭南夷人取其笋未及竹者，灰煮，绩以为布，其精者如縠焉。』岂即所谓『筒中笺布』乎？

○楷。

○尊。
○设主人。
○司马行酒。
○日译作：ただ勝負に夢中にになっていただけです。

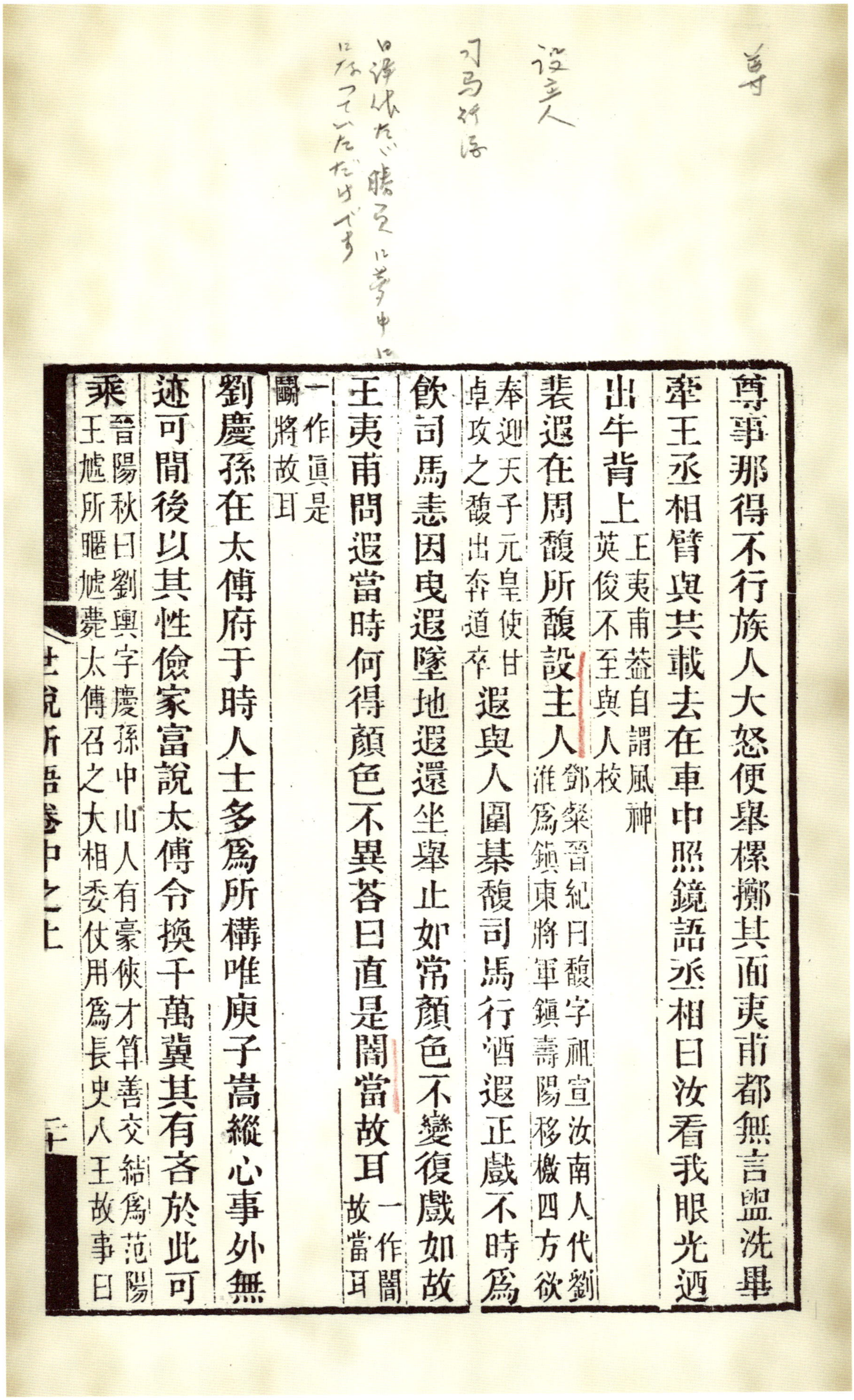

尊

設主人

司馬行酒

日译作ただ勝負に夢中になっていただけです

尊事那得不行族人大怒便舉樏擲其面夷甫都無言盥洗畢牽王丞相臂與共載去在車中照鏡語丞相曰汝看我眼光迺出牛背上王夷甫蓋自謂風神英俊不至與人校

裴遐在周馥所馥設主人鄧粲晉紀曰馥字祖宣汝南人代劉淮爲鎮東將軍鎮壽陽移檄四方欲奉迎天子元皇使甘卓攻之馥出奔道卒遐與人圍棊馥司馬行酒遐正戲不時爲飲司馬恚因曳遐墜地遐還坐舉止如常顏色不變復戲如故王夷甫問遐當時何得顏色不異荅曰直是闇當故耳一作闇故當耳一作眞是鬭將故耳

劉慶孫在太傅府于時人士多爲所構唯庾子嵩縱心事外無迹可間後以其性儉家富說太傅令換千萬冀其有吝於此可乘晉陽秋曰劉輿字慶孫中山人有豪俠才算善交結爲范陽王虓所暱虓薨太傅召之大相委仗用爲長史八王故事曰

世說新語卷中之上　二十

司馬越字元超高密王泰長子少尚布衣之操爲中外所歸累遷司空太傅 太傅於衆坐中問庾庾
時頹然已醉幘墜几上以頭就穿取徐荅云下官家故可有兩
娑千萬隨公所取於是乃服後有人向庾道此庾曰可謂以小
人之慮度君子之心

王夷甫與裴景聲志好不同景聲惡欲取之卒不能回乃故詣
王肆言極罵要王荅己欲以分謗王不爲動色徐曰白眼兒遂
作 晉諸公贊曰邈字景聲河東聞喜人少有通才從兄頠器賞之每與清言終日達曙自謂理構多如㪫每謝之然未能出也歷太傅從事中郎左司馬監東海王軍事少爲文士而經事爲將雖非其才而以罕重稱也

王夷甫長裴成公四歲不與相知時共集一處皆當時名士謂
王曰裴令令望何足計王便卿裴裴曰自可全君雅志 裴頠已見

有往來者云庾公有東下意或謂王公可潛稍嚴以備不虞王

〇墮。
〇两娑千万 参北史八一李业兴传之『萨四十家』。
〇知。
〇王导不伤庾亮。

公曰我與元規雖俱王臣本懷布衣之好若其欲來吾角巾徑還烏衣丹陽記曰烏衣之起吳時烏衣營處所也江左初立琅邪諸王所居何所稍嚴中興書曰於是風塵自消內外緝穆

王丞相主簿欲檢校帳下公語主簿欲與主簿周旋無爲知人几案閒事

祖士少好財阮遙集好屐並恆自經營同是一累而未判其得失祖約別傳曰約字士少范陽遒人累遷平西將軍豫州刺史鎮壽陽與蘇峻反峻敗約投石勒約本幽州冠族賓客塡門勒登高望見車騎大驚又使占奪鄉里先人田地地主多恨勒惡之遂誅約晉陽秋曰阮孚字遙集陳留人咸第二子也少有智調而無儁異累遷侍中吏部尚書廣州刺史人有詣祖見料視財物客至屏當未盡餘兩小簏著背後傾身障之意未能平或有詣阮見自吹火蠟屐因歎曰未知一生當著幾量屐神色閑暢於是勝負始分孚別

世說新語卷中之七

○角巾。

○乌衣。

○周旋。

○此亦『若不容置此辈，何以为京都。』及『思我愦愦』之意。

○晋书二七五行志上：『元康、太安之间，江淮之域有败屩自聚于道，多者至四五十量。』与此处几『量』，皆『两』也。唐人写『量』『两』

二字蓋可互易　鳴沙石室佚書如唐水部式若水兩過多即與上下用水處相知開放云云言水兩者數處皆量字也　又南齊書四一張融傳并履一量

君侯

傳曰字風韻疏誕少有門風

許侍中顧司空俱作丞相從事爾時已被遇遊宴集聚略無不同晉百官名曰許璪字思文義興陽羨人許氏譜曰璪祖黜字子良永興長父裴字季顯烏程令璪仕至吏部侍郎嘗夜至丞相許戲二人歡極丞相便命使入己帳眠顧至曉回轉不得快孰許上牀便咍臺大鼾丞相顧諸客曰此中亦難得眠處顧和字君孝少知名族人顧榮曰此吾家騏驥也必興吾宗仕至尚書令五子治隗淯履之

庾太尉風儀偉長不輕舉止時人皆以爲假亮有大兒數歲雅重之質便自如此人知是天性溫太眞嘗隱幔怛之此兒神色恬然乃徐跪曰君侯何以爲此論者謂不減亮蘇峻時遇害庾氏譜曰會字會宗太尉亮長子年十九咸和六年遇害或云見阿恭知元規非假阿恭會小字也

褚公於章安令遷太尉記室參軍按庾亮啟參佐名袁時直爲參軍不掌記室也名字

二字盖可互易。鸣沙石室佚书收唐水部式『若水两过多，即与上下用水处相知开放』云云。言『水两』者数处，皆『量』字也。又南齐书四一张融传：『并履一量』。

○君侯。

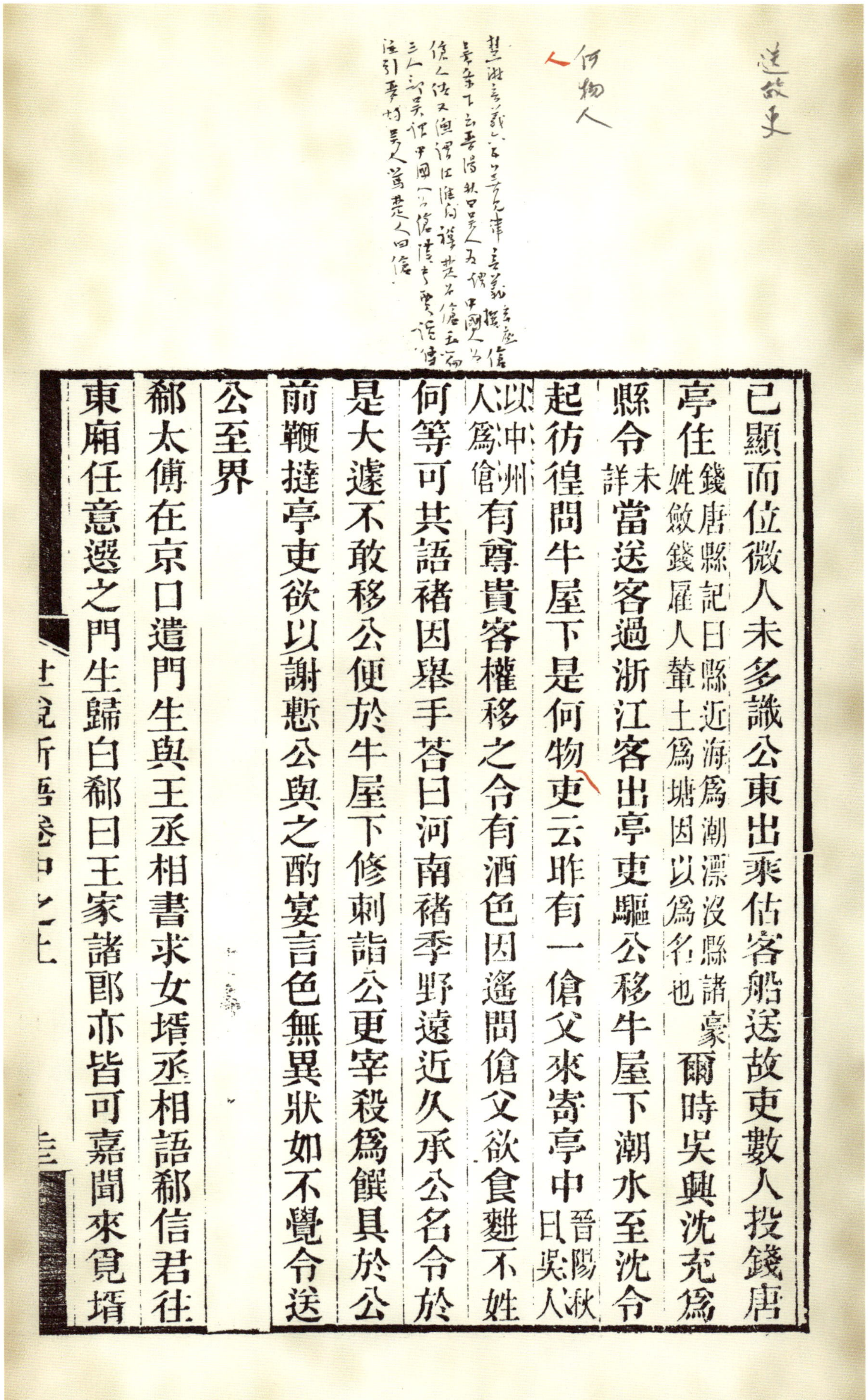

已顯而位微，人未多識。公東出，乘估客船，送故吏數人投錢唐亭住。（錢唐縣記曰：縣近海，爲潮漂沒，縣諸豪姓斂錢雇人輦土爲塘，因以爲名也。）爾時吳興沈充爲縣令（未詳），當送客過浙江，客出，亭吏驅公移牛屋下。潮水至，沈令起彷徨，問牛屋下是何物，吏云：昨有一傖父來寄亭中，（晉陽秋曰：吳人以中州人爲傖。）有尊貴客，權移之。令有酒色，因遙問傖父欲食餅不，姓何等，可共語。褚因舉手荅曰：河南褚季野。遠近久承公名，令於是大遽，不敢移公，便於牛屋下修刺詣公，更宰殺爲饌具，於公前鞭撻亭吏，欲以謝慙。公與之酌宴，言色無異，狀如不覺。令送公至界。

郗太傅在京口，遣門生與王丞相書，求女壻。丞相語郗信：君往東廂，任意選之。門生歸白郗曰：王家諸郎亦皆可嘉，聞來覓壻

世說新語卷中之七 三

〇送故吏。

〇何物人。

〇人。

〇慧琳音义六五善见律音义（玄应撰）『伧吴』条下云晋阳秋曰：『吴人为（谓）中国人为伧人，俗又总谓江淮间杂楚为伧。』玉篇二人部：『吴人谓中国人为伧。』汉书贾谊传注引晋灼：『吴人骂楚人曰伧』。

世說新語卷中之上

咸自矜持唯有一郎在牀上坦腹臥如不聞郗公云正此好訪之乃是逸少因嫁女與焉王氏譜曰逸少羲之小字羲之妻太傅郗鑒女名璿字子房

過江初拜官輿飾供饌羊曼拜丹陽尹客來蚤者並得佳設日晏漸罄不復及精隨客早晚不問貴賤曼別傳曰曼字延祖泰山南城人父暨陽平太守曼頹縱宏任飲酒誕節與陳留阮放等號兖州八達累遷丹陽尹爲蘇峻所害羊固拜臨海竟日皆美供雖晚至亦獲盛饌時論以固之豐華不如曼之眞率明帝東宮僚屬名曰固字道安太山人文字志曰固父坦車騎長史固善草行著名一時避亂渡江累遷黃門侍郎褒其清儉贈大鴻臚

周仲智飲酒醉瞋目還面謂伯仁曰君才不如弟而橫得重名須臾舉蠟燭火擲伯仁伯仁笑曰阿奴火攻固出下策耳孫子兵法曰火攻有五一曰火人二曰火積三曰火車四曰火軍五曰火隊凡軍必知五火之變故以火攻者明也

顧和始爲楊州從事月旦當朝未入頃停車州門外周侯詣丞

○东。

○宋本『子房』下有『也』字。

○佳设。

○汪藻世说叙录校异、晋书四九羊曼传皆作『相饰』。

○『阿奴』，疑为当时俗语，非必为仲智之字也。魏书九八萧昭业传：『临死执昭业手曰：「阿奴，若忆翁，当好作」。』又『昭业呼何氏曰：「阿奴暂起去」。』

○州即州廨。

相歷和車邊語林曰周侯飲酒已醉著白袷憑兩人來詣丞相和覓蝨夷然不動周既過反還指顧心曰此中何所有顧搏蝨如故徐應曰此中最是難測地周侯既入語丞相曰卿州吏中有一令僕才中興書曰和有操量弱冠知名

庾太尉與蘇峻戰敗率左右十餘人乘小船西奔晉陽秋曰蘇峻作逆詔亮都督征討戰于建陽門外王師敗績亮於陳攜二弟奔溫嶠亂兵相剝掠射誤中柂工應弦而倒舉船上咸失色分散亮不動容徐曰此手那可使著賊衆迺安

庾小征西嘗出未還婦母阮是劉萬安妻劉氏譜曰劉綏妻陳留阮蕃女字幼娥綏別見與女上安陵城樓上俄頃翼歸策良馬盛輿衛阮語女聞庾郎能騎我何由得見婦告翼庾氏傳曰翼娶高平劉綏女字靜女翼便爲於道開

鹵簿盤馬始兩轉墜馬墮地意色自若

宣武桓溫與簡文太宰武陵王晞共載密令人在輿前後鳴鼓大叫鹵簿中驚擾太宰惶怖求下輿顧看簡文穆然清恬宣武語人曰朝廷間故復有此賢續晉陽秋曰帝性溫深雅有局鎮嘗與桓溫太宰武陵王晞同乘至板橋溫密勑令無因鳴角鼓譟部伍並驚馳溫陽駭異晞大震帝舉止自若音顏無變溫每以此稱其德量故論者謂溫服憚也

王劭王薈共詣宣武劭薈別傳曰劭字敬倫丞相導第五子清貴簡素研味玄賾大司馬桓溫稱爲鳳鶵累遷尚書僕射吳國內史薈字敬文丞相最小子有清譽夷泰無競仕至鎮軍將軍正值收庾希家中興書曰希字始彥司空冰長子累遷徐兗二州刺史希兄弟貴盛桓溫忌之諷免希官遂奔于暨陽初郭璞筮冰子孫必有大禍唯固三陽可以有後故希求鎮山陽弟友爲東陽希自家暨陽及溫誅希弟柔倩聞希難逃於海陵後還京口聚衆事敗爲溫所誅薈不自安逡巡欲去劭堅坐不動待收信還得不定迺出論者以劭爲優

得不定不字疑衍

○得不定，『不』字疑衍。

○郗超字嘉宾。
○将无。

郗超字嘉賓

將无

桓宣武與郗超議芟夷朝臣條牒既定其夜同宿續晉陽秋曰超謂溫雄武當樂推之運遂深自委結溫亦深相器重故潛謀密計莫不預焉明晨起呼謝安王坦之入擲疏示之郗猶在帳內謝都無言王直擲還云多宣武取筆欲除郗不覺竊從帳中與宣武言謝含笑曰郗生可謂入幕賓也帳一作帷

謝太傅盤桓東山時與孫興公諸人汎海戲中興書曰安先居會稽與支道林王羲之許詢共遊處出則漁弋山水入則談說屬文未嘗有處世意也風起浪涌孫王諸人色並遽便唱使還太傅神情方王吟嘯不言舟人以公貌閑意說猶去不止既風轉急浪猛諸人皆諠動不坐公徐云如此將無歸眾人卽承響而回於是審其量足以鎮安朝野

桓公伏甲設饌廣延朝士因此欲誅謝安王坦之晉安帝紀曰簡文晏駕遺

○前。

○王叔珉补正：「选」犹「善」也，汉书武帝纪「知言之选」应劭注：「选，善也。」「趣」读为「促」。

○须。

○却。

○前。

詔桓温依諸葛亮王導故事温大怒以爲黜其權謝安王坦之所建也人赴山陵百官拜於道側在位望者戰慄失色或云自此欲殺王謝 王甚遽問謝曰當作何計謝神意不變謂文度曰晉阼存亡在此一行相與俱前王之恐狀轉見於色謝之寬容愈表於貌望階趨席方作洛生詠諷浩浩洪流桓憚其曠遠乃趣解兵 按宋明帝文章志曰安能作洛下書生詠而少有鼻疾語音濁後名流多斆其詠弗能及手掩鼻而吟焉桓温止新亭大陳兵衛呼安及坦之欲於坐害之王入失措倒執手版汗流霑衣安神姿舉動不異於常舉目徧歷温左右衞士謂温曰安聞諸侯有道守在四鄰明公何有壁間著阿堵輩温笑曰正自不能不爾於是矜莊之心頓盡命卻左右促燕行觴笑語移日 王謝舊齊名於此始判優劣

謝太傅與王文度共詣郗超日旰未得前王便欲去謝曰不能爲性命忍俄頃 超得寵桓温專殺生之威

支道林還東 高逸沙門傳曰遁爲哀帝所迎遊京邑久心在故山乃拂衣王都還就巖穴 時賢竝送

謝安二字疑有誤
梁世征虜亭猶爲東行者祖送之所陳書二四袁憲傳及君正將之吳郡溉祖送於征虜亭

有待謂凡夫

破冈

於征虜亭丹陽記曰太安中征虜將軍謝安立此亭因以爲名蔡子叔前至坐近林公中興書曰蔡系字子叔濟陽人司徒謨第二子有文理仕至撫軍長史謝萬石後來坐小遠蔡暫起謝移就其處蔡還見謝在焉因合褥舉謝擲地自復坐謝冠幘傾脫乃徐起振衣就席神意甚平不覺瞋沮坐定謂蔡曰卿奇人殆壞我面蔡答曰我本不爲卿面作計其後二人俱不介意

郗嘉賓欽崇釋道安德問安和上傳曰釋道安者常山薄柳人本姓衞年十二作沙門神性聰敏而貌至陋佛圖澄甚重之值石氏亂於陸渾山木食修學爲慕容俊所逼乃住襄陽以佛法東流經籍錯謬更爲條章標序篇目爲之注解自支道林等皆宗其理無疾卒餉米千斛修書累紙意寄殷勤道安答直云損米愈覺有待之爲煩

謝安南免吏部尚書還東晉百官名曰謝奉字弘道會稽山陰人謝氏譜曰奉祖端散騎常侍父鳳丞相主簿奉歷安南將軍廣州刺史吏部尚書謝太傅赴桓公司馬出西相遇破岡既

世說新語卷中之上　壹

○『謝安』二字疑有误。
○梁世征虏亭犹为东行者祖送之所。陈书二四袁宪传：『及君正将之吴郡，溉祖送于征虏亭。』
○『有待』，谓凡夫。
○破冈。

當遠別遂停三日共語太傅欲慰其失官安南輒引以它端雖信宿中塗竟不言及此事太傅深恨在心未盡謂同舟曰謝奉故是奇士

戴公從東出謝太傅往看之謝本輕戴見但與論琴書戴既無吝色而談琴書愈妙謝悠然知其量晉安帝紀曰戴逵字道安譙國人少有清操恬和通任爲劉眞長所知性甚快暢泰於娛生好鼓琴善屬文尤樂遊燕多與高門風流者游談者許其通隱屢辭徵命遂箸高尚之稱

謝公與人圍棊俄而謝玄淮上信至看書竟默然無言徐向局客問淮上利害荅曰小兒輩大破賊意色舉止不異於常續晉陽秋曰初苻堅南寇京師大震謝安無懼色方命駕出墅與兄子玄圍棊夜還乃處分少日皆辦破賊又無喜容其高量如此謝車騎傳曰氐賊苻堅傾國大出衆號百萬朝廷遣諸軍距之凡八萬堅進屯壽陽玄爲前鋒都督與從弟琰等選精銳決戰射傷

○宋本作『安道』。

○局即棋盘，杜诗『老妻画纸为棋局』。

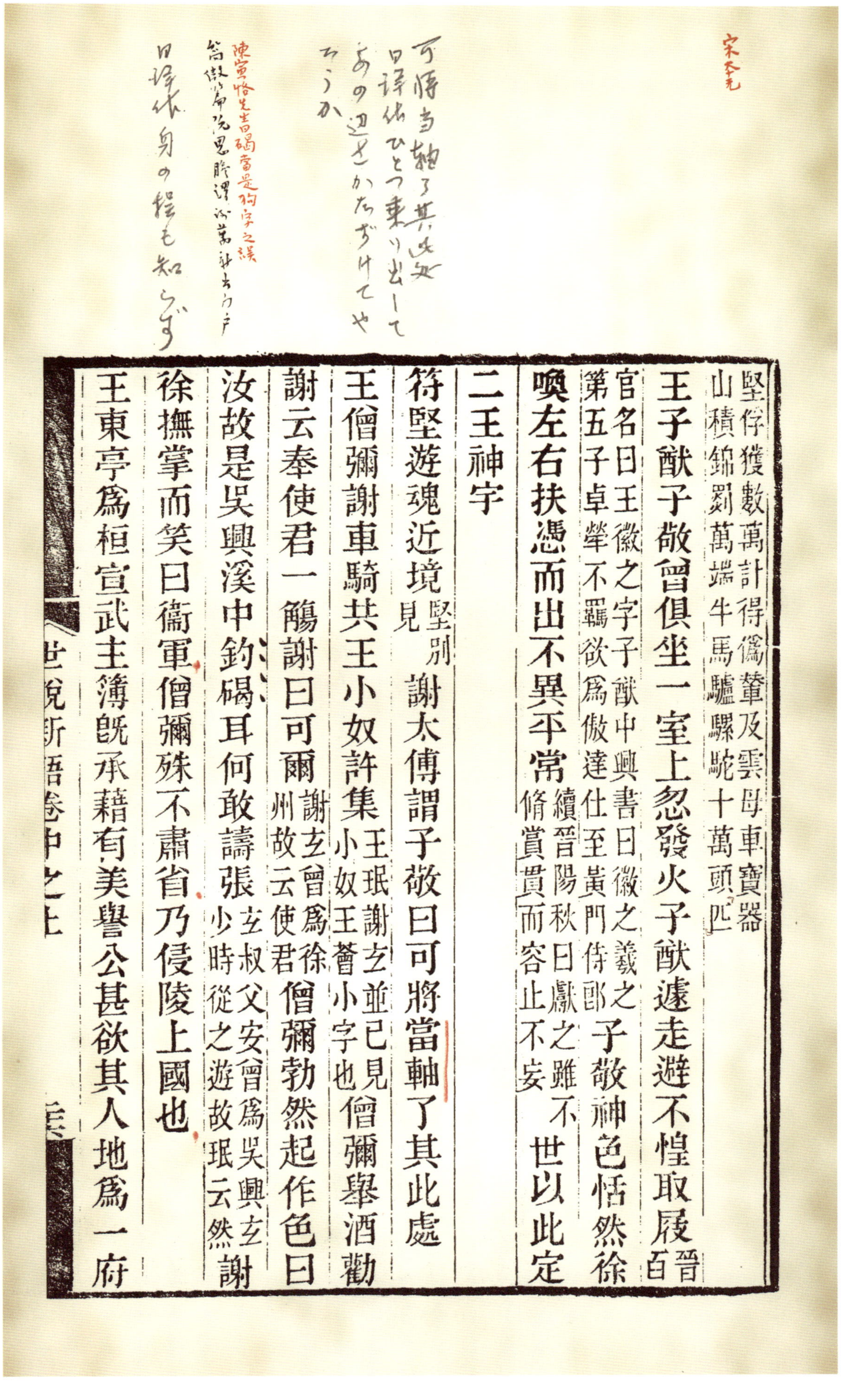

堅俘獲數萬計得儀輦及雲母車寶器山積錦罽萬端牛馬驢騾駝十萬頭匹

王子猷子敬曾俱坐一室上忽發火子猷遽走避不惶取屐晉百官名曰王徽之字子猷中興書曰徽之羲之第五子卓犖不羈欲爲傲達仕至黃門侍郎子敬神色恬然徐喚左右扶憑而出不異平常世以此定續晉陽秋曰獻之雖不脩賞貫而容止不妄

二王神宇

符堅遊魂近境堅別見謝太傅謂子敬曰可將當軸了其此處

王僧彌謝車騎共王小奴許集王珉謝玄並已見小奴王薈小字也僧彌舉酒勸謝云奉使君一觴謝曰可爾謝玄曾爲徐州故云使君僧彌勃然起作色曰汝故是吳興溪中釣碣耳何敢譸張玄叔父安曾爲吳興玄少時從之遊故珉云然謝徐撫掌而笑曰衛軍僧彌殊不肅省乃侵陵上國也

王東亭爲桓宣武主簿既承藉有美譽公甚欲其人地爲一府

世說新語卷中之上

○宋本无。

○『可将当轴，了其此处』，日译作：ひとつ乗り出してあの辺をかたずけてやろうか。

○陈寅恪先生曰『碣』当是『狗』字之误。

○简傲篇：阮思瞻谓谢万『新出门户』。

○日译作：身の程も知らず。

之望初見謝失儀而神色自若坐上賓客卽相貶笑公曰不然觀其情貌必自不凡吾當試之後因月朝閤下伏公於內走馬直出突之左右皆宕仆而王不動名價於是大重咸云是公輔器也續晉陽秋曰珣初辟大司馬掾桓溫至重之常稱王掾必爲黑頭公未易才也

太元末長星見孝武心甚惡之徐廣晉紀曰泰元二十年九月有蓬星如粉絮東南行歷須女至央星按太元末唯有此妖不聞長星也且漢文八年有長星出東方文穎注曰長星有光芒或竟天或長十丈或二三丈無常也此星見多爲兵革事此後十六年文帝乃崩焉知長星非關天子世說虛也夜華林園中飲酒舉桮屬星云長星勸爾一桮酒自古何時有萬歲天子

殷荊州有所識作賦是束晳慢戲之流文士傳曰晳字廣微陽平元城人漢太子太傅踈廣後也王莽末廣曾孫孟達自東海避難元城改姓去踈之足以爲東氏晳博學多識問無不對元康中有人自嵩高山下得竹簡一枚上兩行科斗書司空張華以問晳晳曰此明帝顯節陵中策文也檢校果然曾爲麪賦諸文文甚俳諧三十九歲

上

女字僧首

日译いくら議論を尽して
みてもどうして同意見
になるものか
意見は等しくなってし
まった

里樊英別傳曰漢順帝時殿下鐘鳴問英對曰蜀岷山崩山於銅爲母母崩子鳴非聖朝災後蜀果上山崩日月相應二說微異故竝載之 遠公笑而不荅

羊孚弟娶王永言女孚弟輔也羊氏譜曰輔字幼仁泰山人祖楷尚書郎父綏中書郎輔仕至衛軍功曹王氏譜曰訥之字永言琅邪人祖彪之光祿大夫父臨之東陽太守訥之歷尚書左丞御史中丞娶琅邪王訥之女字僧首及王家見壻孚送弟俱往時永言父東陽尚在殷仲堪是東陽女壻亦在坐殷氏譜曰仲堪娶琅邪王臨之女字英彥孚雖善理義乃與仲堪道齊物莊子篇也殷難之羊云君四番後當得見同殷笑曰乃可得盡何必相同乃至四番後一通殷咨嗟曰僕便無以相異歎爲新拔者久之

殷仲堪云三日不讀道德經便覺舌本閒強晉安帝紀曰仲堪有思理能淸言

提婆初至爲東亭第講阿毗曇出經敘曰僧伽提婆劉賓人姓瞿曇氏儁朗有深鑒符堅至長

○上
○女字僧首。
○日译：いくら議論を尽してみてもどうして同意見になるものか。意見は等しくなってしまった。

安出諸經後渡江遠法師請譯阿毗曇遠法師阿毗曇敘曰阿毗曇心者三藏之要領詠歌之微言源流廣大管綜眾經領其宗會故作者以心爲名焉有出家開士字法勝以阿毗曇源流廣大卒難尋究別撰斯部凡二百五十偈以爲要解號之曰心罽賓沙門僧伽提婆少玩斯文因請令譯焉阿毗曇者晉言大法也道標法師曰阿毗曇者秦言無比法也始發講坐裁半僧彌便云都已曉即於坐分數四有意道人更就餘屋自講提婆講竟東亭問法岡道人曰法岡未詳氏族弟子都未解阿彌那得已解所得云何曰大略全是故當小未精覈耳出經敘曰提婆以隆安初遊京師東亭侯王珣迎至舍講阿毗曇提婆宗致既明振發義奧王僧彌一聽便自講其明義易啟人心如此未詳年卒

桓南郡與殷荊州共談每相攻難年餘後但一兩番桓自歎才思轉退殷云此乃是君轉解周祗隆安記曰玄善言理棄郡還國常與殷荊州仲堪終日談論不輟

文帝嘗令東阿王七步中作詩不成者行大法應聲便爲詩曰

卒元城爲之廢市殷甚以爲有才語王恭適見新文甚可觀便於手巾函中出之王讀殷笑之不自勝王看竟既不笑亦不言好惡但以如意帖之而已殷悵然自失

羊綏第二子孚少有儁才與謝益壽相好益壽謝混小字也嘗蚤往謝許未食俄而王齊王睹來王睹已見齊王熙小字也中興書曰熙字叔和恭次弟尚鄱陽公主太子洗馬早卒既先不相識王向席有不說色欲使羊去羊了不眄唯腳委几上詠矚自若謝與王敘寒溫數語畢還與羊談賞王方悟其奇乃合共語須臾食下二王都不得餐唯屬羊不暇羊不大應對之而盛進食食畢便退遂苦相留羊義不住直云向者不得從命中國尚虛二王是孝伯兩弟

識鑒第七

○是。
○以。
○宋本『矣』以下七字作『累迁尚书令，赠太常』。

是

以

宋本矣以下七字作累遷尚書令贈太常

曹公少時見喬玄玄謂曰天下方亂羣雄虎爭撥而理之非君乎然君實亂世之英雄治世之姦賊恨吾老矣不見君富貴當以子孫相累續漢書曰玄字公祖梁國睢陽人少治禮及嚴氏春秋累遷尚書令玄嚴明有才略長於知人初魏武帝爲諸生未知名也玄甚異之魏書曰玄見太祖曰吾見士多矣未有若君者天下將亂非命世之才不能濟也能安之者其在君乎按世語曰玄謂太祖君未有名可交許子將太祖乃造子將子將納焉孫盛雜語曰太祖嘗問許子將我何如人固問然後子將荅曰治世之能臣亂世之姦雄太祖大笑世說所言謬矣

曹公問裴潛曰卿昔與劉備共在荊州卿以備才如何潛曰使居中國能亂人不能爲治若乘邊守險足爲一方之主魏志曰潛字文行河東人避亂荊州劉表待之賓客禮潛私謂王粲司馬芝曰劉牧非霸王之才而欲以西伯自處其敗無日矣遂南渡適長沙

何晏鄧颺夏侯玄並求傅嘏交而嘏終不許魏略曰鄧颺字玄茂南陽宛人鄧禹

之後也少得士名明帝時爲中書郎以與李勝等爲浮華被斥正始中遷侍中尚書爲人好貨臧艾以父妾與颺得顯官京師爲之語曰以官易富鄧玄茂何晏選不得人頗由颺以黨曹爽誅諸人乃因荀粲說合之謂嘏曰夏侯太初一時之傑士虛心於子而卿意懷不可交合則好成不合則致隙二賢若穆則國之休此藺相如所以下廉頗也史記曰相如以功大拜上卿位在廉頗右頗怒欲辱之相如每稱疾望見引車避匿其舍人欲去之相如曰夫以秦王之威而吾廷叱之何畏廉將軍哉顧秦彊趙弱秦以吾二人故不敢加兵於趙今兩虎鬭勢不俱生吾以公家急而後私讐也頗聞謝罪傅曰夏侯太初志大心勞能合虛譽誠所謂利口覆國之人何晏鄧颺有爲而躁博而寡要外好利而內無關籥貴同惡異多言而妬前多言多釁妬前無親以吾觀之此三賢者皆敗德之人耳遠之猶恐罹禍況可親之邪後皆如其言傅子曰是時何晏以才辯顯於貴戚之間鄧颺好交通合徒黨鬻聲名於閭閻夏侯玄以貴臣子少有重名皆求交於嘏嘏不納也嘏友人荀粲有清識

〇名。

名

遠志然猶勸娖結交云

晉武帝講武於宣武場帝欲偃武修文親自臨幸悉召羣臣山公謂不宜爾因與諸尚書言孫吳用兵本意遂究論舉坐無不咨嗟皆曰山少傅乃天下名言史記曰孫武齊人吳起衛人並善兵法竹林七賢論曰咸甯中吳既平上將爲桃林華山之事息役弭兵示天下以大安於是州郡悉去兵大郡置武吏百人小郡五十人時京師猶講武山濤因論孫吳用兵本意濤爲人常簡默蓋以爲國者不可以忘戰故及之名士傳曰濤居魏晉之間無所標明嘗與尚書盧欽言及用兵本意武帝聞之曰山少傅名言也　後諸王驕汰輕遘禍難於是寇盜處處蟻合郡國多以無備不能制服遂漸熾盛皆如公言時人以謂山濤不學孫吳而闇與之理會王夷甫亦歎云公闇與道合竹林七賢論曰永甯之後諸王構禍狡虜欻起皆如濤言名士傳曰王夷甫推歎濤晻晻爲與道合其深不可測皆此類也

王夷甫父乂爲平北將軍有公事使行人論不得時夷甫在京

師命駕見僕射羊祜尚書山濤夷甫時總角姿才秀異敍致既快事加有理濤甚奇之既退看之不輟乃歎曰生兒不當如王夷甫邪羊祜曰亂天下者必此子也晉陽秋曰夷甫父乂有簡書將免官夷甫年十七見所繼從舅羊祜申陳事狀辭甚俊偉祜不然之夷甫拂衣而起祜顧謂賓客曰此人必將以盛名處當世大位然敗俗傷化者必此人也漢晉春秋曰初羊祜以軍法欲斬王戎夷甫又忿祜言其必敗不相貴重天下爲之語曰二王當朝世人莫敢稱羊公之有德

潘陽仲見王敦小時謂曰君蜂目已露但豺聲未振耳必能食人亦當爲人所食晉陽秋曰潘滔字陽仲滎陽人太常尼從子也有文學才識永嘉末爲河南尹遇害漢晉春秋曰初王夷甫言東海王越轉王敦爲楊州潘滔初爲太傅長史言於太傅曰王處仲蜂目已露豺聲未發今樹之江外肆其豪彊之心是賊之也晉陽秋曰敦爲太子舍人與滔同僚故有此言習孫二說便小遷異春秋傳曰楚令尹子上謂世子商臣蜂目而豺聲忍人也

○宋本作『勒不知书』。

宋本作勒不知書

石勒不知書石勒傳曰勒字世龍上黨武鄉人匈奴之苗裔也雄勇好騎射晉元康中流宕山東與平原茌平人師歡家傭耳恆聞鼓角鞞鐸之音勒私異之初勒鄉里原上地中生石日長類鐵騎之象國中生人參葩葉甚盛于時父老相者皆云此胡體貌奇異有不可知勸邑人厚遇之人多嗤而不信永嘉初豪傑並起與胡王陽等十八騎詣汲桑爲左前督桑敗共推勒爲主攻下州縣都於襄國後僭正號死謚明皇帝使人讀漢書聞酈食其勸立六國後刻印將授之大驚曰此法當失云何得遂有天下至留侯諫乃曰賴有此耳鄧粲晉紀曰勒手不能書目不識字每於軍中令人誦讀聽之皆解其意漢書曰項羽急圍漢王於滎陽漢王與酈食其謀撓楚權食其勸立六國後王令趣刻印張良入諫以爲不可輟食吐哺罵酈生曰豎儒幾敗乃公事趣令銷印

衛玠年五歲神衿可愛祖太保曰此兒有異顧吾老不見其大耳晉諸公贊曰瓘字伯玉河東安邑人少以明識清允稱傅嘏極貴重之謂之甯武子仕至太保爲楚王瑋所害玠別傳曰玠有虛令之秀清勝之氣在羣伍之中有異人之望祖太保見玠五歲曰此兒神爽聰令與衆大異恐吾年老不及見爾

劉越石云華彥夏識能不足彊果有餘虞預晉書曰華軼字彥夏平原人魏太尉歆曾孫也累遷江州刺史傾心下士甚得士歡心以不從元皇命見誅漢晉春秋曰劉琨知軼必敗謂其自取之也

張季鷹辟齊王東曹掾在洛見秋風起因思吳中菰菜羹鱸魚膾曰人生貴得適意爾何能覊宦數千里以要名爵遂命駕便歸俄而齊王敗時人皆謂爲見機文士傳曰張翰字季鷹父儼吳大鴻臚翰有清才美望博學善屬文造次立成辭義清新大司馬齊王冏辟爲東曹掾翰謂同郡顧榮曰天下紛紛未已夫有四海之名者求退良難吾本山林間人無望於時久矣子善以明防前以智慮後榮捉其手愴然曰吾亦與子採南山蕨飲三江水爾翰以疾歸府以輒去除吏名性至孝遭母艱哀毀過禮自以年宿不營當世以疾終于家

諸葛道明初過江左自名道明名亞王庾之下中興書曰恢避難過江與潁川荀道明陳留蔡道明俱有名譽號曰中興三明時人爲之語曰京都三明各有名蔡氏儒雅荀葛清先爲臨沂令丞相謂曰明府當爲黑頭公語林曰丞相拜司空諸葛道明在公坐指冠冕曰君當復著此

○无。

無

王平子素不知眉子曰志大其量終當死塢壁間晉諸公贊曰王玄字眉子夷甫子也東海王越辟爲掾後行陳留太守大行威罰爲塢人所害

王大將軍始下楊朗苦諫不從遂爲王致力乘中鳴雲露車逕前曰聽下官鼓音一進而捷王先把其手曰事克當相用爲荆州既而忘之以爲南郡晉百官名曰朗字世彥弘農人楊氏譜曰朗祖囂典軍校尉父淮冀州刺史王隱晉書曰朗有器識才量善能當世仕至雍州刺史王敦後明帝收朗欲殺之帝尋崩得免後兼三公署數十人爲官屬此諸人當時並無名後皆被知遇于時稱其知人

周伯仁母冬至舉酒賜三子曰吾本謂度江託足無所爾家有相爾等並羅列吾前復何憂周嵩起長跪而泣曰不如阿母言伯仁爲人志大而才短名重而識闇好乘人之弊此非自全之

○阿奴。
○惧。
○欲。

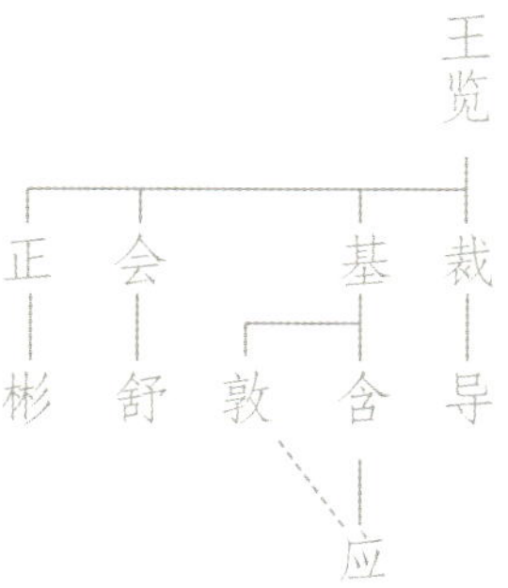

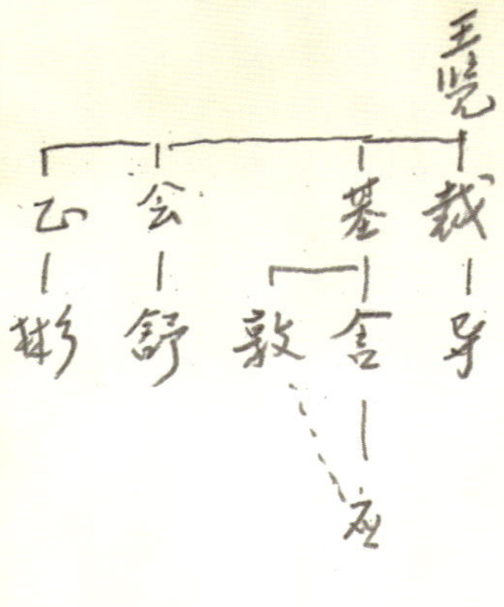

道嵩性狼抗亦不容於世唯阿奴碌碌當在阿母目下耳鄧粲晉紀曰阿奴嵩之弟周謨也三周並已見

王大將軍既亡王應欲投世儒世儒爲江州王含欲投王舒舒爲荆州含語應曰大將軍平素與江州云何而汝欲歸之應曰此迺所以宜往也晉陽秋曰應字安期含子也敦無子養爲嗣以爲武衛將軍用爲副貳伏誅江州當人彊盛時能抗同異此非常人所行及覩衰危必興愍惻王彬別傳曰彬字世儒瑯琊人祖覽父正並有名德彬爽氣出儕類有雅正之韻與元帝姨兄弟佐佑皇業累遷侍中從兄敦下石頭害周伯仁彬與顗素善往哭其尸甚慟既而見敦敦怪其有慘容而問之荅曰向哭周伯仁情不能已敦曰伯仁自致刑戮汝復何爲者哉彬曰伯仁清譽之士有何罪因數敦曰抗旌犯上殺戮忠良音辭忼慨與淚俱下敦怒甚丞相在坐代爲之解命彬曰拜謝彬曰有足疾比來見天子尚不能拜何跪之有敦曰脚疾何如頸疾以親故不害之累遷江州刺史左僕射贈衛將軍荆州守文豈能作意表行事含不從遂共投舒舒果沈含父

〇王舒。
〇试。

王舒　　試

子於江傳曰舒字處明瑯邪人祖覽知名父會御史舒器業簡
素有文武榦中宗用爲北中郎將荆州刺史尚書僕射
出爲會稽太守以父名會累表自陳討
蘇峻有功封彭澤侯贈車騎大將軍彬聞應當來密具船以
待之竟不得來深以爲恨含之投舒舒遣軍逆之含父子赴水
死昔鄽寄賣友見譏況販兄弟以求
安舒非
人矣

武昌孟嘉作庾太尉州從事已知名褚太傅有知人鑒罷豫章
還過武昌問庾曰聞孟從事佳今在此不庾云卿自求之褚眄
睞良久指嘉曰此君小異得無是乎庾大笑曰然于時既歎褚
之默識又欣嘉之見賞嘉別傳曰嘉字萬年江夏鄳人曾祖父
宗吳司空祖父揖晉廬陵太守宗葬武
昌陽新縣子孫家焉嘉少以淸操知名太尉庾亮領江州辟嘉
部廬陵從事下都還亮引問風俗得失對曰待還當問從事吏
亮舉麈尾掩口而笑語弟翼曰孟嘉故是盛德人轉勸學從事
太傅褚裒有器識亮正旦大會裒問亮聞江州有孟嘉何在亮
曰在坐卿但自覓裒歷觀久之指嘉曰將無是乎亮欣然而笑
喜裒得嘉奇嘉爲裒所得乃益器之後爲征西桓溫參軍九月

○善。○漸近自然。○絶。

善

漸近自然

絶

九日温遊龍山參寮畢集時佐史並著戎服風吹嘉帽墮落温戒左右勿言以觀其舉止嘉初不覺良久如廁命取還之令孫盛作文嘲之成著嘉坐嘉還即答四坐嗟歎嘉喜酣暢愈多不亂温問酒有何好而卿嗜之嘉曰明公未得酒中趣爾又問聽伎絲不如竹竹不如肉何也答曰漸近自然轉從事中郎遷長史年五十三而卒

戴安道年十餘歲在瓦官寺畫王長史見之曰此童非徒能畫（續晉陽秋曰逵善圖畫窮巧丹青也）亦終當致名恨吾老不見其盛時耳

王仲祖謝仁祖劉眞長俱至丹陽墓所省殷揚州殊有確然之志（中興書曰浩棲遲積年累聘不至）既反王謝相謂曰淵源不起當如蒼生何深爲憂嘆劉曰卿諸人眞憂淵源不起邪

小庾臨終自表以子園客爲代（園客爰之小字也庾氏譜曰爰之字仲眞翼第二子中興書曰爰之有父翼風桓温從于豫章年三十六而卒）朝廷慮其不從命未知所遣乃共議用桓温劉尹曰使伊去必能克定西楚然恐不可復制（陶侃別傳曰庾翼薨

表其子爰之代爲荆州何充曰陶公重勳也臨終高讓丞相未薨敬豫爲四品將軍于今不改親則道恩優游散騎未有超卓若此之授乃以徐州刺史桓溫爲安西將軍荆州刺史宋明帝文章志曰翼表其子代任朝廷畏憚之議者欲以授桓溫時簡文輔政然之劉惔曰溫去必能定西楚然恐不能復制願大王自鎮上流惔請爲從軍司馬簡文不許溫後果如惔所算也

桓公將伐蜀在事諸賢咸以李勢在蜀既久承藉累葉且形據上流三峽未易可克唯劉尹云伊必能克蜀觀其蒲博不必得則不爲 華陽國志曰李勢字子仁洛陽臨渭人本巴西宕渠賨特弟也驤生壽壽篡位自立勢卽壽子也晉安西將軍伐蜀勢歸降遷之揚州自起至亡六世三十七年溫別傳曰初朝廷以蜀處險遠而溫衆寡少縣軍深入甚以憂懼而溫直指成都李勢面縛語林曰劉尹見桓公每嬉戲必取勝謂曰卿乃爾好利何不焦頭及伐蜀故有此言

謝公在東山畜妓簡文曰安石必出既與人同樂亦不得不與人同憂 宋明帝文章志曰安縱心事外踈略常節每畜女妓攜持遊肆也

日译ひとつここで乗り出して見ないかね。日本世説鈔补谓系马头之误，乃蒲博用语

○日译：ひとつここで乗り出して見ないかね。日本世说钞补谓系『马头』之误，乃蒲博用语。

○宋本皆作『苻』。
○履屐之间。

履屐之間

宋本皆作苻

郗超與謝玄不善符堅將問晉鼎既已狼噬梁岐又虎視淮陰矣車頻秦書曰苻堅字永固武都氐人也本姓蒲祖父洪詐稱識文改曰苻言已當王應苻命也堅初生有赤光流其室及誕背赤色隱起若篆文幼有美度石虎司隷徐正名知人堅六歲時嘗戲於路正見而異焉問曰苻郎此官街小兒行戲不畏縛邪堅曰吏縛有罪不縛小兒正謂左右曰此兒有王霸相石氏亂伯父健及父雄西入關健夢天神使者朱衣冠拜肩頭爲龍驤將軍肩頭堅小字也健卽拜爲龍驤以應神命後健僭帝號死子生立凶暴羣臣殺之而立堅堅立十五年遣長樂公丕攻沒襄陽十九年大興師伐晉衆號百萬水陸俱進次于項城自項城至長安連旗千里首尾不絕乃遣告晉曰已爲晉君於長安城中建廣夏之室今故大舉渡江相迎克日入宅也于時朝議遣玄北討人間頗有異同之論唯超曰是必濟事吾昔嘗與共在桓宣武府見使才皆盡雖履屐之間亦得其任以此推之容必能立勳元功既舉時人咸歎超之先覺又重其不以愛憎匿善中興書曰于時氐賊彊盛朝議求文武良將可鎮靖北方者衛大將軍安曰唯兄子玄可任此事中書郎郗超聞而歎曰安違衆舉親明也玄必不負其舉

韓康伯與謝玄亦無深好玄北征後巷議疑其不振康伯曰此人好名必能戰續晉陽秋曰玄識局貞正有經國之才略玄聞之甚忿常於衆中厲色曰丈夫提千兵入死地以事君親故發不得復云爲名

褚期生少時謝公甚知之恆云褚期生若不佳者僕不復相士期生褚爽小字也續晉陽秋曰爽字茂弘河南人太傅裒之孫祕書監韶之子太傅謝安見其少時歎曰若期生不佳我不復論士及長果俊邁有風氣好老莊之言當世榮譽弗之屑也唯與殷仲堪善累遷中書郎義興太守女爲恭帝皇后

郄超與傅瑗周旋瑗見其二子並總髮超觀之良久謂瑗曰小者才名皆勝然保卿家終當在兄卽傅亮兄弟也傅氏譜曰瑗字叔玉北地靈州人歷護軍長史安城太守宋書曰迪字長猷瑗長子也位至五兵尚書贈太常丘淵之文章錄曰亮字季友迪弟也歷尚書令仕光祿大夫元嘉三年以罪伏誅

王恭隨父在會稽王大自都來拜墓恭父蘊王忱並已見恭暫往墓下看

王叔珉补正：者犹则，属下读。晏子春秋内篇谏上：令章遇桀纣，者章死久矣。荀子解蔽：比至其家，者失气而死。者并犹则也。

周旋

左

○王叔珉补正：『「者」犹「则」，属下读。晏子春秋内篇谏上：「令章遇桀纣，者章死久矣。」荀子解蔽：「比至其家，者失气而死」，「者」并犹「则」也。』

○周旋。

○左。

之二人素善遂十餘日方還父問恭何故多日對曰與阿大語蟬連不得歸因語之曰恐阿大非爾之友終乖愛好果如其言忱與恭爲王緒所間終成怨隙別見

車胤父作南平郡功曹太守王胡之避司馬無忌之難置郡于酆陰是時胤十餘歲胡之每出嘗於籬中見而異焉謂胤父曰此兒當致高名後遊集恆命之胤長又爲桓宣武所知清通於多士之世官至選曹尚書續晉陽秋曰胤字武子南平人父育爲郡主簿太守王胡之有知人識裁見謂其父曰此兒當成卿門戶宜資令學問胤就業恭勤博覽不倦家貧不常得油夏月則練囊盛數十螢火以繼日焉及長風姿美劭機悟敏率桓温在荊州取爲從事一歲至治中胤既博學多聞又善於激賞當時每有盛坐胤必同之皆云無車公不樂太傅謝公遊集之日開筵以待之累遷丹陽尹護軍將軍吏部尚書

王忱死西鎮未定朝貴人人有望時殷仲堪在門下雖居機要

許　宋本无　明

資名輕，小人情未以方嶽相許。晉孝武欲拔親近腹心，遂以殷爲荊州。事定，詔未出，王珣問殷曰：「陝西何故未有處分？」殷曰：「已有人。」王歷問公卿，咸云「非」。王自計才地，必應在己。復問：「非我邪？」殷曰：「亦似非。」其夜詔出用殷。王語所親曰：「豈有黃門郎而受如此任！仲堪此舉，迺是國之亡徵。」晉安帝紀曰：孝武深爲晏駕後計，擢仲堪代王忱爲荊州。仲堪雖有美譽，議者未以方嶽相許也。既受腹心之任，居上流之重，議者謂其殆矣。終爲桓玄所敗。

賞譽第八上

陳仲舉嘗歎曰：「若周子居者，眞治國之器。」汝南先賢傳曰：周乘字子居，汝南安城人。天姿聰朗，高峙嶽立，非陳仲舉、黃叔度之儔，則不交也。仲舉嘗歎曰：「周子居者，眞治國之器也。」爲太山太守，甚有惠政。「譬諸寶劍，則世之干將。」吳越春秋曰：吳王闔閭請干將作劍。干將者，吳人，其妻曰莫邪。干將采五山之精，六金之英，候天地，伺陰陽，百神臨視，而金鐵之精未流。夫妻乃翦髮及爪而投之鑪中，金鐵乃濡，遂成二劍。陽曰干將而作龜文，

○许。○宋本无。○明。

○如。

如

陰曰莫邪而作漫理干將匿其陽出其陰以獻闔閭闔閭甚寶重之

世目李元禮謖謖如勁松下風李氏家傳曰膺嶽峙淵清峻貌貴重華夏稱曰潁川李府君頵頵如玉山汝南陳仲舉軒軒若千里馬南陽朱公叔飂飂如行松柏之下

謝子微見許子將兄弟曰平輿之淵有二龍焉見許子政弱冠之時歎曰若許子政者有榦國之器正色忠謇則陳仲舉之匹汝南先賢傳曰謝甄字子微汝南邵陵人明識人倫雖郭林宗不及甄之鑒也見許子將兄弟弱冠時則曰平輿之淵有二龍仕為豫章從事許虔字子政平輿人體尚高潔雅正寛亮謝子微見虔兄弟歎曰若許子政者榦國之器也虔弟劭聲未發時時人以謂不如虔虔恆撫髀稱劭自以為不及也釋褐為郡功曹黜姦廢惡一郡肅然年三十五卒海内先賢傳曰許劭字子將虔弟也山峙淵停行應規表邵陵謝子微高才遠識見劭十歲時歎曰此乃希世之偉人也初劭拔樊子昭於市肆出虞承賢於客舍召李叔才於無聞擢郭子瑜於小吏廣陵徐孟本來臨汝南聞劭高名召功曹時袁紹以公族為濮陽長棄官還副車從騎將入郡界乃歎曰許子將秉持清格豈可以吾輿服見之邪遂單馬而歸辟公府掾敦辟皆不就避地江南卒於豫章

○书舍。○世。○北。○了了。

书舍　世　北　了了

也

伐惡退不肖范孟博之風張璠漢紀曰范滂字孟博汝南伊陽人爲功曹辟公府掾升車攬轡有澄清天下之志百城聞滂高名皆解印綬去爲黨事見誅

公孫度目邴原所謂雲中白鶴非燕雀之網所能羅也魏書曰度字叔濟襄平人累遷冀州刺史遼東太守邴原別傳曰原字根矩東管朱虛人少孤數歲時過書舍而泣師問曰童子何泣也原曰凡得學者有親也一則願其不孤二則羨其得學中心感傷故泣耳師惻然曰苟欲學不須資也於是就業長則博覽洽聞金玉其行知世將亂避地遼東公孫度厚禮之中國既甯欲還鄉里爲度禁絕原密自治嚴謂部落曰移比近郡以觀其意皆曰樂移原舊有捕魚大船請村落皆令熟醉因夜去之數日度乃覺吏欲追之度曰邴君所謂雲中白鶴非鶉鷃之網所能羅也魏王辟祭酒累遷五官中郎長史

鍾士季目王安豐阿戎了了解人意王隱晉書曰戎少清明曉悟謂裴公之談經日不竭裴頠已見吏部郎闕文帝問其人於鍾會會曰裴楷清通王戎簡要皆其選也於是用裴按諸書皆云鍾會薦裴楷王戎於晉文王文王辟以爲掾

不聞爲吏部郎

王濬沖裴叔則二人總角詣鍾士季須臾去後客問鍾曰向二童何如鍾曰裴楷清通王戎簡要後二十年此二賢當爲吏部尚書冀爾時天下無滯才晉陽秋曰戎爲兒童鍾會異之

諺曰後來領袖有裴秀虞預晉書曰秀字季彥河東聞喜人父潛魏太常秀有風操八歲能著文叔父徽有聲名秀年十餘歲有賓客詣徽出則過秀時人爲之語曰後進領袖有裴秀大將軍辟爲掾父終推財與兄年二十五遷黃門侍郎晉受禪封鉅鹿公後累遷左光祿司空四十八薨謚元公配食宗廟

裴令公目夏侯太初肅肅如入廊廟中不修敬而人自敬禮記曰周豐謂魯哀公曰宗廟社稷之中未施敬而民自敬一曰如入宗廟琅琅但見禮樂器見鍾士季如觀武庫但覩矛戟見傅蘭碩汪廧靡所不有見山巨源如登山臨下幽然深遠玄會嘏濤並已見上

○「小悉」或即「小息」，少选之意。
○秉。
○给。
○忱。

小悉或即小息、少遣之意

秉
給
悅

羊公還洛郭弈爲野王令晉諸公贊曰弈字泰業太原陽曲人累世舊族弈有才望歷雍州刺史尚書羊至界遣人要之郭便自往既見歎曰羊叔子何必減郭太業復往羊許小悉還又歎曰羊叔子去人遠矣羊既去郭送之彌日一舉數百里遂以出境免官復歎曰羊叔子何必減顏子

王戎目山巨源如璞玉渾金人皆欽其寶莫知名其器顧愷之畫贊曰濤無所標明淯深淵默人莫見其際而其器亦入道故見者莫能稱謂而服其偉量

羊長和父繇與太傅祜同堂相善仕至車騎掾蚤卒長和兄弟五人幼孤羊氏譜曰繇字堪甫太山人祖續漢太尉不拜父祕京兆太守繇歷車騎掾娶樂國頵女生五子秉洽式亮悅也祜來哭見長和哀容舉止宛若成人乃歎曰從兄不亡矣

山公舉阮咸爲吏部郎目曰清眞寡欲萬物不能移也名士傳曰咸字仲容陳留人籍兄子也任達不拘當世皆怪其所爲及與之處少嗜欲哀樂至到過絕於人然後皆忘其向議爲散騎侍郎山

意　目　器　目

濤舉爲吏部武帝不用太原郭弈見之心醉不覺歎服解音好酒以卒山濤啟事曰吏部郎史曜出處缺當選濤薦咸曰眞素寡欲深識清濁萬物不能移也若在官人之職必妙絶於時詔用陸亮晉陽秋曰咸行己多違禮度濤舉以爲吏部郎世祖不許竹林七賢論曰山濤之舉阮咸固知上不能用蓋惜曠世之儁莫識其眞故耳夫以咸之所犯方外之意稱其清眞寡欲則迹外之意自見耳

王戎目阮文業清倫有鑒識漢元以來未有此人杜篤新書曰阮武字文業陳留尉氏人父諶侍中武闊達博通淵雅之士陳留志曰武魏末河清太守族子籍年總角未知名武見而偉之以爲勝己知人多此類著書十八篇謂之阮子終於家郭泰友人宋子俊稱泰自漢元以來未有林宗之匹

武元夏目裴王曰戎尚約楷清通虞預晉書曰武陔字元夏沛國竹邑人父周魏光祿大夫陔及二弟歆茂皆總角見稱並有品望鄉人諸父未能覺其多少時同郡劉公榮名知人嘗造周周見其三子公榮曰君三子皆國士元夏器量最優有輔佐之風力仕宦可爲亞公叔夏季夏不減常伯納言也陔至左僕射

庾子嵩目和嶠森森如千丈松雖磊砢有節目施之大廈有棟

○意。○目。○器。○目。

〇传。

傳

梁之用晋諸公贊曰嶠常慕其舅夏侯玄爲人故於朝士中峨然不羣時類憚其風節

王戎云太尉神姿高徹如瑤林瓊樹自然是風塵外物名士傳曰夷甫天形奇特明秀若神入王故事曰石勒見夷甫謂長史孔萇曰吾行天下多矣未嘗見如此人當可活不萇曰彼晋三公不爲我用勒曰雖然要不可加以鋒刃也夜使推牆殺之

王汝南既除所生服遂停墓所兄子濟每來拜墓略不過叔叔亦不候濟脫時過止寒温而已後聊試問近事荅對甚有音辭出濟意外濟極惋愕仍與語轉造清微濟先略無子姪之敬既聞其言不覺懔然心形俱肅遂留共語彌日累夜濟雖儁爽自視缺然乃喟然歎曰家有名士三十年而不知濟去叔送至門濟從騎有一馬絶難乘少能騎者濟聊問叔好騎乘不曰亦好爾濟又使騎難乘馬叔姿形既妙回策如縈名騎無以過之濟

〇宋本作『少所优调』。

宋本作少所優調

益歎其難測非復一事鄧粲晉紀曰王湛字處沖太原人隱德人莫之知雖兄弟宗族亦以爲癡唯父昶異焉昶喪居墓次兄子濟往省湛見牀頭有周易謂湛曰叔父用此何爲頗曾看不湛笑曰體中佳時脫復看耳今日當與汝言因共談易剖析入微妙言奇趣濟所未聞歎不能測濟性好馬而所乘馬駿駛意甚愛之湛曰此雖小駛然力薄不堪苦近見督郵馬當勝此但養不至耳濟取督郵馬穀食十數日與湛試之湛未嘗乘馬卒然便馳騁步驟不異於濟而馬不相勝湛曰今直行車路何以別馬勝不唯當就蟻封耳於是就蟻封盤馬果倒踣其雋識天才乃爾既還渾問濟何以暫行累日濟曰始得一叔渾問其故濟具歎述如此渾曰何如我濟曰濟以上人武帝每見濟輒以湛調之曰卿家癡叔死未濟常無以荅既而得叔後武帝又問如前濟曰臣叔不癡稱其實美帝曰誰比濟曰山濤以下魏舒以上晉陽秋曰濟有人倫鑒識其雅俗是非少有優潤見湛歎服其德宇時人謂湛上方山濤不足下比魏舒有餘湛聞之曰欲以我處季孟之間乎王隱晉書曰魏舒字陽元任城人幼孤爲外氏甯家所養甯氏起宅相者曰當出貴甥外祖母意以盛氏甥小而惠謂應相也舒曰當爲外氏成

○『射戏』当即『博射』。
○博措。
○宋本作『十三』。
○『碓』。
○淡。
○黄卷。

射戏当即博射
博措

宋本作十三
碓
淡
黄卷

此宅相少名遲鈍叔父衡使守水碓每言舒堪八百戶長我願畢矣舒不以介意身長八尺二寸不修常人近事少工射箸韋衣入山澤每獵大獲爲後將軍鍾毓長史毓與參佐射戲舒常爲坐畫籌後値朋人少以舒充數於是發無不中加博措閑雅殆盡其妙毓歎謝之曰吾之不足盡卿如此射矣轉相國參軍晉王每朝罷目送之曰魏舒堂堂人之領袖累遷侍中司徒

於是顯名年二十八始宦

裴僕射時人謂爲言談之林藪 惠帝起居注曰頠理甚淵博贍於論難

張華見褚陶語陸平原曰君兄弟龍躍雲津顧彥先鳳鳴朝陽謂東南之寶已盡不意復見褚生陸曰公未覩不鳴不躍者耳 褚氏家傳曰陶字季雅吳郡錢塘人褚先生後也陶聰惠絶倫年二十作鷗鳥水碓二賦宛陵嚴仲弼見而奇之曰褚先生復出矣弱不好弄淸談閑默以墳典自娛語所親曰聖賢備在黃卷中舍此何求州郡辟不就吳歸命世祖補臺郎建忠校尉司空張華與陶書曰二陸龍躍於江漢彥先鳳鳴於朝陽自此以來常恐南金已盡而復得之於吾子故知延州之德不孤淵岱之寶不匱 仕至中尉

有問秀才吳舊姓何如荅曰吳府君聖王之老成明時之俊乂朱永長理物之至德清選之高望嚴仲弼九臯之鳴鶴空谷之白駒顧彥先八音之琴瑟五色之龍章張威伯歲寒之茂松幽夜之逸光陸士衡士龍鴻鵠之裵回懸鼓之待槌秀才蔡洪也集載洪與刺史周俊書曰一日侍坐言及吳士詢于芻蕘遂見下問造次承顏載辭不舉敕令條列名狀退輒思之今稱疏所知吳展字士季下邳人忠足矯非清足厲俗信可結神才堪幹世仕吳爲廣州刺史吳郡太守吳平還下邳閉門自守不交賓客誠聖王之老成明時之儁乂也朱誕字永長吳郡人體履清和黃中通理吳朝舉賢良累遷議郎今歸在家誠理物之至德清選之高望也嚴隱字仲弼吳郡人稟氣清純思度淵偉吳朝舉賢良宛陵令吳平去職九臯之鳴鶴空谷之白駒也張暢字威伯吳郡人稟性堅明志行清朗居磨涅之中無淄磷之損歲寒之松柏幽夜之逸光也陸雲別傳曰雲字士龍吳大司馬抗之第五子機同母之弟也儒雅有俊才容貌瓌偉口敏能談博聞彊記善著述六歲便能賦詩時人以爲項託揚烏之儔也年十八刺史周俊命爲主簿俊常歎曰陸士龍當今之顏淵也累遷太子舍人清河內史爲成都王所害凡此諸君以洪筆

爲鉏耒以紙札爲良田以玄默爲稼穡以義理爲豐年以談論爲英華以忠恕爲珍寶著文章爲錦繡蘊五經爲繒帛坐謙虛爲席薦張義讓爲帷幕行仁義爲室宇修道德爲廣宅按蔡所論士十六人無陸機兄弟又無凡此諸君以下疑益之

人問王夷甫山巨源義理何如是誰輩王曰此人初不肯以談自居然不讀老莊時聞其詠往往與其旨合顧愷之畫贊曰濤有而不恃皆此類也

洛中雅雅有三嘏劉粹字純嘏宏字終嘏漠字沖嘏是親兄弟王安豐甥並是王安豐女壻宏眞長祖也晉諸公贊曰粹沛國人歷侍中南中郎將宏歷祕書監光祿大夫晉後略曰漠少以淸識爲名與王夷甫女善並好以人倫爲意故世人許以才智之名自相國右長史出爲襄州刺史以貴簡稱按劉氏譜劉邠妻武周女生粹宏漠非王氏甥洛中錚錚馮惠卿名蓀是

○宋本『天』下有『也』字。

播子晉後略曰播字友聲長樂人位至大宗正生蕤八王故事曰蕤少以才悟識當世之宜蚤歷清職仕至侍中為長沙王所害蕤與邢喬俱司徒李胤外孫及胤子順並知名時稱馮才清李才明純粹邢晉諸公贊曰喬字曾伯河間人有才學仕至司隸校尉順字曼長仕至太僕卿

衛伯玉為尚書令見樂廣與中朝名士談議奇之曰自昔諸人沒已來常恐微言將絕今乃復聞斯言於君矣命子弟造之曰此人人之水鏡也見之若披雲霧覩青天晉陽秋曰尚書令衛瓘見廣曰昔何平叔諸人沒常謂清言盡矣今復聞之於君王隱晉書曰衛瓘有名理及與何晏鄧颺等數共談講見廣奇之曰每見此人則瑩然猶廓雲霧而覩青天

王太尉曰見裴令公精明朗然籠蓋人上非凡識也若死而可作當與之同歸或云王戎語禮記曰趙文子與叔譽觀乎九原文子曰死者如可作也吾誰與歸鄭玄曰作起也

〇宋本『烦』下有『也』字。

宋本煩下有也字

王夷甫自歎我與樂令談未嘗不覺我言爲煩晉陽秋曰樂廣善以約言厭人心其所不知默如也太尉王夷甫光祿大夫裴叔則能清言常曰與樂君言覺其簡至吾等皆煩

郭子玄有俊才能言老莊庾敳嘗稱之每曰郭子玄何必減庾子嵩名士傳曰郭象字子玄自黃門郎爲太傅主簿任事用勢傾動一府敳謂象曰卿自是當世大才我疇昔之意都已盡矣其伏理推心皆此類也

王平子目太尉阿兄形似道而神鋒太儁太尉荅曰誠不如卿落落穆穆王隱晉書曰澄通朗好人倫情無所繫

太傅府有三才劉慶孫長才晉陽秋曰太傅將召劉輿或曰輿猶膩也近將汙人太傅疑而禦之輿乃密視天下兵簿諸屯戍及倉庫處所人穀多少牛馬器械水陸地形皆默識之是時軍國多事每會議事自潘滔以下皆不知所對輿便屈指籌計所發兵仗處所糧廪運轉事無凝滯於是太傅遂委仗之潘陽仲大才裴景聲清才八王故事曰劉輿才長綜覈潘滔以博學爲名裴邈彊力方正皆爲東海王所暱俱顯一府故時人稱曰輿長才滔

大才邈清才也

世說新語卷中之上終

思賢講舍校刊

〇宋本无。

宋本无

世說新語卷中之下

宋　臨川王義慶　撰

梁　劉孝標　注

賞譽第八下

林下諸賢各有儁才子籍子渾器量弘曠世語曰渾字長成清虛寡欲位至太子中庶子康子紹清遠雅正已見濤子簡疏通高素虞預晉書曰簡字季倫平雅有父風與嵇紹劉漠等齊名遷尚書出爲征南將軍咸子瞻虛夷有遠志瞻弟孚爽朗多所遺名士傳曰瞻字千里夷任而少嗜欲不修名行自得於懷讀書不甚研求而識其要仕至太子舍人年三十卒中興書曰孚風韻踈誕少有門風初爲安東參軍蓬髮飲酒不以王務嬰心秀子純悌並令淑有清流竹林七賢論曰純字長悌位至侍中悌字叔遜位至御史中丞晉諸公贊曰洛陽敗純悌出奔爲賊所害戎子萬子有大成之風苗而不秀晉諸公贊曰王綏字萬子辟太尉掾不就年十九卒晉書曰戎子萬有美號而太肥戎令

食穅而肥愈甚也唯伶子無聞凡此諸子唯瞻為冠紹簡亦見重當世

庾子躬有廢疾甚知名家在城西號曰城西公府虞預晉書曰琮字子躬潁川人太常峻第二子仕至太尉掾

王夷甫語樂令名士無多人故當容平子知王澄別傳曰澄風韻邁達志氣不羣從兄戎兄夷甫名冠當年四海人士一為澄所題目則二兄不復措意云已經平子其見重如此是以名聞益盛天下知與不知莫不傾注澄後事迹不逮朝野失望及舊遊識見者猶曰當今名士也

王太尉云郭子玄語議如懸河寫水注而不竭名士傳曰子玄有儁才能言莊老

司馬太傅府多名士一時儁異庾文康云見子嵩在其中常自神王晉陽秋曰敳為太傅從事中郎

太傅東海王鎮許昌以王安期為記室參軍雅相知重敕世子

〇真。
〇周旋。

真
周旋

毗曰夫學之所益者淺體之所安者深閑習禮度不如式瞻儀形諷味遺言不如親承音旨王參軍人倫之表汝其師之或曰王趙鄧三參軍人倫之表汝其師之謂安期鄧伯道趙穆也趙吳郡行狀曰穆字季子汲郡人貞淑平粹才識清通歷尚書郎太傅參軍後太傅越與穆及王承阮瞻鄧攸書曰禮八歲出就外傳十年曰幼學明可以漸先王之教也然學之所受者淺體之所安者深是以閑習禮度不如式瞻軌儀諷味遺言不如親承辭旨小兒毗既無令淑之資未聞道德之風欲屈諸君時以閑豫周旋燕誨也穆歷晉明帝師冠軍將軍吳郡太守封南鄉侯

袁宏作名士傳直云王參軍或云趙家先猶有此本

庾太尉少為王眉子所知庾過江歎王曰庇其宇下使人忘寒暑晉諸公贊曰玄少希慕簡曠八王故事曰玄為陳留太守或勸玄過江投琅邪王玄曰王處仲得志於彼家叔猶不免害豈能容我謂其器宇不容於敦也

謝幼輿曰友人王眉子清通簡暢嵇延祖弘雅劭長董仲道卓

○胡。
○目。

目　胡

舉有致度王隱晉書曰董養字仲道太始初到洛下干祿求榮永嘉中洛城東北角步廣里中地陷中有二鵝蒼者飛去白者不能飛問之博識者不能知養聞歎曰昔周時所盟會狄泉此地也卒有二鵝蒼者胡象後明當入洛白者不能飛此國諱也謝鯤元化論序曰陳留董仲道於元康中見惠帝廢楊悼后升太學堂歎曰建此堂也將何為乎每見國家赦書謀反逆皆赦孫殺王父母子殺父母不赦以為王法所不容也奈何公卿處議文飾禮典以至此乎天人之理既滅大亂斯起顧謂謝鯤阮孚曰易稱知幾其神乎君等可深藏矣乃與妻荷擔入蜀莫知其所終

王公目太尉巖巖清峙壁立千仞顧愷之夷甫畫贊曰夷甫天形瓌特識者以為巖巖秀峙壁立千仞

庾太尉在洛下問訊中郎庾敳中郎留之云諸人當來尋溫元甫晉諸公贊曰溫幾字元甫太原人才性清婉歷司徒右長史湘州刺史卒官劉王喬曹嘉之晉紀曰劉疇字王喬彭城人父訥司隸校尉疇善談名理曾避亂塢壁有胡數百欲害之疇無懼色援笳而吹之為出塞入塞之聲以動其遊客之思於是羣胡皆泣而去之位至司徒左長史裴叔則俱至酬酢終日庾公猶憶劉裴之

○目。
○当作『川』。
○『从』当即从父之省称。
○祖。

才儁元甫之淸中 中一作平

蔡司徒在洛見陸機兄弟住參佐廨中三間瓦屋士龍住東頭士衡住西頭士龍爲人文弱可愛士衡長七尺餘聲作鍾聲言多忼慨 文士傳曰雲性弘靜怡怡然爲士友所宗機淸厲有風格爲鄉黨所憚

王長史是庾子躬外孫 王氏譜曰濛父訥娶潁州庾琮之女字三壽也 丞相目子躬云入理泓然我已上人 子躬子嵩兄也

庾太尉目庾中郎家從談談之許 名士傳曰敳不爲辨析之談而舉其旨要太尉王夷甫雅重之也一作家從談之祖從一作誦許一作辭

庾公目中郎神氣融散差如得上 晉陽秋曰敳頽然淵放莫有動其聽者

劉琨稱祖車騎爲朗詣曰少爲王敦所歎 虞預晉書曰逖字士穉范陽遒人豁蕩不修儀檢輕財好施晉陽秋曰逖與司空劉琨俱以雄豪著名年二十四與琨同辟司州主簿情好綢繆共被而寢中夜聞鷄鳴

○或。
○目。

或

目

俱起曰此非惡聲也每語世事則中宵起坐相謂曰若四海鼎沸豪傑共起吾與足下相避中原耳爲汝南太守值京師傾覆率流民數百家南度行達泗口安東板爲徐州刺史逖旣有豪才常抗慨以中原爲己任乃說中宗雪復神州之計拜爲豫州刺史使自招募逖遂率部曲百餘家北度江誓曰祖逖若不清中原而復濟此者有如大江攻城略地招懷義士屢摧石虎虎不敢復闚河南石勒爲逖母墓置守吏劉琨與親舊書曰吾枕戈待旦志梟逆虜常恐祖生先吾著鞭耳會其病卒先有妖星見豫州分逖曰此必爲我也天未欲滅寇故耳贈車騎將軍

時人目庾中郎善於託大長於自藏名士傳曰敳雖居職任未嘗以事自嬰從容博暢寄通而已是時天下多故機事屢起有爲者拔奇吐異而禍福繼之敳常默然故憂喜不至也

王平子邁世有儁才少所推服每聞衛玠言輒歎息絕倒玠別傳曰玠少有名理善通莊老瑯邪王平子高氣不羣邁世獨傲每聞玠之語議至於理會之間要妙之際輒絕倒於坐前後三聞爲之三倒時人遂曰衛君談道平子三倒

王大將軍與元皇表云舒風概簡正允作雅人自多於邃王舒已見

絶

不知使負実　日譯作認めない時には実際以上に悪く考えがちなものだ

逆

題目

北齊書三八辛術傳天保末文宣嘗令術選百員官参選者二三千人術題目士子人无謗讟

王邃別傳曰邃字處重琅邪人舒弟也意局剛淸以政事稱累遷中領軍尚書左僕射舒邃並敦從弟 最是臣少所知拔中間夷甫澄見語卿知處明茂弘茂弘已有令名眞副卿淸論處明親疏無知之者吾常以卿言爲意殊未有得恐已悔之臣慨然曰君以此試頃來始乃有稱之者言常人正自患知之使過不知使負實 使一作便

周侯於荆州敗績還未得用王丞相與人書曰雅流弘器何可得遺 鄧粲晉紀曰顗爲荆州始至而建平民傅密等叛迎蜀賊顗狼狽失據陶侃救之得免顗至武昌投王敦敦更選侃代顗顗還建康未即得用也

時人欲題目高坐而未能桓廷尉以問周侯周侯曰可謂卓朗桓公曰精神淵箸 高坐傳曰庾亮周顗桓彝一代名士一見和尚披衿致契曾爲和尚作目久之未得有云尸利密可稱卓朗於是桓始咨嗟以爲標之極似宣武嘗云少見和尚稱其精神淵箸當年出倫其爲名士所歎如此

世說新語卷中之下　四

○绝。

○不知使负实，日譯作：認めない時には実際以上に悪く考えがちなものだ。

○逆。

○题目。

○北齐书三八辛术传：『天保末，文宣尝令术选百员官。参选者二三千人。术题目士子，人无谤讟。』

王大將軍稱其兒云其神候似欲可王應也

卞令目叔向朗朗如百間屋春秋左氏傳曰叔向羊舌肸也晉大夫

王敦爲大將軍鎮豫章衛玠避亂從洛投敦相見欣然談話彌日于時謝鯤爲長史敦謂鯤曰不意永嘉之中復聞正始之音阿平若在當復絕倒玠別傳曰玠至武昌見王敦敦與之談論彌日信宿敦顧謂僚屬曰昔王輔嗣吐金聲於中朝此子今復玉振於江表微言之緒絕而復續不悟永嘉之中復聞正始之音阿平若在當復絕倒

王平子與人書稱其兒風氣日上足散人懷永嘉流人名曰澄弟四子徽澄別傳曰徽邁上有父風

胡毋彥國吐佳言如屑後進領袖言談之流靡靡如解木出屑也

王丞相云刁玄亮之察察戴若思之巖巖虞預書曰戴儼字若思廣陵人才義辯濟有風標鋒穎累遷征西將軍爲王敦所害贈左光祿大夫儀同三司卞望之之峯距卞壺別傳曰壺字望之濟

○目。

目

陰宛句人父粹太常卿壺少以貴正見稱累遷御史中丞權門屏迹轉領軍尚書令蘇峻作亂率眾距戰父子二人俱死王難鄧粲晉紀曰初咸和中貴遊子弟能談嘲者慕王平子謝幼輿等爲達壼厲色於朝曰悖禮傷教罪莫斯甚中朝傾覆實由於此欲奏治之王導庾亮不從乃止其後皆折節爲名士語林曰孔坦爲侍中密啟成帝不宜往拜曹夫人丞相聞之曰王茂弘駑痾耳若卞望之之巖巖刁玄亮之察察戴若思之峯距當敢爾不此言殊有由緒故聊載之耳

大將軍語右軍汝是我佳子弟按王氏譜羲之是敦從父兄子當不減阮主簿中興書曰阮裕少有德行王敦聞其名召爲主簿知敦有不臣之心縱酒昏酣不綜其事

世目周侯嶷如斷山晉陽秋曰顗正情嶷然雖一時儕類皆無敢媟近

王丞相招祖約夜語至曉不眠明旦有客公頭鬢未理亦小倦客曰公昨如是似失眠公曰昨與士少語遂使人忘疲

王大將軍與丞相書稱楊朗曰世彥識器理致才隱明斷既爲國器且是楊侯淮之子世語曰淮字始立弘農華陰人曾祖彪祖修有名前世父囂典軍校尉淮元康

五

末爲冀州刺史荀綽冀州記曰淮見王綱不振遂縱酒不以官事規意消搖卒歲而已成都王知淮不治猶以其名士惜而不遣召爲軍咨議祭酒府散停家關東諸侯欲以淮補三事以示懷賢尚德之事未施行而卒時年二十有七

位望殊爲陵遲卿亦足與之處

何次道往丞相許丞相以麈尾指坐呼何共坐曰來來此是君坐 何充已見

丞相治楊州廨舍按行而言曰我正爲次道治此爾何少爲王公所重故屢發此歎 晉陽秋曰充導妻姊之子明穆皇后之妹夫也思韻淹濟有文義才情導深器之由是少有美譽遂歷顯位導有副貳已使繼相意故屢顯此指於上下

王丞相拜司徒而歎曰劉王喬若過江我不獨拜公 晉紀曰疇有重名永嘉中爲閻鼎所害司徒蔡謨每歎曰若使劉王喬得南渡司徒公之美選也

王藍田爲人晚成時人乃謂之癡 晉陽秋曰述體道清粹簡貴靜正怡然自足不交非類雖

○宋本『七』下有『矣』字。

○汪本考异此条注曰：『今西州也。平阳记（编者案：应是丹阳记）曰：「杨州廨，王敦所创也。」杨州旧治寿春。唯刘繇治曲阿。吴范、诸葛恪则建业。晋自周浚至王敦，仍吴之旧。敦后领州牧。及桓温、桓玄悉治（编者案：当是沿）敦。王茂弘以来及桓谦则在建康。永嘉元年顾荣诛陈敏，杨州刺史刘机治建康。王敦代机。元帝渡江居城府，敦便立州廨于此。及王茂弘为州，又修舍，守令之制置，多茂弘遗事也。宋大明中，分此廨为二王第。元徽初改创，今无复昔构矣。』

○『西州』见晋书七九谢安传。

宋书八二沈怀文传：『（世祖时）西阳王子尚为扬州，居职如故。时荧惑守南斗，上乃废西州旧馆，使子尚移居东城以厌之。怀文曰：「天道示变，宜应之以德，今虽空西州，恐无益也。」不从，而州竟废矣。』

○主非尧舜，何得事事皆是。○目。

主非堯舜何得事事皆是
目

羣英紛紛俊乂交馳述獨蔑然曾不慕羨由是名譽久蘊王丞相以其東海子辟爲掾常集聚王公每發言衆人競贊之述於末坐曰主非堯舜何得事事皆是丞相甚相歎賞言非聖人不能無過意譏讚述之徒

世目楊朗沈審經斷蔡司徒云若使中朝不亂楊氏作公方未已謝公云朗是大才八王故事曰楊準有六子曰喬髦朗琳俊仲皆得美名論者以謂悉有台輔之望文康庾公每追歎曰中朝不亂諸楊作公未已也

劉萬安卽道眞從子庾公琮字子躬所謂灼然玉舉又云千人亦見百人亦見劉氏譜曰綏字萬安高平人祖奥太祝令父斌著作郎綏歷驃騎長史

庾公爲護軍屬桓廷尉覓一佳吏乃經年桓後遇見徐寧而知之遂致於庾公曰人所應有其不必有人所應無已不必無眞海岱清士徐江州本事曰徐寧字安期東海郯人通朗有德素少知名初爲輿縣令譙國桓彝有人倫鑒識嘗去職

○舍。
○皮里阳秋

舍

皮里阳秋

無事至廣陵尋親舊還遇風停浦中累日在船憂邑上岸消摇見一空宇有似廨署彝訪之云興縣廨也令姓徐名寗彝既獨行思逢悟賞聊造之寗清惠博涉相遇怡然遂停宿因留數夕與寗結交而別至都謂庾亮曰吾爲卿得一佳吏部郎亮問所在彝郎敘之累遷吏部郎左將軍江州刺史

桓茂倫云褚季野皮裏陽秋謂其裁中也晉陽秋曰裒簡穆有器識故爲彝所目也

何次道嘗送東人瞻望見賈寗在後輪中曰此人不死終爲諸侯上客晉陽秋曰寗字建寗長樂人賈氏孼子也初自結於王應諸葛瑤應敗浮遊吳會吳人咸侮辱之聞京師亂馳出投蘇峻峻甚暱之以爲謀主及峻聞義軍起自姑孰屯于石頭是寗之計峻敗先降仕至新安太守

杜弘治墓崩哀容不稱庾公顧謂諸客曰弘治至羸不可以致哀晉陽秋曰杜乂字弘治京兆人祖預父錫有譽前朝乂少有令名仕丹陽丞蚤卒成帝納乂女爲后又曰弘治哭不可哀

世稱庾文康爲豐年玉穉恭爲荒年穀庾家論云是文康稱恭

○匡。
○目。
○主簿请讳。

爲荒年穀庾長仁爲豐年玉謂亮有廊廟之器翼有匡世之才各有用也

世目杜弘治標鮮季野穆少江左名士傳曰又淸標令上也

有人目杜弘治標鮮淸令盛德之風可樂詠也語林曰有人目杜弘治標鮮甚淸令初若熙怡容無韻盛德之風可樂詠也

庾公云逸少國擧故庾倪爲碑文云拔萃國擧倪庾倩小字也徐廣晉紀曰倩字少彥司空冰子皇后兄也有才具仕至太宰長史桓温以其宗彊使下邳王晃誣與謀反而誅之

庾穉恭與桓温書稱劉道生日夕在事大小殊快義懷通樂旣佳且足作友正實良器推此與君同濟艱不者也宋明帝文章志曰劉恢字道生沛國人識局明濟有文武才王濛每稱其思理淹通蕃屛之高選爲車騎司馬年三十六卒贈前將軍

王藍田拜揚州主簿請諱教云亡祖先君名播海內遠近所知內諱不出於外禮記曰婦人之諱不出門餘無所諱

譎中郎孫丞公婦父劉尹在撫軍坐時擬爲太常劉尹云譎祖周不知便可作三公不自此以還無所不堪晉百官名曰譎綸字祖周樂安人劉謙之晉紀曰綸有才學善三禮歷常侍國子博士

謝太傅未冠始出西詣王長史清言良久去後苟子問曰王濛子修並已見向客何如尊長史曰向客亹亹爲來逼人

王右軍語劉尹故當共推安石劉尹曰若安石東山志立當與天下共推之續晉陽秋曰初安家於會稽上虞縣優遊山林六七年間徵召不至雖彈奏相屬繼以禁錮而晏然不屑也

謝公稱藍田掇皮皆眞徐廣晉紀曰述貞審眞意不顯

桓溫行經王敦墓邊過望之云可兒可兒孫綽與庾亮牋曰王敦可人之目數十年間也

○出西。
○尊。
○间。
○王叔珉补正：犹言『举体皆真』也。『举体』犹『通体』。排调篇范启与郗嘉宾书，『举体』与『掇皮』互用，明其义相同。
○可儿。

殷中軍道王右軍云逸少清貴人吾於之甚至一時無所後文章志曰羲之高爽有風氣不類常流也

王仲祖稱殷淵源非以長勝人處長亦勝人晉陽秋曰浩善以通和接物也

王司州與殷中軍語歎云己之府奧蚤已傾寫而見殷陳勢浩汗眾源未可得測徐廣晉紀曰浩清言妙辯玄致當時名流皆爲其美譽

王長史謂林公眞長可謂金玉滿堂林公曰金玉滿堂復何爲簡選王曰非爲簡選直致言處自寡耳謂吉人之辭寡非擇言而出也

王長史道江道羣人可應有乃不必有人可應無己必無中興書曰江灌字道羣陳留人僕射彪從弟也有才器與從兄道名相亞仕尚書中護軍

會稽孔沈魏顗虞球虞存謝奉並是四族之儁于時之桀沈存顗奉並別見虞氏譜曰球字和琳會稽餘姚人祖授吳廣州刺史父基右軍司馬球仕至黃門侍郎孫興公目之曰

○风领。
○省率治除。
○日译：無駄なおざり気なくきれいさっぱりしている。

沈爲孔家金顗爲魏家玉虞爲長琳宗謝爲弘道伏（長琳卽存及球字也弘道謝奉字也言虞氏宗長琳之才謝氏伏弘道之美也）

王仲祖劉眞長造殷中軍談談竟俱載去劉謂王曰淵源眞可王曰卿故墮其雲霧中（中興書曰浩能言理談論精微長於老易故風流者皆宗歸之）

劉尹每稱王長史云性至通而自然有節（濛別傳曰濛之交物虛己納善恕而後行希見其喜慍之色凡與一面莫不敬而愛之然少孤事諸母甚謹篤義穆族不修小潔以淸貧見稱）

王右軍道謝萬石在林澤中爲自遒上歎林公器朗神儁（支遁別傳曰遁任心獨往風期高亮）道祖士少風領毛骨恐沒世不復見如此人道劉眞長標雲柯而不扶疎（劉尹別傳曰惔旣令望姻婭帝室故屢居達官然性不偶俗心淡榮利雖身登顯列而每挹降闃靜自守而已）

簡文目庾赤玉省率治除謝仁祖云庾赤玉胷中無宿物（赤玉庾統）

○宋本无。

宋本无

小字中興書曰統字長仁潁川人衛將軍擇子也少有令名仕至尋陽太守

殷中軍道韓太常曰康伯少自標置居然是出羣器及其發言遣辭往往有情致續晉陽秋曰康伯清和有思理幼爲舅殷浩所稱

簡文道王懷祖才既不長於榮利又不淡直以眞率少許便足對人多多許晉陽秋曰述少貧約簞瓢陋巷不求聞達由是爲有識所重

林公謂王右軍「云」長史作數百語無非德音如恨不苦苦謂窮人以辭王曰長史自不欲苦物

殷中軍與人書道謝萬文理轉遒成殊不易中興書曰萬才器儁秀善自衒曜故致有時譽兼善屬文能談論時人稱之

王長史云江思悛思懷所通不翅儒域徐廣晉紀曰江惇字思悛陳留人僕射彪弟也性篤學手不釋書博覽墳典儒道兼綜徵聘無所就年四十九而卒

○出都。
○王承、王应皆字安期。

出都

王承王应皆字安期

許玄度送母始出都人問劉尹玄度定稱所聞不劉曰才情過於所聞許氏譜曰玄度母華軼女也按詢集詢出都迎姊於路賦詩續晉陽秋亦然而此言送母疑繆矣

阮光祿云王家有三年少右軍安期長豫阮裕王悅安期王應並已見

謝公道豫章若遇七賢必自把臂入林江左名士傳曰鯤通簡有識不修威儀好迹逸而心整形濁而言清居身若穢動不累高隣家有女嘗往挑之女方織以梭投折其兩齒既歸傲然長嘯曰猶不廢我嘯歌其不事形骸如此

王長史歎林公尋微之功不減輔嗣支遁別傳曰遁神心警悟清識玄遠嘗至京師王仲祖稱其造微之功不異王弼

殷淵源在墓所幾十年于時朝野以擬管葛起不起以卜江左興亡續晉陽秋曰時穆帝幼沖母后臨朝簡文親賢民望任登宰輔桓温有平蜀洛之勳擅彊西陝帝自料文弱無以抗之陳郡殷浩素有盛名時論比之管葛故徵浩爲揚州温知意在抗己甚忿焉

○平。

平

殷中軍道右軍清鑒貴要晉安帝紀曰羲之風骨清舉也

謝太傅爲桓公司馬續晉陽秋曰初安優遊山水以敷文析理自娛桓溫在西蕃欽其盛名諷朝廷請爲司馬以世道未夷志存匡濟年四十起家應務也桓詣謝值謝梳頭遽取衣幘桓公云何煩此因下共語至暝既去謂左右曰頗曾見如此人不

謝公作宣武司馬屬門生數十人於田曹中郎趙悅子伏滔大司馬寮屬名曰悅字悅子下邳人歷大司馬參軍左衞將軍悅子以告宣武宣武云且爲用半趙俄而悉用之曰昔安石在東山縉紳敦逼恐不豫人事況今自鄉選反違之邪

桓宣武表云謝尚神懷挺率少致民譽溫集載其下洛表曰今中州既平宜時綏定鎭西將軍豫州刺史尚神懷挺率少致人譽是以入贊百揆出蕃方司宜進據洛陽撫寧黎庶謂可本官都督司州諸軍事

世目謝尚爲令達阮遙集云清暢似達或云尚自然令上晉陽秋曰

尚平易挺達超悟令上也

桓大司馬病謝公往省病從東門入温時在姑孰桓公遥望歎曰吾門中久不見如此人

簡文目敬豫爲朗豫王恬已見文字志曰恬識理明貴爲後進冠冕也

孫興公爲庾公參軍共遊白石山衛君長在坐衛氏譜曰承字君長成陽人位至左軍長史孫曰此子神情都不關山水而能作文庾公曰衛風韻雖不及卿諸人傾倒處亦不近孫遂沐浴此言

王右軍目陳玄伯壘塊有正骨陳泰已見

王長史云劉尹知我勝我自知濛別傳曰濛與沛國劉惔齊名時人以濛比袁曜卿惔比荀奉倩而共交友甚相知賞也

王劉聽林公講王語劉曰向高坐者故是凶物復東聽王又曰

○沐浴，日译：心服した。
○下『谢车骑问谢公』条注引语林，『便沐浴为论兄辈』，日译亦作『心服』。左传僖廿四年有『沐则心覆』语。
○皇甫谧三都赋序：『各沐浴所闻，家自以为我土乐，人自以为我民良。』
○弘明集十二范泰与生观二法师书：『提婆始来，义观之徒莫不沐浴僟仰。』

自是鉢釪後王何人也 高逸沙門傳曰王濛恆尋遁遇祇洹寺中講正在高坐上每舉塵尾常領數百言而情理俱暢預坐百餘人皆結舌注耳濛云聽講衆僧向高坐者是鉢釪後王何人也

許玄度言琴賦所謂非至精者不能與之析理劉尹其人非淵靜者不能與之閑止簡文其人 嵇叔夜琴賦也劉惔眞長丹陽尹

魏隱兄弟少有學義 魏氏譜曰隱字安時會稽上虞人歷義興太守御史中丞弟遐黃門郎 總角詣謝奉奉與語大說之曰大宗雖衰魏氏已復有人

簡文云淵源語不超詣簡至然經綸思尋處故有局陳

初法汰北來未知名 車頻秦書曰釋道安爲慕容晉所掠欲投襄陽行至新野集衆議曰今遭凶年不依國主則法事難舉乃分僧衆使竺法汰詣楊州曰彼多君子上勝可投法汰遂渡江至楊土焉 王領軍供養之 中興書曰王洽字敬和丞相導第三子累遷吳郡內史爲士民所懷徵拜中領軍尋加中書令不拜年二十六而卒 每與周旋行來往名勝許輒與俱不得汰便停車不行因此名遂重

世說新語卷中之下　十七

○日译：筋目だって思慮を重ねる点ではもとより周到な配慮がある。
○俊。
○仍。
○周旋。

名德沙門題目曰法汰高亮開達孫綽爲汰贊曰凄風拂林明泉映壑爽爽法汰校德無怍事外瀟灑神內恢廓實從前起名隨後躍泰元起居注曰法汰以十二卒烈宗詔曰法汰師喪逝哀痛傷懷可贈錢十萬

王長史與大司馬書道淵源識致安處足副時談

謝公云劉尹語審細孫綽爲惔誄敘曰神猶淵鏡言必珠玉

桓公語嘉賓阿源有德有言向使作令僕足以儀刑百揆朝廷用違其才耳嘉賓郗超小字也阿源殷浩也

簡文語嘉賓劉尹語末後亦小異回復其言亦乃無過

孫興公許玄度共往白樓亭會稽記曰亭在山陰臨流映壑也共商略先往名達林公既非所關聽訖云二賢故自有才情

王右軍道東陽我家阿林章清太出林應爲臨王氏譜曰臨之字仲產琅邪人僕射彪之子仕至東陽太守

○宋本作『以十五年卒』。
○诔。
○回。

○易系辞上：『触类长之』。日译：何事につけても易の理を展開する。
○乐托。

王長史與劉尹書道淵源觸事長易

謝中郎云王修載樂託之性出自門風王氏譜曰耆之字修載琅邪人荆州刺史廙第三子歷中書郎鄱陽太守給事中

林公云王敬仁是超悟人文字志曰脩之少有秀令之稱

劉尹先推謝鎮西謝後雅重劉曰昔嘗北面按謝尚年長於惔神穎夙彰而曰北面於劉非可信

謝太傅稱王修齡曰司州可與林澤遊王胡之別傳曰胡之常遺世務以高尚為情與謝安相善也

諺曰楊州獨步王文度後來出人郗嘉賓續晉陽秋曰超少有才氣越世負俗不循常檢時人為一代盛譽者語曰大才槃槃謝家安江東獨步王文度盛德日新郗嘉賓其語小異故詳錄焉

人問王長史江虨兄弟羣從王答曰諸江皆復足自生活虨及弟淌

○稚。
○日译：談論がいい所にくるといっぺんに問題を解決してしまう。
○傲。
○目。

從灌並有德行知名於世

謝太傅道安北見之乃不使人厭然出戶去不復使人思安北王坦之也續晉陽秋曰謝安初攜幼穉同好養志海濱襟情超暢尤好聲律然抑之以禮在哀能至弟萬之喪不聽絲竹者將十年及輔政而修室第園館麗車服雖朞功之慘不廢妓樂王坦之因苦諫焉按謝公蓋以王坦之好直言故不思爾

謝公云司州造勝遍決宋明帝文章志曰胡之性簡好達玄言也

劉尹云見何次道飲酒使人欲傾家釀充飲酒能溫克

謝太傅語眞長阿齡於此事故欲太厲修齡王胡之小字也劉曰亦名士之高操者胡之別傳曰胡之治身清約以風操自居

王子猷說世目士少爲朗我家亦以爲徹朗晉諸公贊曰祖約少有清稱

謝公云長史語甚不多可謂有令音王濛別傳曰濛性和暢能清言談道貴理中簡而有會商略古賢顯默之際辭旨劭令往往有高致

○朾。

○宋本『阮千里』以下另为一条。

○姨兄弟，日译『相婿』。

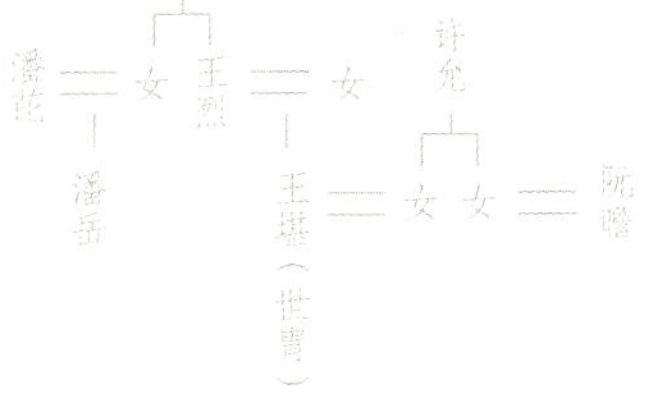

朾

宋本阮千里以下另为一条

姨兄弟日译相婿

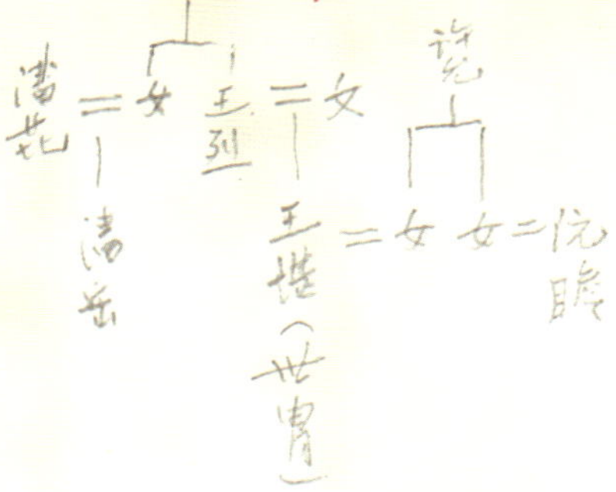

謝鎮西道敬仁文學鏃鏃無能不新語林曰敬仁有異才時賢皆重之王右軍在郡迎敬仁叔仁輒同車常惡其遲後以馬迎敬仁雖復風雨亦不以車也

劉尹道江道羣不能言而能不言江灌已見

林公云見司州警悟交至使人不得住亦終日忘疲王胡之別傳曰胡之少有風尚才器率舉有秀悟之稱

世稱苟子秀出阿興清和苟子已見阿興王蘊小字

簡文云劉尹茗柯有實理柯一作打又作仃又作打

謝胡兒作著作郎嘗作王堪傳晉諸公贊曰堪字世胄東平壽張人少以高亮義正稱爲尚書左丞有準繩操爲石勒所害贈太尉不諳堪是何似人咨謝公謝公答曰世胄亦被遇堪烈之子晉諸公贊曰烈字陽秀蚤知名魏朝爲治書御史阮千里姨兄弟潘安仁中外安仁詩所謂子親伊姑我父唯舅是許允壻岳集曰堪爲成都王

軍司馬岳送至北邙別作詩曰微微髮膚受之父母峩峩王侯中外之首子親伊姑我父唯舅

謝太傅重鄧僕射常言天地無知使伯道無兒晉陽秋曰鄧攸既棄子遂無復繼嗣爲有識傷惜

謝公與王右軍書曰敬和棲託好佳中興書曰洽於公子中最知名與潁川荀羡俱有美稱

吴四姓舊目云張文朱武陸忠顧厚吴錄士林曰吴郡有顧陸朱張爲四姓三國之間四姓盛焉

謝公語王孝伯君家藍田舉體無常人事按述雖簡而性不寬裕投火怒蠅方之未甚若非太傅虛相褒飾則世說謬設斯語也

許掾嘗詣簡文爾夜風恬月朗乃共作曲室中語襟懷之詠偏是許之所長辭寄清婉有逾平日簡文雖契素此遇尤相咨嗟

○旧目。
○张文、朱武、陆忠、顾厚。
○田。
○『投火』见左定三年邾子。『怒蝇』见三国志十五梁习传注引魏略王思。

○出都。
○开美，日译『启发』。
○袁生开美度。
○此家。
○沐浴。

出都
开美 日译 启发
袁生开美度
此家
沐浴

不覺造郗共叉手語達于將旦既而曰玄度才情故未易多有許續晉陽秋曰詢能言理曾出都迎姊簡文皇帝劉真長說其情旨及襟懷之詠每造郗賞對夜以繫日

殷允出西郗超與袁虎書云子思求良朋託好足下勿以開美求之中興書曰允字子思陳郡人太常康第六子恭素謙退有儒者之風歷吏部尚書 世目袁爲開美故子敬詩曰袁生開美度

謝車騎問謝公眞長性至峭何足乃重答曰是不見耳阿見子敬尚使人不能已語林曰羊驎因酒醉撫謝左軍謂太傅曰此家詎復後鎮西太傅曰汝阿見子敬便沐浴爲論兄輩推此言意則安以玄不見眞長故不重耳見子敬尚重之况眞長乎

謝公領中書監王東亭有事應同上省王後至坐促王謝雖不通太傅猶斂郗容之王謝不通事別見 王神意閑暢謝公傾目還謂劉夫人曰向見阿瓜故自未易有按王詢小字法護而此言阿瓜未爲可解儻小名有兩耳 雖

不相關正是使人不能已已

王子敬語謝公公故蕭灑謝曰身不蕭灑君道身最得身正自調暢 續晉陽秋曰安弘雅有氣風神調暢也

謝車騎初見王文度曰見文度雖蕭灑相遇其復愔愔竟夕

范豫章謂王荊州 范甯王忱並已見 卿風流儁望眞後來之秀王曰不有此舅焉有此甥

子敬與子猷書道兄伯蕭索寡會遇酒則酣暢忘反乃自可矜

張天錫世雄涼州以力弱詣京師雖遠方殊類亦邊人之桀也 天錫已見 聞皇京多才欽羨彌至猶在渚住司馬著作往詣之 未詳 言容鄙陋無可觀聽天錫心甚悔來以遐外可以自固王彌有儁才美譽當時聞而造焉 續晉陽秋曰珉風情秀發才辭富贍 既至天錫見其風神

自

兄伯或指凝之

○自。
○兄伯或指凝之。

○用。○嗔。○京口射堂。○目。○目。○直。○亢。

用 嗔 京口射堂 目 目 直 亢

淸令言話如流陳說古今無不貫悉又諳人物氏族中來皆有證據天錫訝服

王恭始與王建武甚有情後遇袁悅之間遂致疑隙晉安帝紀曰初忱與族子恭少相善齊聲見稱及並登朝俱爲主相所待內外始有不咸之論恭獨深憂之乃告忱曰悠悠之論頗有異同當由驟騎簡於朝覲故也將無從容切言之邪若主相諧睦吾徒得戮力明時復何憂哉忱以爲然而慮弗見令乃令袁悅具言之悅每欲間恭乃於王坐責讓恭曰卿何妄生同異疑誤朝野其言切厲恭雖惋悵謂忱爲搆已也忱雖心不負恭而無以自亮於是情好大離而怨隙成矣然每至興會故有相思時恭嘗行散至京口射堂于時淸露晨流新桐初引恭目之曰王大故自濯濯

司馬太傅爲二王目曰孝伯亭亭直上阿大羅羅淸疎恭正亮忱烈忱通朗誕放

王恭有淸辭簡旨能敘說而讀書少頗有重出中興書曰恭雖才不多而淸辯

過人

有人道孝伯常有新意不覺爲煩

殷仲堪喪後桓玄問仲文卿家仲堪定是何似人仲文曰雖不能休明一世足以映徹九泉續晉陽秋曰仲堪仲文之從兄也少有美譽

品藻第九

汝南陳仲舉潁川李元禮二人共論其功德不能定先後蔡伯喈續漢書曰蔡伯喈陳留圉人通達有儁才博學善屬文伎藝術數無不精綜仕至左中郎將爲王允所誅評之曰陳仲舉彊於犯上李元禮嚴於攝下犯上難攝下易張璠漢紀曰時人爲之語曰不畏彊禦陳仲舉天下模楷李元禮仲舉遂在三君之下謝沈漢書曰三君者一時之所貴也竇武劉淑陳蕃少有高操海內尊而稱之故得因以爲目元禮居八俊之上薛瑩漢書曰李膺王暢荀緄朱寓魏朗劉佑杜楷趙典爲八俊英雄記曰先是張儉等相與作衣冠糺彈彈中人相調言我彈中誠有八俊八乂猶古之八元八凱也謝沈書曰俊者卓出之名也姚信士緯曰陳仲舉體氣高烈有王臣之節李元禮忠壯正直有社稷之能海內論之未

決蔡伯喈抑一言以變之疑論乃定也

龐士元至吳吳人並友之蜀志曰周瑜領南郡士元爲功曹瑜卒士元送喪至吳吳人多聞其名及當還西並會閶門與士元言見陸績文士傳曰績字公紀幼有儁朗才數博學多通龐士元年長於績共爲交友仕至鬱林太守自知亡日年三十二而卒顧劭全琮環濟吳紀曰琮字子黄吳郡錢塘人有德行義概爲大司馬而爲之目曰陸子所謂駑馬有逸足之用顧子所謂駑牛可以負重致遠或問如所目陸爲勝邪曰駑馬雖精速能致一人耳駑牛一日行百里所致豈一人哉吳人無以難全子好聲名似汝南樊子昭蔣濟萬機論曰許子將褒貶不平以拔樊子昭而抑許文休劉曄難曰子昭拔自賈豎年至七十退能守靜進不苟競濟答曰子昭誠自幼至長容貌完潔然觀其插齒牙樹頰頦吐脣吻自非文休之敵

顧劭嘗與龐士元宿語問曰聞子名知人吾與足下孰愈曰陶冶世俗與時浮沈吾不如子吳志曰劭好樂人倫自州郡庶幾及四方人事往來相見或諷議而

為

〇为。

〇援鹑堂笔记三六：『「庶几」乃谓当时名士，国志多见。如吴志张承传云「凡在庶几之流，无不造门」，及顾邵

去或結友而別風聲流聞遠近稱之論王霸之餘策覽倚仗之要害吾似有一日之長劭亦安其言吳錄曰劭安其言更親之

諸葛瑾弟亮及從弟誕吳書曰瑾字子瑜其先葛氏琅邪諸縣人後徙陽都陽都先有姓葛者時人謂之諸葛因爲氏瑾少以至孝稱累遷豫州牧六十八卒魏志曰誕字公休爲吏部郎人有所屬託輒顯其言而亟用之後有當不則公議其得失以爲褒貶自是羣寮莫不慎其所舉累遷揚州刺史鎮東將軍司空謀逆伏誅並有盛名各在一國于時以爲蜀得其龍吳得其虎魏得其狗誕在魏與夏侯玄齊名瑾在吳吳朝服其弘量吳書曰瑾避亂渡江大皇帝取爲長史遣使蜀但與弟亮公會相見反無私面而又有容貌思度時人服其弘量

司馬文王問武陔陳玄伯何如其父司空陔曰通雅博暢能以天下聲教爲己任者不如也明練簡至立功立事過之魏志曰陔與泰善故文王問之

傳，州郡庶几云云。又王羲之誓墓文：母兄鞠育，得漸庶几。

伏

得失

宋本司空作以其

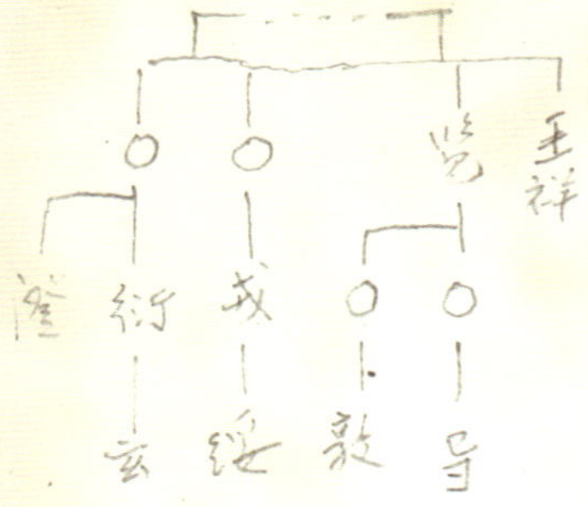

傳，「州郡庶几」云云。又王羲之誓墓文：「母兄鞠育，得漸庶几。」

○伏。

○得失。

○宋本『司空』作『以其』。

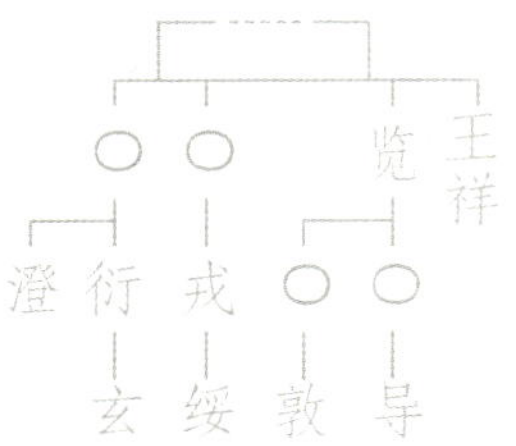

○名。

荀淑
爽　靖　○——彧——顗

陈寔
谌　纪——群——泰

徽　○
绰　楷　康　○　○
遐　瓒　邈　頠

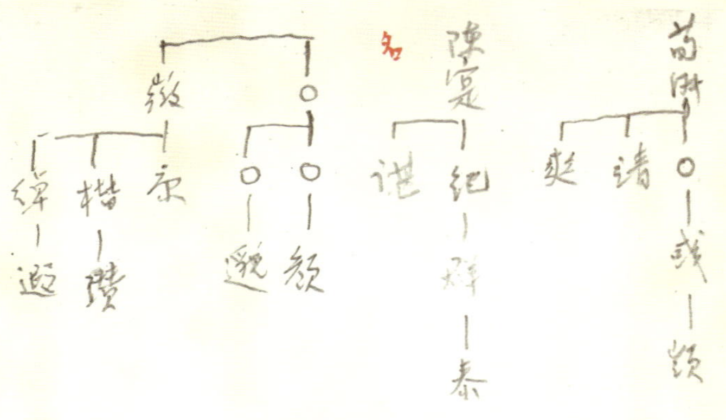

正始中人士比論以五荀方五陳荀淑方陳寔荀靖方陳諶逸上傳曰靖字叔慈潁川人有儁才以孝著名兄弟八人號八龍隱身修學動止合禮弟爽亦有才學顯名當世或問汝南許章爽與靖孰賢章曰二人皆玉也慈明外朗叔慈內潤太尉辟不就年五十終時人惜之號玄行先生荀爽方陳紀荀彧方陳羣典略曰彧字文若潁川人爲漢侍中守尚書令彧爲人英偉折節待士坐不累席其在臺閣不以私欲撓意年五十薨謚曰敬侯以其德高追贈太尉荀顗方陳泰晉諸公贊曰顗字景倩彧之子蹈禮立德思義溫雅加深識國體累遷光祿大夫晉受禪封臨淮公典朝儀刊正國式爲一代之制轉太尉爲台輔德望清重晉心禮教卒謚康公又以八裴方八王裴徽方王祥裴楷方王夷甫裴康方王綏晉百官名曰康字仲豫徽之子晉諸公贊曰楷有弘量歷太子左率裴綽方王澄王朝目錄曰綽字仲舒楷弟也名亞於楷歷中書黃門侍郎裴瓚方王敦晉諸公贊曰瓚字國寶楷之子才氣爽儁終中書郎裴遐方王導裴頠方王戎裴邈方王玄

冀州刺史楊淮二子喬與髦俱總角爲成器淮與裴頠樂廣友

〇檢不匝

〇鮮。

檢不匝

鮮

善遺見之頗性弘方愛喬之有高韻謂淮曰喬當及卿髦小減也廣性清湻愛髦之有神檢謂淮曰喬自及卿然髦尤精出淮笑曰我二兒之優劣乃裴樂之優劣論者評之以爲喬雖高韻而檢不匝樂言爲得然並爲後出之儁荀綽冀州記曰喬字國彥爽朗有遠意髦字士彥清平有貴識並爲後出之儁爲裴頠樂廣所重晉諸公贊曰喬似淮而疎皆爲二千石髦爲石勒所害

劉令言始入洛劉氏譜曰納字令言彭城叢亭人祖瑾樂安長父虔魏洛陽令納歷司隸校尉見諸名士而歎曰王夷甫太解明樂彥輔我所敬張茂先我所不解周弘武巧於用短王隱晉書曰周恢字弘武汝南人祖斐永寧少府父隆州從事恢仕至秦相秩中二千石杜方叔拙於用長晉諸公贊曰杜育字方叔襄城鄧陵人杜襲孫也育幼便岐嶷號神童及長美風姿有才藻時人號曰杜聖累遷國子祭酒洛陽將沒爲賊所殺

王夷甫云閭丘沖荀綽兗州記曰沖字賓卿高平人家世二千石沖清平有鑒識博學有文義累遷太傅長

○以。

史雖不能立功盖世然闕義不惑當世莅事務於平允操持文案必引經誥飾以文采未嘗有滯性尤通達不矜不假好音樂侍婢在側不釋弦管出入乘四望車居之甚夷不能虧損恭素之行淡然肆其心志論者不以爲侈不以爲僭至於白首而清名令望不渝於始爲光祿勳京邑未潰乘車出爲賊所害時人皆痛惜之

優於滿奮郝隆晉諸公贊曰隆字弘始高平人爲人通亮清識爲吏部郎楊州刺史齊王冏起義隆應檄稽留爲參軍王邃所殺此三人並是高才沖最先達兗州記曰于時高平人士偶盛滿奮郝隆在沖前名位已顯而劉寶王夷甫猶以沖之虛貴足先二人

王夷甫以王東海比樂令江左名士傳曰承言理辯物但明其旨要不爲辭費有識伏其約而能通太尉王夷甫一世龍門見而雅重之以比南陽樂廣故王中郎作碑云當時標榜爲樂廣之儷

庾中郎與王平子鴈行晉陽秋曰初王澄有通朗稱而輕薄無行兄夷甫有盛名時人許以人倫鑒識常爲天下士目曰阿平第一子嵩第二處仲第三數以澄敦莫己若也及澄喪敦敗數世譽如初

王大將軍在西朝時見周侯輒扇障面不得住敦性彊梁自少及長季倫斬妓會無異色若斯傲狠豈憚於周顗乎其言不然也後度江左不能復爾王歎曰不知我進伯仁退沈約晉書曰周顗王敦素憚之見輒面熱雖復臘月亦扇面不休其憚如此

會稽虞騤元皇時與桓宣武同俠其人有才理勝望虞光祿傳曰騤字思行會稽餘姚人虞翻曾孫右光祿潭兄子也雖機榦不及潭而至行過之歷吏部郎吳興守徵爲金紫光祿大夫卒王丞相嘗謂騤曰孔愉有公才而無公望丁潭有公望而無公才愉已見會稽後賢記曰潭字世康山陰人吳司徒固曾孫也沈婉有雅望少與孔愉齊名仕至光祿大夫晉陽秋曰孔敬康丁世康張偉康俱著名時謂會稽三康偉康名茂嘗夢得大象以問萬雅雅曰君當爲大郡而不善也象大獸也取其音狩故爲大郡然象以齒喪身後爲吳郡果爲沈充所殺兼之者其在卿乎騤未達而喪虞光祿傳曰騤未登台鼎時論稱屈

明帝問周伯仁卿自謂何如郗鑒周曰鑒方臣如有功夫復問

○『西朝』即洛阳，又见下『刘丹阳、王长史在瓦官寺集』条，『黜免篇』『诸葛厷在西朝少有清誉』条。

○曾。

○日译本谓『侠』当作『傺』。

晋书七六虞騤传言与谯国桓彝俱为吏部郎，『宣武』或『宣城』之误。

○功夫。

○闻。
○母。
○汉书叙传：“一壑渔钓，则万物不奸其志；一丘栖迟，则天下不易其乐。”

闻　毋

郗郗曰周顗比臣有國士門風鄧粲晉紀曰伯仁清正嶷然以德望稱之

王大將軍下庾公問卿有四友何者是答曰君家中郎我家太尉阿平胡毋彥國八王故事曰胡毋輔之少有雅俗鑒識與王澄庾敳王敦王夷甫爲四友今故答也阿平故當最劣庾曰似未肯劣庾又問何者居其右王曰自有人又問何者是王曰噫其自有公論左右躡公公乃止敦自謂右者在己也

人問丞相周侯何如和嶠答曰長輿嵯櫱虞預晉書曰嶠厚自封植嶷然不羣

明帝問謝鯤君自謂何如庾亮答曰端委廟堂使百僚準則臣不如亮一丘一壑自謂過之晉陽秋曰鯤隨王敦下入朝見太子於東宮語及夕太子從容問鯤曰論者以君方庾亮自謂孰愈對曰宗廟之美百官之富臣不如亮縱意丘壑自謂過之鄧粲晉紀曰鯤與王澄之徒慕竹林諸人散首披髮裸袒箕踞謂之八達故鄰家之女折其兩齒世爲謠曰任達不已幼輿折齒鯤有勝情遠槪爲朝廷之望故時以庾亮方焉

王丞相二弟不過江曰穎曰敞時論以穎比鄧伯道敞比温忠武議郎祭酒者也王氏譜曰穎字茂英位至議郎年二十卒敞字茂平丞相祭酒不就襲爵堂邑公年二十有二而卒

明帝問周侯論者以卿比郗鑒云何周曰陛下不須牽顗比按顗死彌年明帝乃即位世說此言妄矣

王丞相云頃下論以我比安期千里亦推此二人唯共推太尉此君特秀晉諸公贊曰夷甫性矜峻少爲同志所推

宋禕曾爲王大將軍妾後屬謝鎮西鎮西問禕我何如王答曰王比使君田舍貴人耳鎮西妖冶故也未詳宋禕

明帝問周伯仁卿自謂何如庾元規對曰蕭條方外亮不如臣從容廊廟臣不如亮按諸書皆以謝鯤比亮不聞周顗

此有誤

艺文类聚四四笛条谓：宋祎，石崇之妓绿珠弟子，入晋明帝宫中，后以赐阮遥集。又见初学记十六、陆龟蒙小名录上。

王丞　阮瞻

○疑有误。

○艺文类聚四四笛条谓：宋祎，石崇之妓绿珠弟子，入晋明帝宫中，后以赐阮遥集。又见初学记十六、陆龟蒙小名录上。

〇宋本作『旷然』。
〇三反。

王丞相辟王藍田爲掾庾公問丞相藍田何似王曰眞獨簡貴不減父祖然曠澹處故當不如爾（王述狷隘故也）

卞望之云郗公體中有三反方於事上好下佞己一反治身清貞大修計校二反自好讀書憎人學問三反（按太尉劉寔論王肅方於事上好下佞己性嗜榮貴不求苟合治身不穢尤惜財物王郗志性儻亦同乎）

世論温太眞是過江第二流之高者時名輩共説人物第一將盡之間温常失色（温氏譜序曰晉大夫郤至封於温子孫因氏居太原祁縣爲郡著姓）

王丞相云見謝仁祖恒令人得上與何次道語唯舉手指地曰正自爾馨（前篇及諸書皆云王公重何充謂必代己相而此章以手指地意如輕詆或清言析理何不逮謝故邪）

何次道爲宰相人有譏其信任不得其人（晉陽秋曰充所暱庸雜以此損名）阮思曠慨然曰次道自不至此但布衣超居宰相之位可恨唯此

一條而已語林曰阮光祿聞何次道爲宰相歎曰我當何處生活此則阮未許何爲鼎輔二說便相符也

王右軍少時丞相云逸少何緣復減萬安邪劉綏已見

郗司空家有傖奴知及文章事事有意王右軍向劉尹稱之劉問何如方回郗愔別傳曰愔字方回高平金鄉人太宰鑒長子也淵靖純素無執無競簡私暱罕交遊歷會稽內史侍中司徒　王曰此正小人有意向耳何得便比方回劉曰若不如方回故是常奴耳

時人道阮思曠骨氣不及右軍簡秀不如真長韶潤不如仲祖思致不如淵源而兼有諸人之美中興書曰裕以人不須廣學正應以禮讓爲先故終日頹然無所修綜而物自宗之

簡文云何平叔巧累於理嵇叔夜儁傷其道理本眞率巧則乖其致道唯虛澹儁則違其宗所以二子不免也

○司徒当是司空，见晋书六七本传。

○嵇。

時人共論晉武帝出齊王之與立惠帝其失孰多晉陽秋曰齊王攸字大猷文帝第二子孝敬忠肅清和平允親賢下士仁惠好施能屬文善尺牘初荀勖馮紞爲武帝親幸攸惡勖之佞勖懼攸或嗣立必誅己且攸甚得衆心朝賢景附會帝有疾攸及皇太子入問訊朝士皆屬目於攸而不在太子至是勖從容曰陛下萬年後太子不得立也帝曰何故勖曰百寮內外皆歸心於齊王太子安得立乎陛下試詔齊王歸國必舉朝謂之不可若然則臣言徵矣侍中馮紞又曰陛下必欲建諸侯成五等宜從親親莫若齊王帝從之於是下詔使攸之國攸聞勖紞間己憂忿不知所爲入辭出歐血薨帝哭之慟馮紞侍曰齊王名過其實而天下歸之今自薨殞陛下何哀之甚帝乃止劉毅聞之故終身稱疾焉多謂立惠帝爲重桓温曰不然使子繼父業弟承家祀有何不可武帝兆禍亂覆神州在斯而已輿隸且知其若此況宣武之弘儁乎此言非也

入問殷淵源當世王公以卿比裴叔道云何殷曰故當以識通暗處遐與浩並能清言

撫軍問殷浩卿定何如裴逸民良久荅曰故當勝耳

桓公少與殷侯齊名常有競心桓問殷卿何如我殷云我與我周旋久寍作我

撫軍問孫興公劉眞長何如曰清蔚簡令王仲祖何如曰温潤恬和徐廣晉紀曰凡稱風流者皆舉王劉爲宗焉桓温何如曰高爽邁出謝仁祖何如曰清易令達阮思曠何如曰弘潤通長袁羊何如曰洮洮清便殷洪遠何如曰遠有致思卿自謂何如曰下官才能所經悉不如諸賢至於斟酌時宜籠罩當世亦多所不及然以不才時復託懷玄勝遠詠老莊蕭條高寄不與時務經懷自謂此心無所與讓也

桓大司馬下都問眞長曰聞會稽王語奇進爾邪桓温別傳曰興寍九年以温克復舊京肅靜華夏進都督中外諸軍事侍中大司馬加黃鉞使人參朝政劉曰極進然故是第二

○周旋。

流中人耳桓曰第一流復是誰劉曰正是我輩耳

殷侯既廢桓公語諸人曰少時與淵源共騎竹馬我棄去已輒取之故當出我下續晉陽秋曰簡文輔政引殷浩爲揚州欲以抗桓桓素輕浩未之憚也

人問撫軍殷浩談竟何如答曰不能勝人差可獻酬羣心

簡文云謝安南清令不如其弟安南謝奉也已見謝氏譜曰奉弟聘字弘遠歷侍中廷尉卿學義不及孔巖中興書曰巖字彭祖會稽山陰人父偸黃門侍郎巖有才學歷丹陽尹尚書西陽侯在朝多所匡正爲吳興太守大得民和後卒於家居然自勝言奉任天眞也

未廢海西公時王元琳問桓元子箕子比干迹異心同不審明公孰是孰非曰仁稱不異寧爲管仲論語曰微子去之箕子爲之奴比干諫而死子曰殷有三仁焉子路曰桓公殺公子糾召忽死之管仲不死曰未仁乎子曰桓公九合諸侯一匡天下不以兵車管仲之力如其仁如其仁

劉丹陽王長史在瓦官寺集桓護軍亦在坐桓伊已見共商略西朝及江左人物或問杜弘治何如衛虎桓荅曰弘治膚清衛虎奔奔神令王劉善其言虎衛玠小字玠別傳曰永和中劉眞長謝仁祖共商略中朝人或問杜弘治可方衛洗馬不謝曰安得比其閒可容數人江左名士傳曰劉眞長曰吾請評之弘治膚清叔寶神清論者謂爲知言

劉尹撫王長史背曰阿奴比丞相但有都長阿奴濛小字也都美也司馬相如傳曰閑雅甚都語林曰劉眞長與丞相不相得每曰阿奴比丞相條達清長

劉尹王長史同坐長史酒酣起舞劉尹曰阿奴今日不復減向子期類秀之任率也

桓公問孔西陽安石何如仲文西陽郎孔巖也孔思未對反問公曰何如荅曰安石居然不可陵踐其處故乃勝也

謝公與時賢共賞說遏胡兒並在坐公問李弘度曰卿家平陽

○西朝。
○阿奴。
○『都长』谓体貌都闲，雅性长厚，见文选四七袁宏三国名臣序赞李善注。
○阿奴。
○宋本无。

○尊

尊

何如樂令晉諸公贊曰李重字茂曾江夏鍾武人少以清尙見稱歷吏部郎平陽太守於是李潸然流涕曰趙王篡逆樂令親授璽綬晉陽秋曰趙王倫篡位樂廣與滿奮崔隨進璽綬亡伯雅正恥處亂朝遂至仰藥恐難以相比此自顯於事實非私親之言晉諸公贊曰趙王爲相國取重爲左司馬重以倫將篡辭疾不就敦喻之重不復自治至於篤甚扶曳受拜數日卒時人惜之贈散騎常侍

謝公語胡兒曰有識者果不異人意

王脩齡問王長史我家臨川何如卿家宛陵長史未荅脩齡曰臨川譽貴長史曰宛陵未爲不貴中興書曰義之自會稽王友改授臨川太守王述從驃騎功曹出爲宛陵令述之爲宛陵多脩爲家之具初有勞苦之聲丞相王導使人謂之曰名父之子屈臨小縣甚不宜爾述荅曰足自當止時人未之達也後屢臨州郡無所造作世始歎服之

劉尹至王長史許清言時苟子年十三倚牀邊聽既去問父曰劉尹語何如尊長史曰韶音令辭不如我往輒破的勝我劉惔別傳

○和。
○回。
○蒸，日译：おがら（麻茎）。

曰惔有儁才其談詠虛勝理會所歸王濛略同而敘致過之其詞當也

謝萬壽春敗後簡文問郗超萬自可敗那得乃爾失士卒情超曰伊以率任之性欲區別智勇中興書曰萬之爲豫州氏羌暴掠司豫鮮卑屯結并冀萬既受方任自率眾入潁以援洛陽萬矜豪傲物失士眾之心北中郎郗曇以疾還彭城萬以爲賊盛致退便向還南遂自潰亂狼狽單歸太宗責之廢爲庶人

劉尹謂謝仁祖曰自吾有四友門人加親謂許玄度曰自吾有由惡言不及於耳二人皆受而不恨尚書大傳曰孔子曰文王有四友自吾得回也門人加親是非胥附邪自吾得賜也遠方之士至是非奔走邪自吾得師也前有輝後有光是非先後邪自吾得由也惡言不入於耳是非禦侮邪

世目殷中軍思緯淹通比羊叔子羊祜德高一世才經夷險淵源蒸燭之曜豈喻日月之明也

有人問謝安石王坦之優劣於桓公桓公停欲言中悔曰卿喜傳人語不能復語卿

王中郎嘗問劉長沙曰我何如苟子（大司馬官屬名曰劉奭字文時彭城人劉氏譜曰奭祖烜彭城內史父濟臨海令奭歷車騎咨議長沙相散騎常侍）劉荅曰卿才乃當不勝苟子然會名處多王笑曰癡

支道林問孫興公君何如許掾孫曰高情遠致弟子蚤已服膺一吟一詠許將北面

王右軍問許玄度卿自言何如安石許未荅王因曰安石故相爲雄阿萬當裂眼爭邪（中興書曰萬器量不及安石雖居藩任安在私門之時名稱居萬上也）

劉尹云人言江虨田舍江乃自田宅屯（謂能多出有也）

謝公云金谷中蘇紹最勝紹是石崇姊夫蘇則孫愉子也（石崇金谷

○与。
○日译：江はどうして豊かな莊園の主なのだ。

○土窟当即窑洞。
○目。

詩敘曰余以元康六年從太僕卿出爲使持節監青徐諸軍事征虜將軍有別廬在河南縣界金谷澗中或高或下有淸泉茂林衆果竹柏藥草之屬莫不畢備又有水碓魚池土窟其爲娛目歡心之物備矣時征西大將軍祭酒王詡當還長安余與衆賢共送往澗中晝夜遊宴屢遷其坐或登高臨下或列坐水濱時琴瑟笙筑合載車中道路並作及住令與鼓吹遞奏遂各賦詩以敘中懷或不能者罰酒三斗感性命之不永懼凋落之無期故具列時人官號姓名年紀又寫詩箸後後之好事者其覽之哉凡三十人吳王師議郎關中侯始平武功蘇紹字世嗣年五十爲首魏書曰蘇則字文師扶風武功人剛直疾惡常慕汲黯之爲人仕至侍中河東相晉百官名曰愉字休豫則次子山濤啓事曰愉忠義有智意位至光祿大夫

劉尹目庾中郎雖言不愔愔似道突兀差可以擬道名士傳曰敳頹然淵放莫有動其聽者

孫承公云謝公淸於無奕中興書曰孫統字承公太原人善屬文時人謂其有祖楚風仕至餘姚令

潤於林道陳逵別傳曰逵字林道潁川許昌人祖淮太尉父畛光祿大夫逵少有幹以淸敏立名襲封廣陵公黃門郎西中郎將領梁淮南二郡太守

○讲。
○『右军诣嘉宾』、『嘉宾』二字衍。
日译『御』为切り込む，『诣』为深いところにとどく。
○御诣。

右軍詣嘉賓に二字衍
日译御为切り込む、詣
为深いところにとどく
御詣

講

或問林公司州何如二謝林公曰故當攀安提萬王胡之別傳曰胡之好談諧善屬文辭爲當世所重

孫興公許玄度皆一時名流或重許高情則鄙孫穢行或愛孫才藻而無取於許宋明帝文章志曰綽博涉經史長於屬文與許詢俱與負俗之談詢卒不降志而綽嬰綸世務焉續晉陽秋曰綽雖有文才而誕縱多穢行時人鄙之

郗嘉賓道謝公造厀雖不深徹而纏綿綸至又曰右軍詣嘉賓嘉賓聞之云不得稱詣政得謂之朋耳謝公以嘉賓言爲得凡徹詣者蓋深覈之名也謝不徹王亦不詣謝王於理相與爲朋儔也

庾道季云思理倫和吾愧康伯志力彊正吾愧文度自此以還吾皆百之庾龢已見

王僧恩輕林公藍田曰勿學汝兄汝兄自不如伊僧恩王禕之小字也王氏

世說新語卷中之下

○不負其才。
日译：その才能を認める。
○高僧传四：嵇努力裁得去耳。

世家曰襃之字文弼述次子少知名尚尋陽公主仕至中書郎未三十而卒坦之悼念與桓温稱之贈散騎常侍

簡文問孫興公袁羊何似答曰不知者不負其才知之者無取其體言其有才而無德也

蔡叔子云韓康伯雖無骨幹然亦膚立

郗嘉賓問謝太傅曰林公談何如嵇公謝云嵇公勤著腳裁可得去耳支遁傳曰遁神悟機發風期所得自然超邁也又問殷何如支謝曰正爾有超拔支乃過殷然亹亹論辯恐口欲制支

庾道季云廉頗藺相如雖千載上死人懍懍恆如有生氣史記曰廉頗者趙良將也以勇氣聞諸侯藺相如者趙人也趙惠文王時得楚和氏璧秦昭王請以十五城易之趙遣相如送璧秦受之無還城意相如請璧示其瑕因持璧卻立倚柱怒髮上衝冠曰王欲急臣臣頭今與璧俱碎秦王謝之爰秦王使趙王鼓瑟相如請秦王擊筑趙以相如功大拜上卿位在廉頗上曹蜍蜍曹茂之小字也曹氏譜曰茂之字永世彭城人也祖韶鎮東

○此公好举宗本槌人。
○素。

將軍司馬父曼少府卿茂之仕至尚書郎李志晉百官名曰志字溫祖江夏鍾武人李氏譜曰志祖重散騎常侍父蔡純陽令志仕至員外常侍南康相雖見在厭厭如九泉下人人皆如此便可結繩而治但恐狐狸猯貉噉盡言人皆如曹李質魯淯懿則天下無姦民可結繩致治然才智無聞功迹俱滅身盡於狐狸無擅世之名也

衛君長是蕭祖周婦兄謝公問孫僧奴僧奴孫騰小字也晉百官名曰騰字伯海太原人中興書曰騰統子也博學歷中庶子廷尉君家道衛君長云何孫曰云是世業人謝曰殊不爾衛自是理義人于時以比殷洪遠

王子敬問謝公林公何如庾公謝殊不受荅曰先輩初無論庾公自足沒林公殷羨言行曰時有人稱庾太尉理者羨曰此公好舉宗本槌人

謝遏諸人共道竹林優劣謝公云先輩初不臧貶七賢魏氏春秋曰山濤通簡有德秀咸戎伶朗達有儁才於時之談以阮爲首王戎次之山向之徒皆其倫也若如盛言則非無臧貶此言謬也

有人以王中郎比車騎車騎聞之曰伊窟窟成就續晉陽秋曰坦之雅貴有識量風格峻整

謝太傅謂王孝伯劉尹亦奇自知然不言勝長史

王黃門兄弟三人俱詣謝公子猷子重多說俗事王氏譜曰操之字子重羲之第六子歷秘書監侍中尚書豫章太守子敬寒温而已既出坐客問謝公向三賢孰愈謝公曰小者最勝客曰何以知之謝公曰吉人之辭寡躁人之辭多推此知之

謝公問王子敬君書何如君家尊答曰固當不同公曰外人論殊不爾王曰外人那得知宋明帝文章志曰獻之善隸書變右軍法爲今體字畫秀媚妙絕時倫與父俱得名其章草疎弱殊不及父或訊獻之云羲之書勝不莫能判有問羲之云世論卿書不逮獻之答曰殊不爾也它日見獻之問尊君書何如獻之不答又問論者云君固當不如獻之笑而答曰人那得知之也

〇尊君。

身、

王孝伯問謝太傅林公何如長史太傅曰長史韶興問何如劉尹謝曰噫劉尹秀王曰若如公言並不如此二人邪謝云身意正爾也

人有問太傅子敬可是先輩誰比謝曰阿敬近撮王劉之標續晉陽秋曰獻之文義並非所長而能撮其勝會故擅名一時爲風流之冠也

謝公語孝伯君祖比劉尹故爲得逮孝伯云劉尹非不能逮直不逮言濛質而惔文也

袁彥伯爲吏部郎子敬與郗嘉賓書曰彥伯已入殊足頓興往之氣故知捶撻自難爲人冀小卻當復差耳

王子猷子敬兄弟共賞高士傳人及贊子敬賞井丹高潔子猷云未若長卿慢世嵇康高士傳曰丹字大春扶風郿人博學高論京師爲之語曰五經紛綸井大春未嘗書

○身。

○小却即稍后

○援鹑堂笔记三六：疑过江后郎官选官资轻。故王坦之云：『过江尚书郎正用第二人。』又王筠云：『王氏过江以来，未有居郎位者。』又汉明杖郎魏世韩宣为尚书郎，亦以职事受罚，背缚待杖（事见裴潜传注）。插挞云云，或指此类。然王国宝传云：中兴膏腴之族，唯作吏部，不作余曹，则吏部亦为高授。（杖郎南史萧琛传尤详）

刺謁一人北宮五王更請莫能致新陽侯陰就使人要之不得已而行侯設麥飯蔥菜以觀其意丹推卻曰以君侯能供美膳故來相過何謂如此乃出盛饌侯起左右進輦丹笑曰聞桀紂駕人車此所謂人車者邪侯即去輦越騎梁松貴震朝廷請交丹丹不肯見後丹得時疾松自將醫視之病愈久之松失大男磊丹一往弔之時賓客滿廷丹褰褐不完入門坐者皆慚望其顏色丹四向長揖前與松語客主禮畢後長揖徑坐莫得與語不肯爲吏徙出後遂隱遁其贊曰井丹高潔不慕榮貴抗節五王不交非類顯譏輦車左右失氣披褐長揖義陵羣萃司馬相如者蜀郡成都人字長卿初爲郎事景帝梁孝王來朝從遊說士鄒陽等相如說之因病免遊梁後過臨卭富人卓王孫女文君新寡好音相如以琴心挑之文君奔之俱歸成都後居貧至臨卭買酒舍文君當壚相如著犢鼻褌滌器市中爲人口吃善屬文仕宦不慕高爵常託疾不與公卿大事終于家其贊曰長卿慢世越禮自放犢鼻居市不耻其狀託疾避官蔑此卿相乃賦大人超然莫尙

有人問袁侍中袁氏譜曰恪之字元祖陳郡陽夏人祖王孫司徒從事中郎父綸臨汝令恪之仕黃門侍郎義熙初爲侍中曰殷仲堪何如韓康伯答曰理義所得優劣乃復未辨然門庭蕭寂居然有名士風流殷不及韓故殷作誄云荊門晝

○人固不可以无年，古今中外一理也！

○浓至，日译：至つて情がこまやかだ。

庾龢

掩閑庭晏然

王子敬問謝公嘉賓何如道季答曰道季誠復鈔撮清悟嘉賓故自上謂超拔也

王珣疾臨困問王武岡曰中興書曰謐字雅遠丞相導孫車騎劭子有才器襲爵武岡侯位至司徒世論以我家領軍比誰武岡曰世以比王北中郎東亭轉臥向壁歎曰人固不可以無年領軍王洽珣之父也年二十六卒珣意以其父名德過坦之而無年故致此論

王孝伯道謝公濃至又曰長史虛劉尹秀謝公融謂條暢也

王孝伯問謝公林公何如右軍謝曰右軍勝林公林公在司州前亦貴徹不言若義之而言勝胡之

桓玄為太傅大會朝臣畢集坐裁竟問王楨之曰我何如卿第

世說新語卷中之下

七叔（王氏譜曰楨之字公榦琅邪人徽之子歷侍中大司馬長史第七叔獻之也）于時賓客爲之咽氣王徐徐荅曰亡叔是一時之標公是千載之英一坐懽然

桓玄問劉太常曰我何如謝太傅（劉瑾集敘曰瑾字仲璋南陽人祖遐父暢暢娶王羲之女生瑾瑾有才力歷尚書太常卿）劉荅曰公高太傅深又曰何如賢舅子敬荅曰樝梨橘柚各有其美（莊子曰樝梨橘柚其味相反皆可於口也）

舊以桓謙比殷仲文（中興書曰謙字敬祖沖第三子尚書僕射中軍將軍晉安帝紀曰仲文有器貌才思）桓玄時仲文入桓於庭中望見之謂同坐曰我家中軍那得及此也

規箴第十

漢武帝乳母嘗於外犯事帝欲申憲乳母求救東方朔（漢書曰朔字曼倩平原厭次人朔別傳曰朔南陽步廣里人列仙傳云朔是楚人武帝時上書說便宜拜郎中宣帝初棄官而去共謂歲星也）

朔曰此非脣舌所爭爾必望濟者將去時但當屢顧帝愼勿言此或可萬一冀耳乳母旣至朔亦侍側因謂曰汝癡耳帝豈復憶汝乳哺時恩邪帝雖才雄心忍亦深有情戀乃悽然愍之卽敕免罪史記滑稽傳曰漢武帝少時東武侯母嘗養帝後號大乳母其子孫從奴橫暴長安中當道奪人衣物有司請徙乳母於邊奏可乳母入辭帝所幸倡郭舍人發言陳辭雖不合大道然令人主和說乳母乃先見爲下泣舍人曰卽入辭勿去數還顧乳母如其言舍人疾言罵之曰咄老女子何不疾行陛下已壯矣寧尚須乳母活邪尚何還顧邪於是人主憐之詔止毋徙罰譖者

京房與漢元帝共論因問帝幽厲之君何以亡所任何人荅曰其任人不忠房曰知不忠而任之何邪曰亡國之君各賢其臣豈知不忠而任之房稽首曰將恐今之視古亦猶後之視今也漢書曰京房字君明東郡頓丘人尤好鍾律知音聲以孝廉爲郎是時中書令石顯專權及友人五鹿充宗爲尚書令與房同

○卜。
○邪。

卜　邪

經論議相是非而此二人用事房嘗宴見問上曰幽厲之君何
以亡所任何人上曰君亦不明而臣巧佞房曰知其巧佞而任
之邪將以爲賢邪上曰賢之房曰然則今何以知其不賢上曰
以其時亂而君危知之房曰是任賢而理任不肖而亂自然之
道也幽厲何不覺悟而蚤納賢何爲卒任不肖以至亡於是上
曰亂亡之君各賢其臣令皆覺悟安得亂亡之君房曰齊桓二
世何不以幽厲疑之而任豎刁趙高政治日亂邪上曰唯有道
者能以往知來耳房曰自陛下卽位盜賊不禁刑人滿市云云
問上曰今治也亂也上曰然愈於彼房曰前二君皆然臣恐後
之視今猶今之視前也上曰今爲亂者誰房曰上所親與圖事
帷幄中者房指謂石顯及充宗顯等乃建言宜試
房以郡守遂以房爲東郡顯發其私事坐棄市

陳元方遭父喪哭泣哀慟軀體骨立其母愍之竊以錦被蒙上
郭林宗弔而見之謂曰卿海內之儁才四方是則如何當喪錦
被蒙上孔子曰衣夫錦也食夫稻也於汝安乎論語曰宰我問三年之喪朞已久矣子曰食夫稻衣夫錦於汝安乎夫君子居喪食旨不甘聞樂不樂居處不安故不爲也今汝安則爲之吾不取
也奮衣而去自後賓客絕百所日所一作許

○八岁便好仰观星辰，得人辄问。及成人，果
○仰观风角占相之道
○号曰：『神童』。
○召补文学，一见，清论论（疑衍）终日，再见转为别驾。至十月，举为秀才。临辞，徽
○宋本亦无『无』字
○宋本作『毫』。

孫休好射雉至其時則晨去夕反羣臣莫不止諫此爲小物何足甚躭休曰雖爲小物耿介過人朕所以好之環濟吳紀曰休字子烈吳大帝第六子初封琅邪王夢乘龍上天顧不見尾孫綝廢少主迎休立之銳意典籍欲畢覽百家之事頗好射雉至春晨出莫反唯此時舍書崩謚景皇帝條列吳事曰休在位烝烝無有遺事唯射雉可譏

孫皓問丞相陸凱曰卿一宗在朝有幾人陸曰二相五侯將軍十餘人皓曰盛哉陸曰君賢臣忠國之盛也父慈子孝家之盛也今政荒民弊覆亡是懼臣何敢言盛吳錄曰凱字敬風吳人丞相遜族子忠鯁有大節篤志好學初爲建忠校尉雖有軍事手不釋卷累遷左丞相時後主暴虐凱正直彊諫以其宗族彊盛不敢加誅也

何晏鄧颺令管輅作卦云不知位至三公不卦成輅稱引古義深以戒之颺曰此老生之常談輅別傳曰輅字公明平原人也明周易聲發徐州冀州刺史裴徽舉秀才謂曰何鄧二尚書有經國才略於物理無不精也何尚書神明清徹殆破秋豪君當慎之自言不解易中九事必當

〇宋本『皆』作『比』，『至』亦作『王』。
〇所请，共论易九
〇宋本无『顷』字。
〇宋本无『鸮』字。『食』下有『其』字。
〇宋本『我』作『其』。
〇宋本『山』作『东』。
〇宋本亦有『而』字。

宋本皆作比至亦作王

宋本無頃字

宋本无鴞字食下有其字

宋本我作其

宋本山作東

宋本亦有而字

相問此至洛宜善精其理輅曰若九事皆至義不足勞思若陰
陽者精之久矣輅至洛陽果爲何尚書問九事皆明何曰君論
陰陽此世無雙也時鄧尚書在曰此君善易而語初不論易中
辭義何邪輅答曰夫善易者不論易也何尚書含笑贊之曰可
謂要言不煩也因謂輅曰聞君非徒善論易至於分著思爻亦
爲神妙試爲作一卦知位當至三公不又頃夢青蠅數十來鼻
頭上驅之不去有何意故輅曰鴟鴞天下賤鳥也及其在林食
桑椹則懷我好音況輅心過草木注情葵藿敢不盡忠唯察之
爾昔元凱之相重華宣慈惠和仁義之至也周公之翼成王坐
以待旦敬慎之至也故能流光六合萬國咸寍然後據鼎足而
登金鉉調陰陽而濟兆民此履道之休應非卜筮之所明也今
君侯位重山岳勢若雷霆望雲赴景萬里馳風而懷德者少畏
威者衆殆非小心翼翼多福之士又鼻者艮也此天中之山高
而不危所以長守貴也今青蠅臭惡之物而集之焉位峻者顛
輕豪者亡必至之分也夫變化雖相生極則有害虛滿雖相受
溢則有竭聖人見陰陽之性明存亡之理損益以爲衰抑進以
爲退是故山在地中曰謙雷在天上曰大壯謙則裒多益寡大
壯則非禮不履伏願君侯上尋文王六爻之旨下思尼父彖象
之義則三公可決青蠅可驅鄧曰此老生之常　晏曰知幾其神
談輅曰夫老生者見不生常談者見不談也
乎古人以爲難交疎吐誠今人以爲難今君一面盡二難之道

○宋本亦作『永』。
○朝廷百寮
○尚书处事。

可謂明德惟馨詩不云乎中心藏之何日忘之名士傳曰是時曹爽輔政識者慮有危機晏有重名與魏姻戚內雖懷憂而無復退也著五言詩以言志曰鴻鵠比翼遊羣飛戲太清常畏大網羅憂禍一旦并豈若集五湖從流唼浮萍承寧曠中懷何爲怵惕驚蓋因輅言懼而賦詩

晉武帝既不悟太子之愚必有傳後意諸名臣亦多獻直言帝嘗在陵雲臺上坐衞瓘在側欲申其懷因如醉跪帝前以手撫牀曰此坐可惜帝雖悟因笑曰公醉邪晉陽秋曰初惠帝之爲太子咸謂不能親政事衞瓘每欲陳啓廢之而未敢也後因會醉遂跪牀前曰臣欲有所啓帝曰公所欲言者何邪瓘欲言而復止者三因以手撫牀曰此坐可惜帝意乃悟因謬曰公眞大醉也帝後悉召東宮官屬大會令左右齎尚書處事以示太子令處決太子不知所對賈妃以問外人代太子對多引古詞義給使張弘曰太子不學陛下所知宜以見事斷不宜引書也妃從之弘具草奏令太子書呈帝大說以示瓘於是賈充語妃曰衞瓘老奴幾敗汝家妃由是怨瓘後遂誅之

王夷甫婦郭泰寧女晉諸公贊曰郭豫字太寧太原人仕至相國參軍知名早卒才拙而性

〇宋本亦作『平』。
〇为幽州

剛聚斂無厭干豫人事夷甫患之而不能禁時其鄉人幽州刺史李陽京都大俠晉百官名曰陽字景祖高尚人武帝時爲幽州刺史語林曰陽性遊俠盛暑一日詣數百家別賓客與別常塡門遂死于几下故懼之猶漢之樓護漢書遊俠傳曰護字君卿齊人學經傳甚得名譽母死送葬車三千兩仕至天水太守郭氏憚之夷甫驟諫之乃曰非但我言卿不可李陽亦謂卿不可郭氏小爲之損

王夷甫雅尚玄遠常嫉其婦貪濁口未嘗言錢字晉陽秋曰夷甫善施舍父時有假貸者皆與焚券未嘗謀貨利之事王隱晉書曰夷甫求富貴得富貴資財山積用不能消安須問錢乎而世以不問爲高不亦惑乎婦欲試之令婢以錢遶牀不得行夷甫晨起見錢閡行呼婢曰舉卻阿堵物

王平子年十四五見王夷甫妻郭氏貪欲令婢路上儋糞平子諫之並言不可郭大怒謂平子曰昔夫人臨終以小郎囑新婦

○晋书四九鲲传：『出鲲为豫章太守，又留不遣，藉其才望，逼与俱下。』

不以新婦屬小郎永嘉流人名曰澄父又第三娶樂安任氏女生澄急捉衣裾將與杖平子饒力爭得脫踰窗而走

元帝過江猶好酒王茂弘與帝有舊常流涕諫帝許之命酌酒一酣從是遂斷鄧粲晉紀曰上身服儉約以先時務性素好酒將渡江王導深以諫帝乃令左右進觴飲而覆之自是遂不復飲克己復禮官修其方而中興之業隆焉

謝鯤爲豫章太守從大將軍下至石頭敦謂鯤曰余不得復爲盛德之事矣鯤曰何爲其然但使自今已後日亡日去耳鯤別傳曰鯤之諷切雅正皆此類也敦又稱疾不朝鯤諭敦曰近者明公之舉雖欲大存社稷然四海之內實懷未達若能朝天子使羣臣釋然萬物之心於是乃服仗民望以從衆懷盡沖退以奉主上如斯則勳侔一匡名垂千載時人以爲名言晉陽秋曰鯤爲豫章太守王敦將肆逆以鯤有時望逼與

○迟得见公。
○累迁侍
○光禄大夫卒也。
○唐写本『贺曰』以下提行误。
○迁太常、太傅，薨，赠司空也。

迟得见公

俱行既克京邑將旋武昌鯤曰不就朝覲鯤懼天下私議也敦曰君能保無變乎對曰鯤近日入覲主上側席遲得見公宮省穆然必無不虞之慮公若入朝鯤請侍從敦曰正復殺君等數百何損於時遂不朝而去

元皇帝時廷尉張闓葛洪富民塘頌曰闓字敬緒丹陽人張昭孫也中興書曰闓晉陵內史甚有威德轉至廷尉卿在小市居私作都門蚤閉晚開羣小患之詣州府訴不得理遂至檛登聞鼓猶不被判聞賀司空出至破岡連名詣賀訴賀循別傳曰循字彥先會稽山陰人本姓慶高祖純避漢帝諱改爲賀氏父劭吳中書令以忠正見害循少嬰家禍流放荒裔吳平乃還秉節高舉元帝爲安東王循爲吳國內史賀曰身被徵作禮官不關此事羣小叩頭曰若府君復不見治便無所訴賀未語令且去見張廷尉當爲及之張聞卽毀門自至方山迎賀賀出見辭之曰此不必見關但與君門情相爲惜之張愧謝曰小人有如此始不卽知蚤已毀壞

唐写本賀曰以下提行誤

〇群书，学

郗太尉晚節好談既雅非所經而甚矜之中興書曰鑒少好學博覽雖不及章句而多所通綜後朝覲以王丞相末年多可恨每見必欲苦相規誡王公知其意每引作它言臨還鎮故命駕詣丞相丞相翹須厲色上坐便言方當乖別必欲言其所見意滿口重辭殊不流王公攝其次曰後面未期亦欲盡所懷願公勿復談郗遂大瞋冰衿而出不得一言

王丞相爲揚州遣八部從事之職顧和時爲下傳還同時俱見諸從事各奏二千石官長得失至和獨無言王問顧曰卿何所聞答曰明公作輔寧使網漏吞舟何緣采聽風聞以爲察察之政丞相咨嗟稱佳諸從事自視缺然也

蘇峻東征沈充晉陽秋曰充字士居吳興人少好兵諂事王敦敦克京邑以充爲車騎將軍領吳國內史明帝

○苏峻讨充，
○免，即拜。
○宋本无『时』字。

伐王敦充率衆就王含謂其妻曰男兒不建豹尾不復歸矣敦死充將吳儒斬首於京都請吏部郎陸邁與俱陸碑曰邁字功高吳郡人器識清敏風檢澄峻累遷振威太守尚書吏部郎將至吳密勑左右令入閶門放火以示威陸知其意謂峻曰吳治平未久必將有亂若爲亂階請從我家始峻遂止

陸玩拜司空玩別傳曰是時王導郗鑒庾亮相繼薨殂朝野憂懼以玩德望乃拜司空玩辭讓不獲乃歎息謂朋友曰以我爲三公是天下無人矣時人以爲知言有人詣之索美酒得便自起瀉著梁柱間地祝曰當今乏才以爾爲柱石之用莫傾人棟梁玩笑曰戢卿良箴

小庾在荊州公朝大會問諸僚佐曰我欲爲漢高魏武何如翼別見宋明帝文章志曰庾翼名輩豈應狂狷如此哉時若有斯言亦傳聞者之謬矣一坐莫荅長史江虨曰願明公爲桓文之事不願作漢高魏武也

羅君章爲桓宣武從事含別傳曰刺史庾亮初命含爲部從事桓温臨州轉參軍謝鎮西作江夏往檢校之中興書曰尚爲建武將軍江夏相羅既至初不問郡事徑就謝數日飲酒而還桓公問有何事君章云不審公謂謝尚何似人桓公曰仁祖是勝我許人君章云豈有勝公人而行非者故一無所問桓公奇其意而不責也

王右軍與王敬仁許玄度並善二人亡後右軍爲論議更克孔巖誡之曰明府昔與王許周旋有情及逝沒之後無慎終之好民所不取右軍甚愧

謝中郎在壽春敗臨奔走猶求玉帖鐙太傅在軍前後初無損益之言爾日猶云當今豈須煩此按萬未死之前安猶未仕高臥東山又何肯輕入軍旅邪世說此言迂謬已甚

○郡家，犹前家、台家之类，唐写本是也。
○简傲篇言谢万北征，谢安"审其必败，乃俱行"。

王大語東亭卿乃復論成不惡那得與僧彌戲續晉陽秋曰珉有儁才與兄珣並有名聲出珣右故時人爲之語曰法護非不佳僧彌難爲兄

殷覬病困看人政見半面殷荊州興晉陽之甲春秋公羊傳曰晉趙鞅取晉陽之甲以逐荀寅士吉射寅吉射者君側之惡人往與覬別涕零屬以消息所患覬答曰我病自當差正憂汝患耳晉安帝紀曰殷仲堪舉兵覬弗與同且以己居小任唯當守局而已晉陽之事非所宜豫也仲堪每邀之覬輒曰吾進不敢同退不敢異遂以憂卒

遠公在廬山中豫章舊志曰廬俗字君孝本姓匡夏禹苗裔東野王之子秦末百越君長與吳芮助漢定天下野王亡軍中漢八年封俗鄡陽男食邑茲部印曰廬君俗兄弟七人皆好道術遂寓于洞庭之山故世謂廬山孝武元封五年南巡狩浮江親覩神靈乃封俗爲大明公四時秩祭焉遠法師廬山記曰山在江州尋陽郡左挾彭澤右傍通川有匡俗先生出自殷周之際遁世隱時潛居其下或云匡俗受道於仙人而共遊其嶺遂託室崖岫卽巖成館故時人謂爲神仙之廬而命焉法師遊山記曰自託此山二十三載再踐石門四遊南嶺東望香鑪峯北眺九江傳聞有石井方湖中有赤鱗踊出野人不

○唐写本不提行，误。
○宋本有『而』字，无『右』字。
○消息所患。

能敍直歎其奇而已矣雖老講論不輟弟子中或有墮者遠公曰桑榆之光理無遠照但願朝陽之暉與時並明耳執經登坐諷誦朗暢詞色甚苦高足之徒皆肅然增敬

桓南郡好獵每田狩車騎甚盛五六十里中旌旗蔽隰騁良馬馳擊若飛雙甄所指不避陵壑或行陳不整麏兔騰逸參佐無不被繫束桓道恭玄之族也桓氏譜曰道恭字祖猷彝同堂弟也父赤之太學博士道恭歷淮南太守偽楚江夏相義熙初伏誅時為賊曹參軍頗敢直言常自帶絳綿繩箸腰中玄問此何為答曰公獵好縛人士會當被縛手不能堪芒也玄自此小差

王緒王國寶相為脣齒並上下權要王氏譜曰緒字仲業太原人祖延父乂撫軍晉安帝紀曰緒為會稽王從事中郎以佞邪親幸王珣王恭惡國寶與緒亂政與殷仲堪克期同舉內匡朝廷及恭表至乃斬緒以說

○左文十年杜注：『将猎，张两甄。』通鉴九十胡注：战陈有左右甄，即左右翼。

○六朝碑版『弄』字有写成『卡』者，后世遂为二字。唐写本作『弄』，是也。魏孝文吊比干文碑『执垂益而谈卡兮』，即『弄』字。又如魏齐郡王祐妃常氏墓志『明慧之鉴，允昭于载卡之春』。杨乾墓志『幼不好抃』。加『手』作『挊』，且不作『卡』，竟成『卡』字矣。尔朱绍墓志『弱不好卡』。

○于王。王恭

諸侯國寶平北將軍坦之第三子太傅謝安國寶婦父也惡而抑之不用安薨相王輔政遷中書令有妾數百從弟緒有寵於王深爲其說國寶權動內外王珣王恭殷仲堪爲孝武所待不爲相王所昵恭抗表討之車胤又爭之會稽王既不能拒諸侯兵遂委罪國寶付廷尉賜死 王大不平其如此乃謂緒曰汝爲此欻欻曾不慮獄吏之爲貴乎 史記曰有上書告漢丞相欲反文帝下之廷尉勃既出歎曰吾嘗將百萬之軍安知獄吏之爲貴也

桓玄欲以謝太傅宅爲營謝混曰召伯之仁猶惠及甘棠 韓詩外傳曰昔周道之隆召伯在朝有司請召民召伯曰以一身勞百姓非吾先君文王之志也乃暴處於棠下而聽訟焉詩人見召伯休息之棠美而歌之曰蔽芾甘棠勿翦勿伐召伯所茇 文靖之德更不保五畝之宅玄慙而止

捷悟第十一

楊德祖爲魏武主簿時作相國門始搆榱桷魏武自出看使人

○国宝别传曰：「国宝字

○也。少不修士业，进趣当世。

○会稽王妃，国宝从妹也，由是得与王早游，间安于王。

○而贪恣声色，妓

○坐事免官。国宝虽为相王所重，既未为孝武所亲，及上览万机，乃自进于上，上甚爱之。俄而上崩，政由宰辅。国宝

○王忿其去就，未之纳也。绪说渐行，迁左仆射，领吏部、丹阳尹，以东宫兵配之。

○既得志

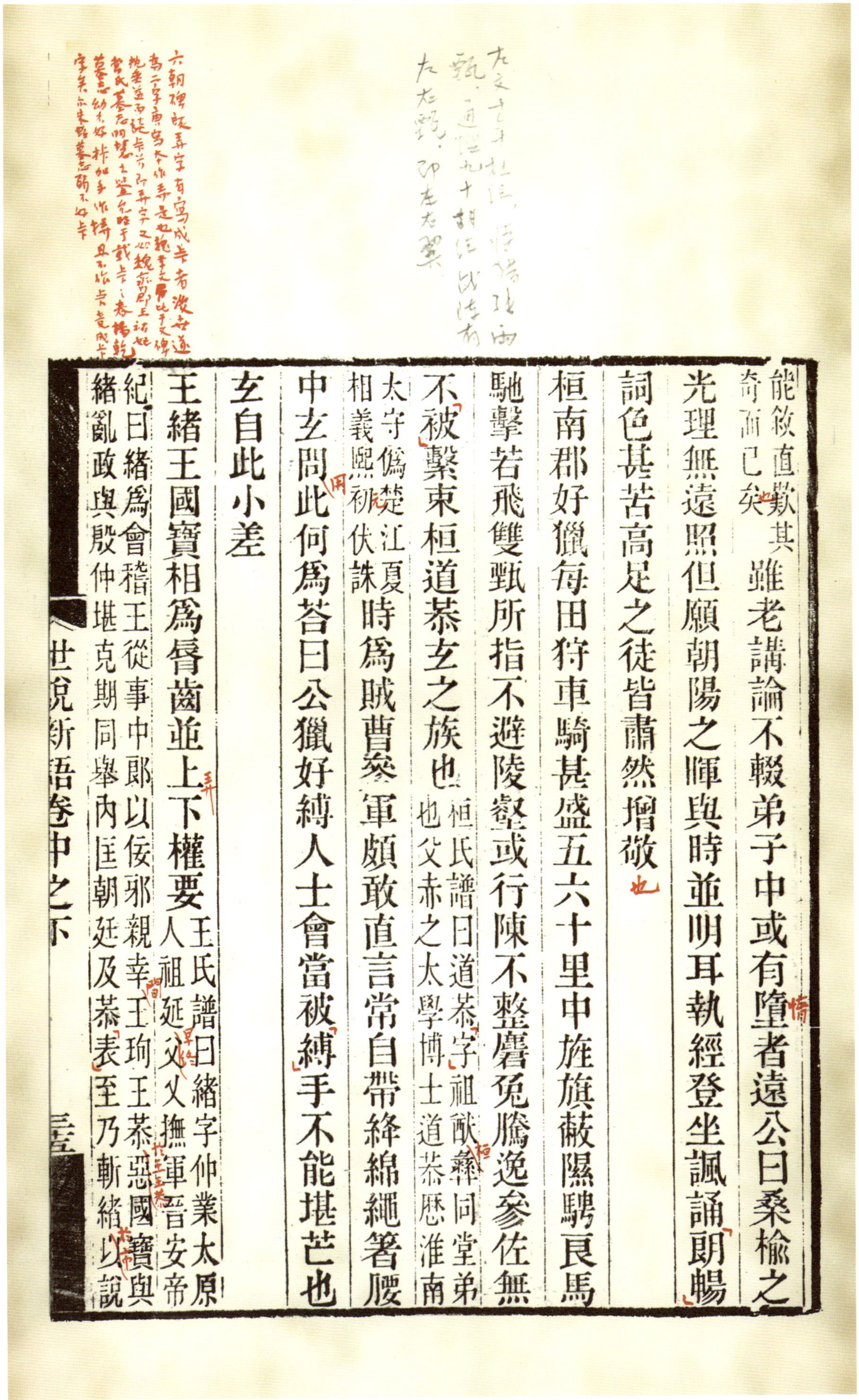
能敘直歎其奇而已矣雖老講論不輟弟子中或有墮者遠公曰桑榆之
光理無遠照但願朝陽之暉與時並明耳執經登坐諷誦朗暢
詞色甚苦高足之徒皆肅然增敬

桓南郡好獵每田狩車騎甚盛五六十里中旌旗蔽隰騁良馬
馳擊若飛雙甄所指不避陵壑或行陳不整麏兔騰逸參佐無
不被繫束桓道恭玄之族也桓氏譜曰道恭字祖猷彝同堂弟也父赤之太學博士道恭歷淮南
太守偽楚江夏相義熙初伏誅時為賊曹參軍頗敢直言常自帶絳綿繩著腰
中玄問此何為荅曰公獵好縛人士會當被縛手不能堪芒也
玄自此小差

王緒王國寶相為脣齒並上下權要王氏譜曰緒字仲業太原人祖延父乂撫軍晉安帝
紀曰緒為會稽王從事中郎以佞邪親幸王珣王恭惡國寶與
緒亂政與殷仲堪克期同舉內匡朝廷及恭表至乃斬緒以說

世說新語卷中之下

○左文十年杜注：『将猎，张两甄。』通鉴九十胡注：战陈有左右甄，即左右翼。

○六朝碑版『弄』字有写成『卡』者，后世遂为二字。唐写本作『弄』，是也。魏孝文吊比干文碑『执垂益而谈卡兮』，即『弄』字。又如魏齐郡王祐妃常氏墓志『明慧之鉴，允昭于载卡之春』。杨乾墓志『幼不好抃』。加『手』作『拚』，且不作『卡』，竟成『卡』字矣。尔朱绍墓志『弱不好卡』。

○于王。王恭

○昵。国宝深惮疾之。仲堪、王恭疾其乱政
○国宝恇，不知所为，乃求计于王珣。珣曰：『殷、王与卿素无深仇，所竞不过势利之间耳。若放兵权，必无大祸。』国宝曰：『将不为曹爽乎？』
珣曰：『是何言与！卿宁有曹爽之罪！殷、王，宣王之畴邪？』
○国宝尤惧，遂解职。
○汉丞相周勃就国
○吏稍侵辱，勃以千金予狱吏，吏教勃以其子妇公主为证，于是救勃，复爵邑。
○百姓大悦

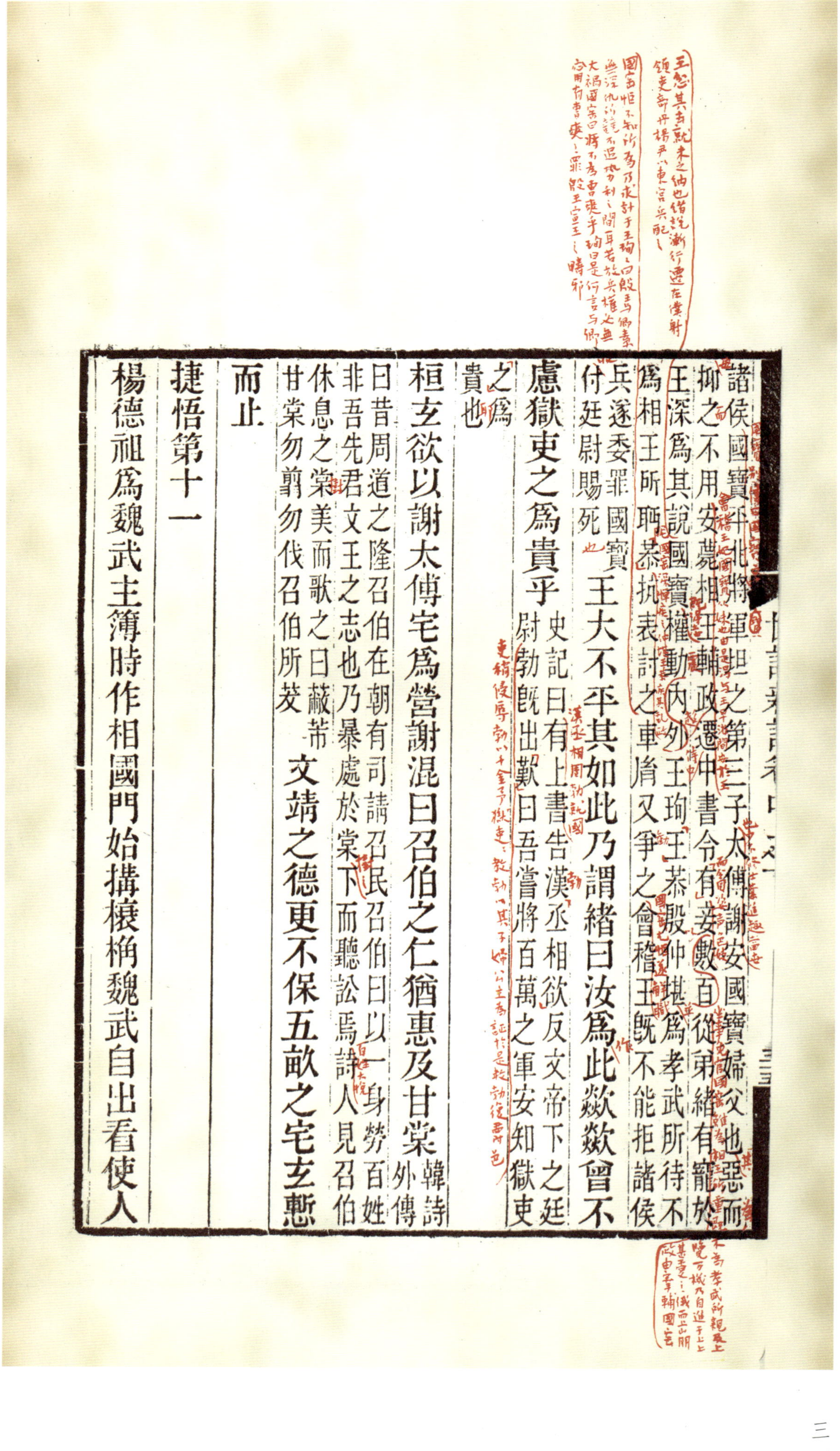
諸侯國寶平北將軍坦之第三子太傅謝安國寶婦父也惡而抑之不用安薨相王輔政遷中書令有妾數百從弟緒有寵於王深爲其說國寶權動內外王珣王恭殷仲堪爲孝武所待不爲相王所昵恭抗表討之車胤又爭之會稽王旣不能拒諸侯兵遂委罪國寶付廷尉賜死 王大不平其如此乃謂緒曰汝爲此欻欻曾不慮獄吏之爲貴乎 史記曰有上書告漢丞相欲反文帝下之廷尉勃旣出歎曰吾嘗將百萬之軍安知獄吏之爲貴也

桓玄欲以謝太傅宅爲營謝混曰召伯之仁猶惠及甘棠 韓詩外傳曰昔周道之隆召伯在朝有司請召民召伯曰以一身勞百姓非吾先君文王之志也乃暴處於棠下而聽訟焉詩人見召伯休息之棠美而歌之曰蔽芾甘棠勿翦勿伐召伯所茇 文靖之德更不保五畝之宅玄慚而止

捷悟第十一

楊德祖爲魏武主簿時作相國門始構榱桷魏武自出看使人

○早知名
○以实对
○初虽见怪，事
○之才解皆此类矣

題門作活字便去楊見郎令壞之既竟曰門中活闊字王正嫌門大也文士傳曰楊脩字德祖弘農人太尉彪子少有才學思榦魏武爲丞相辟爲主簿脩常白事知必有反覆教豫爲荅對數紙以次牒之而行敕守者曰向白事必教出相反覆荅按此次第連荅之已而風吹紙次亂守者不別而遂錯誤公怒推問脩慙懼然以所自甚有理終亦是脩後爲武帝所誅

人餉魏武一桮酪魏武噉少許蓋頭上題合字以示衆衆莫能解次至楊脩脩便噉曰公教人噉一口也復何疑

魏武嘗過曹娥碑下楊脩從碑背上見題作黃絹幼婦外孫韲臼八字魏武謂脩曰解不荅曰解魏武曰卿未可言待我思之行三十里魏武乃曰吾已得令脩別記所知脩曰黃絹色絲也於字爲絕幼婦少女也於字爲妙外孫女子也於字爲好韲臼受辛也於字爲辭所謂絕妙好辭也魏武亦記之與脩同乃歎

离合之

曰我才不及卿乃覺三十里會稽典錄曰孝女曹娥者上虞人父盱能撫節按歌婆娑樂神漢安二年迎伍君神泝濤而上爲水所淹不得其尸娥年十四號慕思盱乃投瓜于江存其父尸曰父在此瓜當沈旬有七日瓜偶沈遂自投於江而死縣長度尚悲憐其義爲之改葬命其弟子邯鄲子禮爲之作碑按曹娥碑在會稽中而魏武楊修未嘗過江也異苑曰陳留蔡邕避難過吳讀碑文以爲詩人之作無詭妄也因刻石旁作八字魏武見而不能了以問羣寮莫有解者有婦人浣於汾渚曰第四車解既而禰正平也衡即以離合義解之或謂此婦人即娥靈也

魏武征袁本初治裝餘有數十斛竹片咸長數寸衆云並不堪用正令燒除太祖思所以用之謂可爲竹椑楯而未顯其言馳使問主簿楊德祖應聲答之與帝心同衆伏其辯悟

王敦引軍垂至大桁明帝自出中堂溫嶠爲丹陽尹帝令斷大桁故未斷帝大怒瞋目左右莫不悚懼按晉陽秋鄧紀皆云敦將至嶠燒朱雀橋以阻其兵而云未斷大桁致帝怒大爲譌謬一本云帝自勸嶠入一本作噉飲帝怒此則近也召諸公來嶠至不

○离合义。

○汪本考异此条下注曰：丹阳记曰：大桁者，吴时南津大桥也。名曰朱雀桥。安（疑『案』）吴东门号青龙门，西门号白虎门，北门曰玄武，而南门乃曰公车，未备四方之名。则桥曰朱雀，将用配三门邪？大宁二年，王含军至，丹阳尹温峤烧绝之，以遏南众。定后京师显有事故，乏良材，无以复之，故㯊□白盘为浮船。至咸康三年，侍中孔议复桥，于是税术之行者，其材又值苑官初创，乃将架桥转以治城，故浮航相仍至今。太元中，骠骑府立东桁，改朱雀为大桁。晋起居注曰：『白舟为桁，都水使者王让立之。』

〇晋书六七郗超传：『时愔在北府，徐州人多劲悍。』
〇宋本亦作『平北将军』。
〇不堪戎行，自表
〇授愔冠军将军、会稽内史
〇上文『三十里觉』。晋书七七蔡谟传：『方之于前，倍半之觉也。』盖当时成语，有程度之意。
〇宋本『回』亦作『向』。
〇晋书四七傅玄传：『古以步百为亩，今以二百

謝但求酒炙王導須臾至徒跣下地謝曰天威在顏遂使溫嶠不容得謝嶠於是下謝帝乃釋然諸公共歎王機悟名言

郗司空在北府桓宣武惡其居兵權南徐州記曰徐州人多勁悍號精兵故桓溫常曰京口酒可飲箕可用兵可使郗於事機素暗遣牋詣桓方欲共奬王室脩復園陵世子嘉賓出行於道上聞信至急取牋視竟寸寸毀裂便回還更作牋自陳老病不堪人閒欲乞閑地自養宣武得牋大喜卽詔轉公督五郡會稽太守晉陽秋曰大司馬將討慕容暐表求申勸平北愔及袁眞等嚴辦愔以羸疾求退詔大司馬領愔所任按中興書愔辭此行溫責其不從轉授會稽世說爲謬

王東亭作宣武主簿嘗春月與石頭兄弟乘馬出郊時彥同遊者連鑣俱進石頭桓濬小字中興書曰濬字伯道溫長子也仕至豫州刺史唯東亭一人常在前覺數十步諸人莫之解石頭等既疲倦俄而乘輿回諸人皆

似從宮唯東亭弈弈在前其悟捷如此

夙惠第十二

賓客詣陳太丘宿太丘使元方季方炊客與太丘論議二人進火俱委而竊聽炊忘箸箄飯落釜中太丘問炊何不餾元方季方長跪曰大人與客語乃俱竊聽炊忘箸箄飯今成糜太丘曰爾頗有所識不對曰仿佛志之二子俱說更相易奪言無遺失太丘曰如此但糜自可何必飯也

何晏七歲明惠若神魏武奇愛之因晏在宮內欲以爲子晏乃畫地令方自處其中人問其故答曰何氏之廬也魏武知之卽遣還魏略曰晏父蚤亡太祖爲司空時納晏母其時秦宜祿阿鰾亦隨母在宮並寵如子常謂晏爲假子也

晉明帝數歲坐元帝膝上有人從長安來元帝問洛下消息潸

四十步为一亩，所觉过倍。』觉，盖有增加余剩之义。

○王叔岷补正：御览九三引『觉』作『较』。楚辞九叹远逝：『服觉皓以殊俗兮』，王注：觉，较也。

○并收养

○鲹性谨慎，而晏无所顾，服饰拟太子，故太子特憎之，每不呼其姓字

○魏氏春秋曰：『晏母尹为武王夫人，故晏长于王宫

然流涕明帝問何以致泣具以東渡意告之因問明帝汝意謂長安何如日遠荅曰「日遠」不聞人從日邊來居然可知元帝異之明日集羣臣宴會告以此意更重問之乃荅曰日近元帝失色曰爾何故異昨日之言邪荅曰舉目見日不見長安

司空顧和與時賢共清言張玄之顧敷是中外孫年並七歲顧愷之家傳曰敷字祖根吳郡吳人滔然有大成之量仕至著作郎二十三卒在牀邊戲于時聞語神情如不相屬瞑於燈下二兒共敘客主之言都無遺失顧公越席而提其耳曰不意衰宗復生此寶

韓康伯數歲家酷貧至大寒止得襦母殷夫人自成之令康伯捉熨斗謂康伯曰且箸襦尋作複褌兒云已足不須複褌也母問其故荅曰火在熨斗中而柄熱今既箸襦下亦當煖故不須

○唐写本注云：案桓谭新论：『孔子东游，见两小儿辨，问其远近。日中时远。一儿以日出远，日中近者。日初出大如车盖，日中裁如盘，盖此远小而近大也。言远者，日月初出，怆怆凉凉，及中如探汤，此近热远怆乎？』明帝此对，尔二儿之辨耶也。

○苗而不秀。年

○唐写本不提行，误。

○乃。

○宋本亦作『语』。
○荆州刺史。薨，赠太尉。

耳母甚異之知爲國器

晉孝武年十二時冬天晝日不箸複衣但箸單練衫五六重夜則累茵褥謝公諫曰聖體宜令有常陛下晝過冷夜過熱恐非攝養之術帝曰晝動夜靜老子曰躁勝寒靜勝熱此言夜靜寒宜重肅也謝公出歎曰上理不減先帝簡文帝善言理也

桓宣武薨桓南郡年五歲服始除桓車騎與送故文武別桓沖別傳曰沖字玄叔温弟也累遷車騎將軍都督七州諸軍事因指與南郡此皆汝家故吏佐玄應聲慟哭酸感傍人車騎每自目己坐曰靈寶成人當以此坐還之靈寶玄小字也鞠愛過於所生

豪爽第十三

王大將軍年少時舊有田舍名語音亦楚武帝喚時賢共言伎

○宋本亦无此注。
○唐写本不提行。
○宋本亦作『好武养士』。

鼓事人皆多有所知唯王都無所關意色殊惡自言知打鼓吹帝令取鼓與之於坐振袖而起揚槌奮擊音節諧捷神氣豪上傍若無人舉坐歎其雄爽（或曰敦嘗坐武昌釣臺聞行船打鼓嗟稱其能俄而槌小異敦以扇柄撞几曰可恨應侍側曰不然此是回颿槌使視之云船人入夾口應知鼓又善於敦也）

王處仲世許高尚之目嘗荒恣於色體為之敝左右諫之處仲曰吾乃不覺爾如此者甚易耳乃開後閤驅諸婢妾數十人出路任其所之時人歎焉（鄧粲晉紀曰敦性簡脫口不言財其存尚如此）

王大將軍自目高朗疏率學通左氏（晉陽秋曰敦少稱高率通朗有鑒裁）

王處仲每酒後輒詠老驥伏櫪志在千里烈士暮年壯心不已（魏武帝樂府詩）以如意打唾壺壺口盡缺

晉明帝欲起池臺元帝不許帝時為太子好養武士一夕中作

○中时堙废，晋
○在东，更
○故俗太子西池也。
○宋本作『更分树置』。
○宋本亦无『温』字。
○宋本作『大志』。

宋本作更分樹置

宋本亦无温字

宋本作大志

池比曉便成今太子西池是也 丹陽記曰西池孫登所創吳史所稱西苑也明帝修復之耳

王大將軍始欲下都處分樹置先遣參軍告朝廷諷旨時賢祖車騎尚未鎮壽春瞋目厲聲語使人曰卿語阿黑 敦小字也 何敢不遜催攝面去須臾不爾我將三千兵槊腳令上王聞之而止

庾穉恭既常有中原之志文康時權重未在己及季堅作相忌兵畏禍與穉恭歷同異者久之乃果行傾荊漢之力窮舟車之勢師次于襄陽 漢晉春秋曰翼風儀美劭才能豐贍少有經緯大略及繼兄亮居方州之任有匡維內外埽蕩羣凶之志是時杜乂殷浩諸人盛名冠世翼未之貴也常曰此輩宜束之高閣俟天下清定然後議其所任耳其意氣如此唯與桓溫友善相期以寧濟宇宙之事初翼輒發所部奴及車馬萬數率大軍入沔將謀伐狄遂次于襄陽翼別傳曰翼爲荊州雅有大志每以門地威重兄弟寵授不陳力竭誠何以報國雖蜀阻險塞胡負凶力然皆無道酷虐易可乘滅當此時不能埽除二寇以復王業非丈夫也於是徵役三州悉其帑實成眾五萬莅率荒附治戎大舉直指魏趙軍次襄陽耀威漢北也

大

○不暇。坐
○馥曾作敦掾
○仕至晋寿太守
○自谓于陵仲子，穷，不求不义之食
○终身不屈其节
○少有美誉也
○谥敬也

會參佐陳其旌甲親授孤矢曰我之此行若此射矣遂三起三
疊佐眾屬目其氣十倍
桓宣武平蜀集參僚置酒於李勢殿巴蜀縉紳莫不來萃桓既
素有雄情爽氣加爾日音調英發敘古今成敗由人存亡繫才
其狀磊落一坐歎賞既散諸人追味餘言于時尋陽周馥曰恨
卿輩不見王大將軍 中興書曰馥周撫孫也字湛隱有將略曾作敦掾
桓公讀高士傳至於陵仲子便擲去曰誰能作此溪刻自處 皇甫
謐高士傳曰陳仲子字子終齊人兄戴相齊食祿萬鍾仲子以
兄祿為不義乃適楚居於陵曾乏糧三日匍匐而食井李之實
三咽而後能視身自織屨令妻擗纑以易衣食嘗歸省母有饋
其兄生鵝者仲子嚬顣曰惡用此鶂鶂為哉後母殺鵝仲子不
知而食之兄自外入曰鶂鶂肉耶仲子出門哇而吐
之楚王聞其名聘以為相乃夫婦逃去為人灌園
桓石虔司空豁之長庶也 豁別傳曰豁字朗子溫之弟累遷荊州刺史贈司空 小字鎮惡

○未被举已呼为郎。

○河朔以桓石虔之名断疟。

○封作唐县

○历阳称西岸。

○"三江"谓吴松、钱唐、浦阳，见通鉴六三建安五年胡注引韦昭说。

○以保江东

年十七八未被舉而童隸已呼爲鎭惡郎嘗住宣武齋頭從征枋頭車騎沖沒陳左右莫能先救宣武謂曰汝叔落賊汝知不石虔聞之氣甚奮命朱辟爲副策馬於數萬衆中莫有抗者徑致沖還三軍歎服河朔後以其名斷瘧中興書曰石虔有才幹有史學累有戰功仕至豫州刺史贈後軍將軍

陳林道在西岸晉陽秋曰逵爲西中郎將領淮南太守戍歷陽都下諸人共要至牛渚會陳理既佳人欲共言折陳以如意拄頰望雞籠山歎曰孫伯符志業不遂吳錄曰長沙桓王諱策字伯符吳郡富春人少有雄姿風氣年十九而襲業衆號孫郎平定江東爲許貢客射破其面引鏡自照謂左右曰面如此豈可復立功乎乃謂張昭曰中國方亂夫以吳越之衆三江之固足以觀成敗公等善相吾弟呼大皇帝授以印綬曰舉江東之衆決機於兩陳之間卿不如我任賢使能各盡其心我不如卿愼勿北渡當畢而薨年二十有六於是竟坐不得談

○唐写本不提行，误。
○世说新书卷第六

王司州在謝公坐詠入不言兮出不辭乘回風兮載雲旗離騷九歌少司命之辭也語人云當爾時覺一坐無人

桓玄西下入石頭外白司馬梁王奔叛續晉陽秋曰梁王珍之字景度中興書曰初桓玄簒位國人有孔璞者奉珍之奔壽陽義旗既興歸朝廷仕至太常卿以罪誅玄時事形已濟在平乘上笳鼓並作直高詠云簫管有遺音梁王安在哉阮籍詠懷詩也

世說新書卷第六

唐寫本不提行誤

世說新語卷中之下終

思賢講舍校刊